www.blue-panther-books.de

DENISE HARRIS

SEXLUST

EROTISCHER ROMAN

www.blue-panther-books.de

blue panther books Taschenbuch
Band 2175

1. Auflage: Juni 2011

Vollständige Taschenbuchausgabe

Originalausgabe

Cover: © Konrad Bak @ shutterstock.com
Umschlaggestaltung: www.heubach-media.de
gesetzt in der Trajan Pro und Adobe Garamond Pro

Printed in Germany
ISBN 978-3-86277-101-1

www.blue-panther-books.de

Erinnerungen – heute …

Ich blinzelte die Tränen weg. Die Adventszeit löste bei manchen von uns die unterschiedlichsten Gefühle aus. Bei mir waren es eine schmerzhafte Sehnsucht und ein nie abklingender Schmerz. Eine Leere, die sich wie ein bösartiges Geschwür in meine Brust fraß. Meine Lippen und meine Kehle verlangten nach einem rettenden Schluck Wasser.

Ich öffnete den alten Schuhkarton. Darin waren Erinnerungen, begraben vom Staub der Zeit. Dinge, die man vergessen wollte, aber nicht vergessen konnte. Vorsichtig wischte ich den Staub von der Klarsichtfolie, und vergilbtes Fotopapier kam zum Vorschein. Es war kaum noch zu erkennen, was das Schwarz-Weiß-Foto darstellen sollte. Doch ich wusste, was ich sah. Ich kannte jede Linie, jeden Schatten, jede …

»Denise? Denise!« Ronald – mein Mann!

Ich wirbelte zur Dachbodentür herum und strich verstohlen die Tränen aus den Augenwinkeln. Licht drang von unten aus dem Flur herauf. Schnell legte ich das Foto in die Schachtel zurück und packte den alten Campingrucksack darauf.

»Ich komme, Liebling«, antwortete ich. Sechs Jahre war es jetzt her. Sechs lange Jahre. Aber manchmal kam es mir wie gestern vor. Alles hier im Speicher erinnerte an eine Zeit, die ich vergessen wollte. Begraben. In alten Schuhkartons. Unter alten Rucksäcken.

»Ich komme schon.«

Ich richtete mich auf, schaltete die Glühlampe aus, die einsam von der Dachschräge baumelte, und stieg die schmale Holztreppe hinunter.

»Hier steckt ja meine schöne Halbfranzösin. Hast du für eine Dachbodenszene recherchiert?« Ron lächelte und nickte in Richtung Decke.

Ich betrachtete ihn, als sähe ich ihn zum ersten Mal. Das

war Ronald Matthew Harris – der Mann, den ich geheiratet hatte, mein Traummann. Und da war das Lächeln, in das ich mich vor zwölf Jahren verliebt hatte. Er sah noch besser aus als damals, als wir uns kennenlernten. Und das lag nicht an dem grauen Giorgio Armani Geschäftsanzug, seinem in der Garage stehenden Infiniti Q45 oder an den fünfhunderttausend Dollar Jahresgehalt, die er nach Abzug an Steuern verdiente. Auch nicht daran, dass er mir ein siebenhundertfünfzigtausend Dollar Haus gekauft hatte.

»Eigentlich ...« Ich schüttelte den Kopf und brachte ein kleines Lächeln zustande. Viel hatte ich heute nicht geschrieben. Aber das machte nichts. Keiner meiner sechs Romane hatte es jemals in die nationalen Bestsellerlisten geschafft. Zu viel Handlung – zu wenig Sex.

Er klappte die wackelige Leiter ein und ließ sie in der Dachbodenluke an der Decke einrasten. Sein männlich herbes Aroma legte sich auf meine Sinne. Der Kuss, den er mir schenkte, weckte die Lust auf mehr.

»Du hast da Staub ihm Gesicht.« Er wischte ihn mit dem Daumen von meiner Wange. »Hey, Schatz, hast du etwas?«

»Nein«, log ich und hoffte, glaubwürdig zu klingen. »Du bist früh zu Hause«, freute ich mich. Ich brauchte ihn jetzt. Mehr als alles andere. Seinen Körper. Seinen Schwanz. Ich wollte ihn.

Meine Hand strich über seinen durchtrainierten Bauch. Mit einem einzigen Ruck hatte ich den Gürtel seiner Hose geöffnet.

»Na warte«, drohte er grinsend und raubte mir einen erbarmungslosen Kuss. Seine Lippen strichen zärtlich von meinem Halsansatz aufwärts. Das war mehr, als ich ertragen konnte. Ich versuchte, ins Schlafzimmer zu gelangen, doch er schnitt mir den Weg ab. Eine wilde Sehnsucht flackerte in seinen Augen. Mir blieb nur ein heilloser Rückzug durch den Flur in die Küche. Seine italienischen vierhundert Dollar Schuhe polterten auf den harten Steinboden. Armanijackett, Krawatte und Hemd folgten hinterher.

Wie ein in die enge getriebenes Reh stand ich mit dem Rücken zur Anrichte und duckte mich zur Flucht. Mit der Geschmeidigkeit eines Pumas, der seine Beute gestellt hatte, näherte er sich. Flucht war zwecklos. Aber ich wollte auch gar nicht mehr fliehen.

Achtlos ließ er Hose und Boxershorts zu Boden gleiten. Sein Glied richtete sich zur vollen Größe auf. Der Anblick raubte mir den Atem. Mein Mann besaß den größten Penis, den ich bis zu meiner Hochzeitsnacht – nein, bis zur Geburt unseres Sohnes und darüber hinaus – in mir gespürt hatte. Achteinhalb Zoll gute, alte amerikanische Hausmannskost. Er war der Allererste gewesen, der es geschafft hatte, mich vaginal zum Orgasmus zu bringen. Das und ein paar andere Dinge hatten mich nach einiger, wenn auch nicht gerade reiflicher Überlegung bewogen, ihn zu heiraten. Es war damals sehr schnell mit uns gegangen.

In einem wirbelnden Kaleidoskop vermischten sich alle Gedanken und Erinnerungen, angesichts der achteinhalb Zoll, die sich mir männlich aggressiv entgegenstreckten. Ich kam mir wieder wie die sechzehnjährige Cheerleaderin vor ... die sexperimentierfreudige Collegestudentin ... die mit sündigem Rot geschminkte Femme fatale. Doch dieses dunkle Etwas überschattete wieder alle Empfindungen.

Ron nahm Besitz von meinem Mund, drehte mich herum und drückte mich von hinten gegen die Küchenanrichte. Meine beige Cargohose streifte er bis unter die Kniekehlen hinunter. Sein Schwanz presste sich feucht gegen meinen Slip. Er schob ihn zur Seite und drang ohne Widerstand in mich ein. Allein die Heftigkeit seines Eindringens entrang mir kehlige Laute.

»Ja, das brauchst du«, flüsterte er heiser und zog mir das T-Shirt über den Kopf. »Du willst es.« Tief versenkte er sich in mir. Stieß zu.

Ich nickte erregt. Das Foto drängte sich zurück in mein Bewusstsein. Jede Linie, jeder Schatten, jede Kontur zeichnete ich in Gedanken nach. So sehr ich es auch versuchte, die Geister der Vergangenheit ließen sich nicht verscheuchen.

»Schlag mich!«, stieß ich hervor und streckte ihm meine Pobacken noch mehr entgegen.

Er zögerte.

»Du sollst mich schlagen!«, forderte ich.

»Möchtest du das wirklich?« In seiner Stimme schwang Angst mit. »Ich will dir nicht wehtun, Liebling. Hast du ...«

»Mach schon!«, bellte ich. Ich bekam die Schwarz-Weiß-Fotografie einfach nicht aus meinem Kopf. Der damit verbundene Schmerz und die Verzweiflung drohten die Oberhand zu gewinnen. »Vertrimm meinen Arsch!«

Seine Hand sauste auf meine Pobacke.

»Ja«, presste ich hervor. »Fester!« Ein Name kämpfte sich durch die Flut erregender Empfindungen. Nur ein Name, doch mit ihm verbanden sich eine Reihe widersprüchlicher Gefühle. Steven.

»Fester, hörst du?« Ich wollte den Namen endgültig vergessen und nie wieder an ihn denken.

Ich zuckte bei dem heftigen Klatschen nach vorn. Meine Pobacke brannte. Ich musste mir später unbedingt den roten Handabdruck im Spiegel ansehen.

»Ist das schon alles, was du drauf hast, du Schlappschwanz?«

Es knallte und helle Lichtpunkte tanzten mir vor Augen. Das Foto und der Name verblassten. Endlich ließ der Schmerz in mir nach und wurde von dem Glühen, das von der Haut in meine Pobacken ausstrahlte, verdrängt.

»Ja, mein geiler Hengst«, säuselte ich glücklich. »Und jetzt fick mich! Benutz mich!« Ich liebte es, seine Hure zu sein. Nur ihm zu gehören als sein williges Spielzeug.

Sein heißer Atem drang an mein Ohr. Jeder Stoß trieb mich dem Höhepunkt näher. Meine brennenden Pobacken klatschten gegen ihn. Seine Hände kneteten besitzergreifend meine Brüste. Er krallte sich in mein langes blondes Haar, wickelte es wie ein Tau um sein Handgelenk und zog mich zurück.

Dann ließ er mich warten. »Nein!«, flehte ich. Bettelte.

Doch er zögerte meinen Orgasmus hinaus. Er wusste genau, wann er aufhören musste. Und er machte von diesem Wissen rücksichtslos Gebrauch.

»Du bist gemein!«, hauchte ich. »Bitte, bitte ... Hör nicht auf ... du Mistkerl.«

Doch er hörte auf. Jedes Mal wieder. Nach einer gefühlten Ewigkeit erlöste er mich. Alles flimmerte vor meinen Augen. Mein Becken zuckte in Spasmen. Kraftlos sank ich auf der Küchenanrichte zusammen und genoss das ausklingende Pochen in meinem Schoß.

Ron küsste mich auf die Stelle, wo er mich geschlagen hatte. Deutlich zeichneten sich auf der schneeweißen Haut, wie mit Fingerfarben gemalt, seine Handabdrücke ab. Jeder Finger war zu erkennen.

»Schatz, es tut mir so leid.« Er sah zerknirscht zu mir auf. Tränen schimmerten in seinen Augen – für Tränen war es allerdings sechs Jahre zu spät, für sein Mitgefühl nicht.

»Das muss es nicht.«

»Es wird immer Geheimnisse zwischen uns geben, nicht wahr?«

Manche Geheimnisse blieben besser geheim. Ich drehte mich zu ihm herum und strich ihm zärtlich über die lichter werdenden Ecken an seiner Stirn. War da ein neues graues Haar?

Ich liebte ihn umso mehr dafür, dass ich wieder und wieder etwas Neues an ihm entdecken konnte. Dass wir gemeinsam alt werden durften.

»Du hast genug gelitten«, flüsterte er.

Ich presste seinen Kopf gegen meinen Schoß. Seine Zunge schnellte vor und streichelte die frisch gefickte Spalte.

»Ja, mein Liebling.« Mein Stöhnen hallte durch die Küche. Er stand auf und drang vorsichtig in mich ein. Ich rutschte auf die Anrichte. Unten fühlte ich mich empfindlich an. Sehr empfindlich. Schließlich war ich ja gerade erst gekommen. Aber meine Gier nach ihm war stärker.

»Ich weiß, was dich wieder auf andere Gedanken bringt, Schatz.«

»Was?«, schnurrte ich und hielt mich an seinen herrlich breiten Schultern fest.

»Swingen unter dem Weihnachtsbaum«, stöhnte er. »Eine Weihnachtsfeier der anderen Art. Eine Sexorgie. Überall im Wohnzimmer brennen Kerzen. Wir servieren Lebkuchen und Punsch. Und alle laufen splitternackt durchs Haus – so wie damals bei der Einweihungsparty.«

Ron stieß ordentlich zu. Ja, allein bei der Vorstellung daran, glaubte ich den Duft von Plätzchen zu riechen. Das himmlische Aroma von Zimt und Koriander.

»Davon träumst du schon seit Jahren«, erinnerte ich mich. »Ja, Liebling, das machen wir!«

Er küsste mich.

»Allerdings könnte es zeitlich knapp werden. In nicht ganz fünf Wochen ist Weihnachten.«

»Bis zum Wochenende vor Weihnachten sind es sogar nur vier«, ergänzte ich. »Aber keine Bange, ich krieg das hin«, hauchte ich.

»Gott, ich liebe dich! Hörst du? Ich liebe dich!«

Berauscht von den Schwärmereien meines Mannes über die bevorstehende Weihnachtsparty, registrierte ich aus den Augenwinkeln die Schönheit Mount Hoods hinter der verschneiten Skyline von Portland. Seine schneebedeckte Kegelspitze sah wie ein eisblauer Sahnebecher aus. Zu gern hätte ich jetzt von der leckeren Sahne gekostet. Ich warf den Kopf zurück und schrie ein langes Ja in die weite Leere unseres Hauses.

Ja – ich war am Leben.

Ja – ich würde mich nicht unterkriegen lassen.

Und ja – ich würde wieder aufstehen, wie oft ich auch zu Boden ging.

Der Schmerz war vorerst besiegt. Der Name Steven nur ein Wort, das keine Macht über mich besaß. Ich kam noch heftiger als beim ersten Mal. Und diesmal wollte ich alles von ihm. Bis auf den letzten Tropfen.

Er spritzte in mir ab. Pumpte seinen Samen in mich. Ich spürte jedes Zucken von ihm. Jede Kontraktion. Ein Beben durchlief seinen Körper. Er stützte sich an der Küchenanrichte ab und versuchte, neuen Atem zu schöpfen. Ich drückte ihm meine großen Brüste ins Gesicht.

Er spielte mit den empfindlichen Knospen, beugte sich hinunter und küsste die besamten Lippen. Samenflüssigkeit benetzte seine Zunge.

»Jetzt ist nur noch zu klären«, stöhnte er genussvoll, »wen wir einladen wollen und wer an dem Tag Zeit hat.«

»An wie viele Leute hast du gedacht?« Mein Herz klopfte plötzlich wild.

»Nicht ganz so viele wie letztes Mal. Maximal acht.«

»Vier Pärchen also?«

Ron nickte.

»Komm, Frau, zieh dich an. Ich lade euch zum Essen ein. Touey wird Hunger haben, wenn er von der Schule nach Hause kommt. Wie wäre es mit *All-u-can-eat* bei *Izzy's*?«

»Kommt nicht in Frage«, protestierte ich lächelnd und zog meine Hose hoch. Rons Samen tropfte in meinen Slip. Rasch streifte ich mir mein T-Shirt über. »Heute koche ich. Und so gut wie dieses Fertigzeugs von *Safeway* ist meine Lasagne allemal.«

Ich stellte den Backofen an. Ich war schon spät dran. Titouan konnte jeden Moment mit dem Schulbus kommen. Zum Glück hatte ich alles vorbereitet. Mit einem Mal war ich froh, das Thema wechseln zu können.

Steven, trommelte es durch meine Gedankengänge. Das letzte Mal war Steven bei unserer Swingerparty gewesen. Ich unterdrückte einen Fluch und hasste mich selbst dafür, dass mir solche Details immer im ungünstigsten Augenblick einfielen. Der alte Schmerz machte sich leise bemerkbar.

»Was sagtest du, Schatz?«

»Ach nichts. An wen hast du gedacht? Ich meine für die Swingerparty?« Meine Stimme brach. Ganz toll, Denise, ganz toll! Leg die Falle nur aus, in die du gleich selber tappen wirst! Eine dunkle Vorahnung beschlich mich. Sag den Namen nicht, Ron. Bitte sag ihn nicht.

»Die üblichen Verdächtigen.« Er zog sich die Hose an.

»Wen?«

»An Jacky und ihren Mann. Ich mag Jacky.«

»Jacqueline also.« Ich atmete schneller. Mein Atem kam kaum zur Ruhe. »Jacqueline sieht fantastisch aus«, plapperte ich nervös. »Mel und Herbie sind auch immer für jeden Spaß zu haben«, fügte ich hinzu.

»Ja.« Ron grinste. »Allerdings macht Schwabbel-Herbie Lauren Angst.«

Ich erwiderte sein Grinsen. »Also Lauren und Brent auch. Damit wären wir vier Pärchen.« Ich war zufrieden und atmete auf. Von Herb würde ich die Finger lassen und Brent war ein fantastischer Liebhaber. Und Jackys schlechtere Hälfte hatte ich noch nie ausprobiert. Noch nicht. Ich war gespannt.

»Vier Pärchen«, bestätigte Ron. »Aber wir dürfen nicht vergessen, es ist das Wochenende vor Weihnachten.«

»Da wird nicht jeder Zeit haben«, warf ich ein und presste die Lippen aufeinander. »Wir sollten Ersatzspieler einplanen.«

Er nahm mich in die Arme. »Langsam denkst du wie ein Coach beim Eishockey.« Liebevoll küsste er mich auf die Lippen. Ich legte mein Gesicht an seine starke Brust.

»Eure Hobbymannschaft braucht mehr als einen Coach. Ihr braucht ein Wunder. Ein Weihnachtswunder!«

»Wir brauchen für den Fall der Fälle Ersatz«, überging er die Stichelei gegen seine geliebten »Portland Pirates«.

Der Schulbus hielt mit blinkenden Warnlichtern vor unserem Gartentor und Titouan stieg aus, seine Schultasche lässig geschultert. Mehrere Kinder winkten an den Fenstern. Zwei Mädchen drückten ihre Nasen an der Scheibe platt und strahlten. Er lächelte cool zurück. Mir wurde warm ums Herz – es war dasselbe Herz, das noch immer wie Trommelfeuer in meiner Brust klopfte.

»Wir brauchen Ersatzspieler«, nahm Ron den Faden wieder auf und nickte Titouan durch das Küchenfenster zu. Unser elfjähriger Sohn störte sich nicht am nackten Oberkörper seines Vaters und stapfte durch den fünf Zentimeter hohen Neuschnee zur Haustür. Ich konnte hören, wie er sich dort gewissenhaft die Winterschuhe abklopfte.

»Und wer?«, rutschte es von selbst über meine Lippen. Ich schloss die Augen, in Erwartung der Antwort, die unweigerlich folgen würde. Bitte, nicht ihn. Bitte nicht den besten Freund meines Mannes. Sag bitte nicht Steven.

»Steven …«

Für eine Sekunde bekam ich keine Luft.

Steven

Ich hasste Steven vom ersten Tag an. Ich mochte weder sein Aussehen noch seine Art zu reden noch seine verdammte Singlekarre. Ich liebte meinen Mann.

Steven und ich begegneten uns das erste Mal vor etwa acht Jahren im Hauptgang zu den Tribünen des VIP-Bereichs. Da Ronald die Renovierung des Stadions mitfinanziert hatte, stand uns eine eigene Loge zu. Aber weiter als bis in die Regionalliga hatten es mein Mann und seine »Piraten« nicht geschafft. In Anlehnung an die Mannschaft aus Portland, Maine, hatten sie ihr Team so genannt. Ihre größten Angstgegner waren die »Portland Predators«, gegen die sie nie ein Spiel gewannen.

Ich frage mich, gibt es eigentlich noch etwas Unwichtigeres als Eishockey?

Aber natürlich versäumte ich kaum ein Spiel – vor allem dann nicht, wenn mein Mann sein Bestes gab. Und mir entging auch dieser andere Mann nicht, der in der Abwehr gut und im Angriff noch besser war. Steven führt heute noch zwei mannschaftsinterne Rekorde an. Die meisten erzielten Punkte in einem einzigen Spiel. Und die meisten erzielten Punkte pro teilgenommenem Spiel. Hier hatte er meinen Mann im Schnitt um 0,1 Punkte geschlagen. Den einzigen Rekord, den er nicht brechen konnte, war, die meisten Punkte pro Spieldrittel. Diesen Rekord hält unumstritten mein Ronald mit drei Treffern. Aber wer interessiert sich schon für Zahlen?

»Hey, Miss«, sagte er zu mir. Er war groß. Dunkel. Ein Bild von einem Mann. Seine Urgroßmutter war eine echte Lower Chinook gewesen – den Rest seiner Gene verdankte er dem amerikanischen Pioniergeist europäischer Einwanderer.

»Hier, halten Sie mal.«

Er drückte mir ein Suspensorium in die Hand.

»Sehr hübsch. Und was soll ich jetzt damit?« Wenn das eine

Anspielung sein sollte, mit ihm ins Bett zu gehen, dann fand ich das nicht komisch.

»Schauen, ob es auch noch eines in meiner Größe gibt.«

»In Ihrer Größe?« Was für ein Angeber! »Steht irgendwo auf meiner Stirn Spielerbetreuerin?«

Offenbar verwechselte er mich mit einem Fan, der alles darum gegeben hätte, mit einem Spieler ins Bett zu gehen. Er beugte sich vor und betrachtete gründlich meine Stirn. Sein männlich anregender Geruch schlug mir entgegen. »Ich kann nichts erkennen«, meinte er. »Aber Sie könnten meine persönliche Betreuerin werden. Ich brauche sehr viel Betreuung.«

Ich lachte eisig. »Sie werden in dieser Mannschaft nichts zu lachen haben«, drohte ich ihm. »Das schwöre ich Ihnen!« Er wäre nicht der erste Spieler gewesen, den mein Mann aus der Mannschaft geworfen hätte. Aber nie hatte Ron es auf meinen ausdrücklichen Wunsch hin getan. Nun, ich war auch noch nie von einem Spieler sexuell belästigt worden. Bis jetzt. Die Stunden dieses Mannes bei den »Portland Pirates« waren gezählt!

»Oh«, lächelte er und meine Knie wurden weich. »Dabei steht mir ein Lachen so gut, hat man mir gesagt. Wie wär's? Ich entschuldige mich und Sie gehen dafür mit mir essen. Ich kenne da ein nettes griechisches Restaurant.«

Mein Magen schlug einen Purzelbaum.

»Dazu gehört mehr, als nur ein guter Eishockeyspieler zu sein.« Ich schluckte und unterdrückte vergeblich das verräterische Schwingen in meiner Stimme.

Mein Mann Ronald kam um die Ecke gebogen, entdeckte uns und lachte schallend. Entgeistert sahen der ungehobelte Klotz und ich uns an.

»Spitze, ihr habt euch schon bekannt gemacht.« Er wandte sich an diesen schmierigen Windhund. »Steven, das ist meine

Frau Denise«, stellte er mich vor. »Denise, das ist mein ältester Freund.«

Steven sah von Ron zu mir und wieder zu Ron zurück. Dann blieb sein Blick auf mir haften – länger als notwendig. Und weit länger als es schicklich war. Damit hatte er nicht gerechnet. Man sah mir die Schadenfreude hoffentlich an. Nur die Formulierung »ältester Freund« störte mich etwas.

»Sehr erfreut. Ich hoffe, Sie akzeptieren meine Entschuldigung«, stellte er sich reserviert vor und reichte mir die Hand. »Frau?«, fragte er zu Ron zurück. »Wann ist das denn passiert?«

»Ja, Stevie, in den letzten Jahren hat sich einiges getan. Warte nur, bis ich dir meinen Sohn vorstelle. Er wird im Februar vier.«

Steven hob erstaunt die Augenbrauen.

»Und wie lange kennt ihr euch?«, fragte ich höflich. Nicht, dass es mich interessiert hätte.

Steven grinste. Und es war diese Art, wie er grinste, die ich nie vergessen sollte. »Schon ewig, oder, was Ronnie? Wir sind zwei von einem ganzen Platoon, das vom Cover des New York Time Magazines gelacht hat.«

»Ja«, bestätigte mein Mann. »Das war bei der Befreiung von Kuwait City.« Er legte beschützend den Arm um mich. »Weißt du Schatz, wir waren beide beim ›Desert Storm‹ dabei.«

***

Ich weiß nicht, was mich mehr erschütterte. Die Tatsache, dass Ronald nie auch nur ein Wort darüber verloren hatte, oder dass ich erst Steven kennenlernen musste, damit ich davon erfuhr. Ron hatte mit mir nie über seine Militärvergangenheit gesprochen. Genauso wenig wie mein Vater über Vietnam. Wir standen zu der Zeit noch alle unter dem Schock vom 11. September.

Es ließ sich fortan leider nicht vermeiden, mit Steven näher Bekanntschaft zu machen. Bei jedem Spiel war er es, der im entscheidenden Moment die Punkte holte – auch wenn wir dann im letzten Drittel meistens verloren. Ich weiß nicht, ob er sich daran erinnerte. Bei einer Siegesfeier hatte er mich ohne Vorwarnung geküsst. Ich nehme an, er musste zu dem Zeitpunkt schon stockbetrunken gewesen sein.

Ich glaube, das war am selben Tag, als er einen meiner Romane mitbrachte und zusammen mit einem Kugelschreiber vor mir hinlegte.

»Du musst mir noch dein Buch signieren!«

»Hast du es denn gelesen?«, fragte ich überrascht und betrachtete das Taschenbuch. Es sah wie frisch aus dem Regal aus.

»Nein, mir gefiel nur das Cover so gut.«

Eine vollbusige Blondine schmiegte sich an die nackten Hüften eines erotischen Mannes, für den fünfundneunzig Prozent aller Frauen gestorben wären, hätten sie nur einmal seine Muskeln berühren dürfen. Die Frau sah mir nicht einmal unähnlich. Ich musste unbedingt mit meinem Verleger darüber sprechen.

»Für den besten Freund meines Mannes«, kritzelte ich. »Danke, dass du auf meinen Mann im ›Desert Storm‹ aufgepasst hast und ihm ein so guter Freund bist. Du bedeutest meinem Mann sehr viel. Denise«

Ich las mir alles noch einmal gründlich durch und war sehr zufrieden damit. Er betrachtete den Eintrag, grinste kurz und meinte: »Dass dein Mann Ronnie heißt, hättest du noch schreiben können. Und dass dein Mann ein guter Eishockeyspieler ist ... Und dass dein Mann eine sehr beeindruckende Frau geheiratet hat.«

»Was?« Platt reichte ich ihm den Kugelschreiber zurück. Und keine zwei Stunden später hatte der Idiot nichts Besseres zu tun, als mich zu küssen.

Ursprünglich stammte Steven aus Eugene, arbeitete aber für

das *Portland Police Bureau*. Er gehörte auch dieser Spezialeinheit an, die gegen Geiselnahmen eingesetzt wird. Viele ehemalige Marines entschieden sich für den Polizeidienst. Er machte da keine Ausnahme.

Irgendwann hatte er sich entschlossen, nach Portland umzuziehen. Man könnte sagen, dass er und mein Mann sich erst durch den Eishockeysport wieder begegnet waren. Das war das erste Mal, dass ich das Hobby meines Mannes aus tiefstem Herzen hasste.

Ich weigerte mich bis zum Schluss beharrlich, Stevens Einladung auf den Polizeiball zu folgen. Ich schlug Ron vor, stattdessen eine großzügige Spende zu tätigen. Doch all mein Flehen und Weigern half mir nichts. Mein Mann Ronald erschien mit seiner Frau Denise R. Harris auf dem Ball. Es gab davon sogar ein Foto im Jahresbericht der Polizei. In dem weißen Minikleid sah ich wie eine Schlampe aus.

Steven nutzte die kurze Abwesenheit meines Mannes und schlich sich wie ein Schneeleopard an mich heran. Bevor ich ablehnen konnte, hatte er mich schon auf die Tanzfläche entführt und drängte sich bei einem heißen *Cha-Cha-Cha* an mich. Ich konnte ihn durch das dünne Minikleid hindurch spüren und ärgerte mich, dass er ein so viel besserer Tänzer als mein Ronald war.

»Denise, ist etwas mit dir?« Er führte mich zurück an unseren Tisch und wirkte besorgt.

»Nichts, Steven.« Ich schüttelte den Kopf. »Mein Mann tanzt nur wesentlich besser als du.«

Sein unwiderstehliches Grinsen raubte mir den letzten Nerv. Am liebsten hätte ich ihm meinen Drink ins Gesicht gekippt und ihn dann geküsst. Oder ihn zuerst geküsst und ihm dann meinen Drink ins Gesicht gekippt. Dieser Mann machte mich wahnsinnig.

Er lachte amüsiert. Wütend blitzte ich ihn an.

»Tut mir leid, Häschen. Aber weißt du, ich habe Ron schon einmal tanzen gesehen. Das war im Jahr 90 in Saudi Arabien.«

Ich ließ meinen Drink fallen. Das Longdrinkglas zerbarst in tausend kleine funkelnde Splitter. 1990 hatte ich gerade erst meine Unschuld verloren. Dass ich mit dreiundzwanzig heiraten und ein Kind bekommen würde, hätte ich nicht im Traum geahnt. Und ich hatte auch nichts von dem Mann gewusst, den ich einmal heiraten und über alles lieben würde.

Ich nahm mir vor, nie wieder mit Steven zu tanzen. Und überhaupt, ich wollte diesen verdammten Mistkerl niemals wiedersehen.

***

Im Sommer darauf begleitete ich meinen Mann auf das Fest der *USMC-Base* in Pendleton. Er hatte dort unter anderem geschäftlich zu tun. Der stellvertretende Kasernenkommandeur führte uns persönlich durch die Waffenhangars. Das war eine große Ehre, die nicht jedem Gast zuteilwurde. Für mich war es allerdings ein eher fragwürdiges Privileg – zumal Steven uns bei dem Rundgang begleitete. Ron hatte mich zwar jahrelang zum Schießplatz mitgeschleppt, und ich war froh, mit seiner Pistole umgehen zu können, aber ich hoffte, dass ich nie von ihr Gebrauch machen musste. Daran hatte auch der 11. September nichts geändert.

»Da gibt es etwas, das ich Ihnen zeigen möchte, Ron.« Der Colonel grinste wie ein Geier, der ein verendetes Rind erspäht hatte. »Ich weiß nur nicht, ob das auch Ihre Frau interessieren wird.«

Ich lächelte entschuldigend. Er hatte meinen Blick richtig gedeutet. Ron winkte ab, denn er wusste, dass ich klarkam.

»Ich werde Ihren Mann nicht zu lange beanspruchen, Mrs Harris, versprochen. Außerdem weiß ich Sie bei Captain

Powers in guten Händen.« Der Colonel zwinkerte mir zu und sagte an Ron gewandt: »Ich habe ein paar wunderbare Zigarren für einen Abend wie diesen aufgehoben. Und einen hervorragenden Whiskey. Wäre doch schade, wenn wir beides nicht anschließend seinem verwendungsbestimmten Zweck zuführen würden, oder?«

Das ließ sich Ron natürlich nicht zweimal sagen. Anstatt mich auf die Tanzfläche zu entführen, ließ er mich in dem nach Motoröl stinkenden Hangar zurück – mit Steven. Dafür hätte ich ihn umbringen können!

»Amüsier dich schön, Schatz.«

Ein flüchtiger Kuss und die beiden verschwanden in die zigarettenrauchgeschwängerte Nacht hinaus. Ich erhielt nicht einmal die Chance, meinen Protest geltend zu machen.

Ich warf einen verstohlenen Blick zu Steven und grummelte eine Verwünschung. Draußen, in den brechend vollen Partyzelten, herrschte eine ausgelassene Stimmung. Balladen, Country, Rock – für jeden Geschmack spielten sie die passende Musik. Alle amüsierten sich, bloß ich nicht. Und das nannte mein Mann dann einen »gelungenen« Garnisonsball. Das würde er mir büßen!

Steven las in meinem Gesicht wie in einem offenen Buch. Entspannt erwiderte er den Gruß dreier junger Soldaten, die an ihm vorbeigingen. Meine Hände verkrampften sich um die Handtasche. Ich mochte Steven nicht. Ich mochte vor allem nicht diese Spannung zwischen uns. Und schon gar nicht war ich gewillt, der Ursache dieser Spannung auf den Grund zu gehen. Außerdem sah er viel zu gut in seiner Offiziersuniform aus.

»Mach dir nichts draus«, schien er sagen zu wollen, »mich haben sie auch vergessen …«

»Wie wär's, Denise, wenn ich dich mit unserem Prunkstück, dem ›Abrams M1A1‹, bekannt mache?« Er nahm mich am Arm und führte mich zu einem Ungetüm aus Stahl. Die Stelle, wo seine Finger meine Haut berührten, stand plötzlich in Flammen. Nur noch dunkel erinnerte ich mich, dass der Colonel ein paar Worte zu dem Panzer gesagt hatte.

»Wie war Ron im ›Desert Storm‹, Steven?«, rutschte es aus mir heraus.

»Er war ein Marine.« Die Antwort klang wohl überlegt. »Er hat nie etwas falsch gemacht.«

Ich betastete die Wanne des Stahlmonsters, ließ aber davon ab, als ich merkte, dass meine Finger schmutzig wurden.

»Diese Seite an ihm ist komplett neu für mich«, sagte ich bedrückt und zuckte mit den Achseln. »Ich meine, ich wusste, dass er seinem Land gedient hat. Aber ich hielt ihn immer für so vernünftig. Ich hätte nicht gedacht, dass er bereit war, sich für eine verfehlte Politik umbringen zu lassen.«

»Ron war vernünftig«, entgegnete Steven. »Ich weiß nicht, was er dir genau über den zweiten Golfkrieg erzählt hat. Aber wir haben gegenseitig auf uns aufgepasst. Er auf mich. Ich auf ihn. Alle in der Einheit sind gesund heimgekehrt. Das ist auch Rons Verdienst.«

Ich sah wenig überzeugt zu ihm auf.

»Und so verfehlt war die Politik damals gar nicht, Denise«, er lächelte – oh, wie ich dieses Lächeln hasste! Mein Schwerpunkt sackte dann immer einen halben Fuß tiefer – genau in meinen Schoß.

Von Ron wusste ich, dass Steven nach dem elften September überlegt hatte, sich für ein Jahr in den Irak zu melden. Hätte er es doch nur getan! Er wäre an diesem Abend nicht da gewesen, wir wären uns wahrscheinlich nie begegnet und mein Leben wäre komplett anders verlaufen.

Ich starrte auf den Kampfpanzer. Selbst wenn ich mich

streckte, gelangte ich nicht auf die Oberseite dieses gut neun Meter langen Stahlmonsters.

»Können wir uns ihn von innen ansehen?«

»Natürlich können wir«, sagte Steven überrascht, »komm!«

Ich folgte ihm aufgeregt über das Besuchertreppchen auf die Oberseite. Meine High Heels knickten um. Spätestens da wurde mir klar, warum Soldaten im Dienst Stiefel trugen. Ich hielt mich an seiner Hand fest. Ein angenehmes Kribbeln durchströmte meine Finger.

Spielend leicht zog Steven meine knapp siebenundfünfzig Kilogramm zu sich hinauf. Seinem Körper musste die Kraft eines Bullen innewohnen. Der anregend männliche Geruch hüllte mich ein. Atemlos fand ich mich auf dem Turm des Panzers wieder.

»Wir sperren den Hangar jetzt ab, Steven«, rief eine befehlsgewohnte Stimme von der Hangartür. »Die Führungen sind für heute beendet.«

Ertappt löste ich mich aus Stevens Armen und stöckelte nach vorn zur Kanone. Er hielt meine Hand, sich vergewissernd, dass ich nicht stolperte.

»Ist gut, Gunny, du kannst zusperren. Ich habe meinen Schlüssel. Ich werde ihn dir nachher vorbeibringen.«

Das Licht am anderen Ende der Halle ging aus. Wir waren allein.

»Was für ein mächtiges Rohr«, staunte ich.

»Hundertzwanzig Millimeter Glattrohrkanone«, erwiderte er. Er sah aus wie Titou, wenn er mir etwas sehr Wichtiges zu erzählen hatte. Mein Sohn hatte dann auch immer dieses Leuchten in seinen Augen.

»Ich sehe schon«, lachend versuchte ich, die Länge des Geschützrohres abzuschätzen, »dieses Spielzeug darf unter keinem Weihnachtsbaum fehlen.«

Mich gegen die Kanone lehnend, lauschte ich seinen Erklärungen und streckte lustvoll meine langen Beine aus. Diese Waffe verströmte eine Aura der Macht. Es fiel mir schwer, mich dieser Kraft zu entziehen. So sehr ich auch alles ablehnte, was mit dem Wort »Krieg« zusammenhing.

»Dein Kleid wird schmutzig«, warnte er.

Unbekümmert lachte ich ihn an. Der schwarze Stoff würde es verkraften. Sein Blick wanderte meine in dunkle Nylonstrümpfe gehüllten Schenkel hinab. Der Leopardenprint meiner High Heels funkelte im schummrigen Licht der Deckenbeleuchtung. Natürlich wusste ich um die Wirkung meines Körpers. Blond bedeutete nicht zwangsläufig dumm.

»Du wolltest mir doch den Panzer von innen zeigen«, erinnerte ich ihn und strich mir die Haare aus dem Gesicht. Mit einem raschen Griff hatte er die Turmklappe geöffnet.

»Kommst du, Denise?«

Ich ließ mir von ihm in das Dunkel der Stahlbestie helfen. *Klaustrophobisch*, kam mir als Erstes in den Sinn. Schalter, Hebel, Anzeigen, Kabel, Schläuche.

»Wie in einem Raumschiff.«

Seine Hände strichen mir über Gesäß und Hüfte. Es erregte mich, wie sich seine Berührungen anfühlten. Wie weit würde er es wagen zu gehen? Er, der beste Freund meines Mannes!

»Du darfst dich in den Sitz des Panzerkommandanten setzen.« Frech grinsend schaltete er die Innenbeleuchtung ein.

Ich glitt auf das abgewetzte Stück Stoff. Mein Minikleid rutschte hoch und entblößte den spitzelosen Bund meiner Strümpfe. Mir schoss die Röte in die Wangen.

»Bekommst du denn keine Probleme, wenn sie uns hier drin erwischen?«

»Nicht mehr als sonst.«

Ich starrte ihn an.

»Keine Bange, der Gunny ist ein alter Freund von mir. Er und der Colonel wissen, dass ich nichts Dummes mit ihren Panzern anstellen werde.«

»Ist Captain ein hoher Rang?« Mir war eingefallen, dass der Colonel ihn vorhin so genannt hatte.

»Nicht so ein hoher wie der eines Majors«, tat er achselzuckend ab. Dass er nicht rumprotzte, imponierte mir. Ich nahm mir fest vor, die Dienstgrade zu googeln.

»Können wir eine Runde mit dem Ding fahren?« Ich war plötzlich sehr aufgeregt.

Er schüttelte lachend den Kopf. »Bevor ich dich ans Steuer setzen darf, musst du eine rigorose Ausbildung über dich ergehen lassen. Aber willst du mal sehen, wie die Kanone geladen wird?«

Ich nickte. Es folgten ein paar routinierte Handbewegungen, das Klicken und Klappern von Metall. Dann schob er ein großes patronenähnliches Ding in das Rohr.

Mein Atem stockte. Wieso hatte ich unweigerlich an Sex denken müssen, als er das Geschoss in die Kanone einführte? Hitze stieg in mir auf.

»Hier nicht draufdrücken«, er zwinkerte mir zu, »sonst macht es ›Bumm‹.«

»Willst du es drin lassen?« Ich spürte seine Hand auf meinem Oberschenkel. Eine wohlige Wärme wanderte durch meinen Schoß. Erneut roch ich seinen unwiderstehlichen Duft. In der Enge des Turms vervielfachte sich die Wirkung auf mich. *Gott, du willst ihn, Denise! Gib es doch endlich zu!*

»Das wäre gegen die Vorschriften. Hier, schau mal durch.« Er führte mich zu sich heran, um mir einen Blick durch die Visiereinrichtung zu gewähren. Ich beugte mich vor. Meine Brüste schwangen leicht unter dem Minikleid vor und zurück. Ich erkannte nichts bis auf das verschwommene Bild der Hangarwand und jede Menge senkrechter sowie vertikaler Linien, die meiner Vorstellung eines Fadenkreuzes so gar nicht entsprachen.

»Damit geht ihr auf Jagd?«, stieß ich seufzend hervor. Er erkundete meinen Po. Ich bog leise stöhnend den Rücken durch. Seine Finger kneteten die runden Backen. Dabei beließ er es jedoch nicht. Gekonnt hatte er mein Minikleid über die schneeweißen Pobacken hochgezogen und deckte meine Haut mit zarten Küssen ein. Seine Zunge hinterließ eine heiße Spur.

»Ich wollte dich schon immer«, gestand er mir. »Schon, als wir uns das erste Mal im Stadion begegneten.« Sein Zeigefinger glitt in meinen String und erforschte die feuchten Lippen. Ich stöhnte kehlig. Mit der anderen Hand hob er mein Bein an und schwang mich in Position. So hockte ich vor ihm, die Stirn gegen die Visiereinrichtung gelehnt.

Seine Gürtelschnalle klimperte. Ich konnte fühlen, wie sein hartes Glied aus der Uniformhose gegen die Innenseite meiner Schenkel stieß.

»Warte«, flüsterte ich zitternd.

Ungezügelte Leidenschaft loderte in seinem Blick. Am liebsten hätte ich ihn geküsst.

»Ist's wegen Ron?«

Ich schüttelte den Kopf. Mein Mann hatte nichts damit zu tun. Er nahm sich seine Freiheiten, wie ich mir meine nahm.

Ich deutete nach oben. Die in der Halle montierten Neonleuchten waren flackernd angesprungen. Wir hörten mehrere Stimmen.

»Soll ich dir mein Rohr zeigen?« Ein junger Marine erschien mit einem kichernden rothaarigen Mädchen in der offenen Luke. Der Rotschopf drückte ihm ungestüm einen Kuss auf den Mund.

»Aber bitte woanders, Corporal«, befahl Steven. »Dieser Panzer ist besetzt.«

Mit hochrotem Kopf starrten die beiden Teenager zu uns herunter und erhaschten einen wundervollen Blick auf mein entblößtes Gesäß. Stevens bestes Stück ragte steil auf, nur Zentimeter von meiner klatschnassen Möse entfernt.

»E-Entschuldigen Sie, Captain«, stotterte der junge Mann. »Ich … wir …«

Weg waren sie. Steven griff nach oben und schloss die Turmluke. Die Verriegelung rastete ein.

»Keine weiteren Störaktionen«, versicherte er mir.

Ich drehte mich herum und klammerte mich an ihn. Küsste ihn. Sog begierig den Duft seiner Lippen auf. Es war falsch, mit ihm zu schlafen – deswegen fühlte es sich auch so gut an.

»Sachte, sachte, mein Engel. Dieser Mann gehört seinem Vaterland.«

»Dummschwätzer«, platzte ich heraus und krallte meine Faust um seinen harten Schwanz. Ich konnte es nicht erwarten, ihn in mir zu spüren. Mit einem schmatzenden Geräusch flutschte das Prachtding endlich dorthin, wo es hingehörte. »Und ich dachte schon, Kugeln einzuführen, ist deine Spezialität.«

»Man nennt die Dinger Patronen, Liebling«, stöhnte er.

»Was auch immer, Captain.« Ich bewegte mich auf ihm und ließ ihn mit kräftigen Stößen meinen Schoß in Flammen setzten. Schweißperlen sammelten sich auf meiner Stirn. Ich liebte den Dienst in der Truppe, dachte ich verblüfft. Wenn Panzerfahren immer so viel Spaß machte, dann zog auch ich eine Uniform an.

Vor Lust schreiend, sank ich in seinen Armen zusammen und hob zitternd den Blick. Ich wollte ihm in die Augen sehen, wenn er seinen Samen in mich ergoss.

Mit einem erstickten Schrei drückte er mein Becken hart an sich. Es fiel mir schwer, mich zu erinnern, wann ich das letzte Mal einen Mann so tief in mir gespürt hatte. Ich wartete vergeblich darauf, dass er in mir explodierte. Zwei Sekunden lang. Dann pumpte er in unzähligen Schüben sein Sperma in meine aufnahmebereite Scheide. Schwall für Schwall fühlte ich ihn in mein Innerstes spritzen.

Erregt ausatmend ließ er seinen Kopf nach hinten sinken. Er hatte die Augen geschlossen. »Was wird Ronald sagen?«, flüsterte er schließlich atemlos.

Was wohl? Ich seufzte. Mein Mann würde besitzergreifend seinen Arm um mich legen und fragen: »Na, Schatz, amüsierst du dich?«

***

Abgesehen von der Frage sollte ich recht behalten. Pünktlich zur Mitternachtseinlage saßen wir bei Steak und Pommes am Tisch des Colonels. Ich, wie erwartet mit dem Arm meines Mannes um meine Schultern.

Unter der Tischdecke ließ ich meine Finger zu Stevens »Kanone« schweifen. Noch immer schwirrten mir die anregenden Einblicke in den ›Abrams M1A1‹ durch den Kopf.

»Das nächste Mal zeigst du mir das Cockpit einer ›F-16‹«, forderte ich ihn auf und verfiel dem sinnlichen Glühen seiner Augen. Etwas in ihnen versprach mir, dass ich sehr viel mehr von ihm bekommen würde als die süße Umarmung, um die ich gebeten hatte.

***

Das Cockpit einer »F-16« hatte er mir natürlich niemals gezeigt. Ich konnte es nicht glauben, dass ich mit ihm geschlafen hatte. Und ich konnte nicht akzeptieren, dass er diese Wirkung auf mich ausübte.

Mit Ron war ich vor unserer Heirat, und auch später, in Swingerclubs gewesen. Aber nie hatte ich mich zu einem anderen Mann außer Ron so hingezogen gefühlt, dass ich an nichts anderes mehr denken mochte. Seinen Geruch, seinen Körper, seinen Penis. Ich spürte eine Sehnsucht nach Steven, die ich nicht in Worte fassen konnte. Und mir war klar, ich musste ihn wiedersehen.

Eine Woche nach unserem heißen Date rief ich ihn an – und hörte eine Frau im Hintergrund kichern. Da wusste ich Bescheid. Ich hätte ausrasten können.

Von Ron erfuhr ich, dass er seine Partnerinnen wechselte wie andere Leute ihre Hemden. Dass er gegen Ende der Saison immer mit einer neuen Frau an seiner Seite zu den Spielen aufkreuzte, machte von da an auf einmal einen Sinn. Am liebsten hätte ich ihn mit seinem Eishockeyschläger erschlagen. Ich hasste diesen verdammten Mistkerl! Sein verdammter Schwanz sollte ihm abfaulen!

Aber was hatte ich denn von ihm erwartet? Eine Affäre? Dass er mein Liebhaber wurde? Ron wäre damit sicher nicht einverstanden gewesen – so offen unsere Beziehung auch war. Natürlich hatte ich meinem Mann nichts von unserem kleinen Stelldichein in Pendleton erzählt. Steven war schließlich sein bester Freund und Jungs pflegten im Umgang miteinander einen gewissen Ehrenkodex. Einen Ehrenkodex, den ich nie auch nur ansatzweise durchschauen würde – geschweige denn verstehen. Außerdem wirkte Ron von Mal zu Mal angespannter. Da wusste ich noch nichts von den großen finanziellen Problemen, die uns bevorstanden.

***

Etwa drei Monate nach unserem heißen Flirt im »M1A1«, der Sommer neigte sich dem Ende, fiel mir auf dem Heimweg dieser Polizeiwagen auf, der mir folgte. Unter der mächtigen St. John's Brücke, dort war es dunkel und menschenleer, blinkten die Blaulichter auf und die Sirene ertönte.

Nervös fuhr ich rechts ran. An den Wochenenden fand

hier unter der Brücke immer ein Straßenverkaufsmarkt statt. Doch jetzt, vormittags, unter der Woche, war niemand hier.

Der Cop kam selbstsicher auf mich zu, nahm die Sonnenbrille ab und steckte sie in die Brusttasche seines Hemds. Im Seitenspiegel erkannte ich, dass es Steven war. Und er wusste, dass ich es war, denn er kannte meinen Citroën SUV.

Atemlos betätigte ich den elektrischen Fensterheber.

»Guten Tag, Officer. Ist etwas nicht Ordnung?« Ich konnte mir ein Schmunzeln nicht verkneifen. Er sah verboten gut aus in der tiefblauen Polizeiuniform – wie immer.

»Stellen Sie den Motor ab, Ma'am, und steigen Sie ganz langsam aus. Halten Sie Ihre Hände so, dass ich sie sehen kann.«

»Steven«, entfuhr es mir. »Was …«

»Steigen Sie aus!« Da war ein Glanz in seinen Augen, der an Wildheit kaum noch zu übertreffen war. Wie ein Leopard kurz vor dem Sprung. Ich glaubte schon, den tödlichen Biss der Raubkatze an meiner Halsschlagader zu spüren.

»Du machst mir Angst, Steven. Kannst du mir bitte sagen, was los ist?«

»Aussteigen!«

Ich schluckte, schnallte mich ab und öffnete die Wagentür. Meine schwarzen Stöckelschuhe berührten den Boden. Er starrte mir auf die langen, glatten Beine. Würde er mich jetzt verhaften?

»Schließen Sie die Tür. Hände auf das Wagendach! Treten Sie zwei Schritte zurück!«

»Steven, meinst du nicht, das ist ein wenig lächerlich? Wenn ich zu schnell gefahren bin, sag's einfach und ich bezahle.« Ich folgte seinen Anweisungen.

»Spreizen Sie die Beine!«

»Ich …«

Er tastete mich ab.

»Was suchst du? Eine Kanone?«

Seine Hände fuhren mein Gesäß entlang. Er schob meinen Jeansminirock hoch und streichelte meine runden Pobacken.

»Gott, Denise, ich habe deinen süßen Arsch so vermisst.« Er schmiegte sich von hinten an mich.

»Was?«, kroch es mir über die Lippen. Ich wirbelte zu ihm herum. »Was??? Deswegen zwingst du mich, rechts ranzufahren und behandelst mich wie eine … wie eine Kriminelle?«

Er lächelte und mir wurde flau im Magen. Wieso konnte ich dem verdammten Mistkerl nicht einfach eine runterhauen? Wütend strich ich meinen Minirock glatt.

»Du …«

»Ich muss dich leider verhaften.«

Sprachlos starrte ich ihn an. »Bitte … wieso??? Wegen Zuschnellfahrens???«

»Wegen zu guten Aussehens im Straßenverkehr. Du beeinträchtigst die Konzentrationsfähigkeit der anderen Verkehrsteilnehmer. Daher ist es meine Pflicht, dich sofort aus dem Verkehr zu ziehen.«

»Verkehr?«, brüllte ich. »Ich werde dir gleich einen Verkehr geben! Die Spende für den nächsten Ball kann sich dein korrupter Polizei-Verein abschminken!«

Er zog mich fest an sich ran und küsste mich hart. Ich wehrte mich, aber mein Körper verriet, was ich wirklich von ihm wollte. Ich verwandelte mich in Wachs in seinen Händen.

»Du verdammter Scheißkerl«, brachte ich hervor und öffnete meinen Mund noch mehr, um ihn tief in mich aufzunehmen. Mein Becken drängte sich in kreisenden Bewegungen an ihn.

»Schließ deinen Wagen ab«, hauchte er.

»Wozu?«, flüsterte ich.

»Deswegen.« Die Handschellen klickten und meine Hände waren hinter meinem Rücken aneinander gefesselt.

»Was hast du vor, du verfluchter Mistkerl?«

»Ron hat mir gesagt, dass er ein paar Tage geschäftlich in Seattle zu tun hat und der Kleine mit deinen Eltern nach Six Flags Magic Mountain gefahren ist – was ich, nebenbei bemerkt, ziemlich cool finde. Er hat mich gebeten, ein Auge auf dich zu haben.«

»Hat er nicht.«

Steven wusste, dass er nur zu lächeln brauchte, um von mir zu bekommen, was er wollte.

»Doch, das ist sogar wahr. Wir nennen das Schutzhaft, Kleines. Somit hast du jetzt zwei Möglichkeiten. Entweder ich bringe dich auf das Revier und wir nehmen die Anzeige auf, oder ...«

»Anzeige? Welche Anzeige? Die wegen zu guten Aussehens im Straßenverkehr?«

»Beamtenbeleidigung bei einer routinemäßigen Verkehrskontrolle. Du hast mich einen ›verfluchten Scheißkerl‹ sowie einen ›verdammten Mistkerl‹ genannt. Außerdem hast du das Portland Police Bureau als korrupt bezeichnet.«

»Aber das ... das ...« Hatte ich das wirklich gesagt? Wieso musste der Mann ein so gutes Gedächtnis haben?

»Ich muss dich leider zum Revier bringen. Dort schießen wir ein schönes erkennungsdienstliches Foto von dir – mit einer hübschen Nummer für die Verbrecherkartei. Und um eine Geldstrafe werden wir nicht herumkommen.« Er küsste meinen Hals. Ich schmolz dahin.

»Du mieser ...«

»Na, na, na, Sie reiten sich immer tiefer rein, Mrs Harris.«

»Und was ist die zweite Möglichkeit?« Ich gab mich geschlagen.

»Mhm?«

»Du sagtest, entweder ich folge dir auf das Revier und all den Kram oder ...«

»Oder«, er grinste, »du begleitest mich zum Polizeischießplatz, wir jagen ein paar Kugeln aus dem Lauf und genehmigen uns anschließend ein hervorragendes Essen. Bevor oder nachdem wir es in meinem Dienstwagen machen.«

»Ich hüpf nicht mehr mit dir in die Kiste«, behauptete ich.

»Du darfst auch mit meinem Schlagstock spielen.«

»Ich bin keine deiner ... deiner Irinas, Vanessas oder Jennifers.« Ich wollte nicht eine dieser austauschbaren Frauen für ihn sein. Und überhaupt, wieso mussten die Namen seiner Frauen immer verdächtig nach Porno-Starlets klingen?

Seine Hände wanderten über meinen Körper und öffneten die Knöpfe meiner Bluse. Er küsste mich auf das Brustbein. Wellen heißen Verlangens fluteten durch mein Zentrum und erreichten pochend meine Kniekehlen. Ich zitterte. Meine Knie drohten, unter mir nachzugeben. Nirgends konnte ich mich festhalten. Hilflos sank ich gegen meinen Wagen zurück.

Steven zeichnete mit den Lippen meine Brüste nach. Die Träger meines Bikinis rutschten herunter. Die Knospen lagen frei. Mit tödlicher Zärtlichkeit saugte er an ihnen und ließ seine Zungenspitze mit ihnen spielen.

Seine Hand strich langsam meine Innenschenkel entlang. Das war mehr als ich ertragen konnte. Ich stöhnte laut wie eine vernachlässigte Haremshure. Seine Finger tasteten sich in mein klatschnasses Bikinihöschen vor. Ungehindert drang er zuerst mit einem, dann mit einem zweiten Finger in mich ein.

Mein Becken reagierte auf seine Liebkosungen. Ich wollte ihn. Ich wollte alles von ihm.

»Binde mich bitte los, Steven«, bettelte ich schwach. Ich konnte das Metall der Handschellen den Lack meines Wagens zerkratzen hören.

»Oh nein.«

Meine Knie knickten ein. Er fing mich auf. Sein Mund küsste

meinen Bauchnabel, wanderte tiefer, bis ihm der dünne Gürtel meines Minirocks im Weg war. Fast brutal streifte er mir den Rock herunter. Mein strahlend weißes Bikinihöschen folgte. Beides landete auf dem schmutzigen Asphalt der Straße. Wie besessen saugte er an meinen Schamlippen. Ich lief aus und alles fand den Weg geradewegs in seinen Mund.

»Wenn uns jemand sieht ...«, brachte ich atemlos hervor. Doch er machte weiter. Er lutschte. Schmatzte. Meine Fingernägel krallten sich in die Haut meiner Hände. Ich drängte mich an ihn, hoffte, dass er immer tiefer mit seiner Zunge in mich eindringen würde – und er enttäuschte mich nicht. Seine Lippen spielten mit meiner Klitoris. Ich rief seinen Namen. Gespenstisch hallte mein Schrei vom Brückengewölbe wider.

»Du Scheißkerl«, presste ich hervor. Mein Becken zuckte unkontrolliert. Ich kam. Meine Knie gaben nach. Ich rutschte auf ihn, doch er hielt mich fest. Nebelhaft nahm ich ihn wahr, konnte kaum sein Gesicht erkennen. Seine Stimme drang leise durch mein hormongeschwängertes Bewusstsein.

»Denise, du bist festgenommen.«

***

Das Krachen der Pistolenschüsse hallte vom gegenüberliegenden Hang wider. Die Schießstände waren von Cops in Uniform und in Zivil besetzt.

»Darf ich denn hier sein?«, flüsterte ich aufgeregt und hatte das Gefühl, von all den Polizisten angestarrt zu werden. Ich spürte noch die verräterische Feuchte zwischen meinen Beinen. Ich wollte Steven. Ich wollte ihn ganz.

Er legte eine Glock 17 auf die Ablage, die weltweit meistverwendete Exekutiv-Beamtenwaffe – die gleiche, die auch mein Mann besaß. Mit routinierten Handgriffen lud er die Patronen in die beiden Magazine.

»Warum nicht? Falls jemand fragt, sagst du einfach, du bist

vom Police Department in Eugene … Detective, Abteilung Sitte.« Er grinste dreckig. »Das nehmen sie dir wahrscheinlich sogar ab.«

War das nicht Amtsanmaßung? Ich überlegte. Er langte in seine Tasche und reichte mir Gehörschutz und Schießbrille.

»Vielleicht sollte ich dir zeigen, wie man mit der Pistole umgeht, Kuschelhäschen.«

Kuschelhäschen? Ich schnappte mir die Neun Millimeter, entfernte das Magazin, zog den Schlitten zurück und ließ die Patrone in meine Hand fallen. Nach der Funktionsprüfung zerlegte ich die Waffe und benannte die wichtigsten Teile.

»Hat alles längst mein Mann erledigt.«

Beeindruckt hob er die Augenbrauen. »Und schießt du auch genauso gekonnt?«

Ich zuckte mit den Achseln. »Wenn ich dich schlage, lädst du mich nicht nur zum Essen ein …«

»Ach? Sondern?«

»Du schläfst nie wieder mit mir.« Meine Stimme schwankte. Ich spielte mit dem Feuer.

»Abgemacht, Häschen. Falls ich allerdings gewinne, gehört dein süßer Hintern mir! Aufwärmrunde vorher?«

Ich schüttelte den Kopf, lud die Pistole durch und feuerte den ersten von fünf Schüssen auf die zehn Meter entfernte elektronische Zielscheibe ab. Er würde nicht gewinnen. Er durfte nicht gewinnen. Das mit uns musste aufhören, bevor es außer Kontrolle geriet.

Er war an der Reihe. Zufrieden stellte ich fest, dass die erste Runde an mich ging.

»Du musst mich nicht schonen«, schmunzelte ich und steckte ein frisches Magazin in seine Pistole. »Ich bin schon ein großes Mädchen.«

»Ich sollte vielleicht weniger auf deine wohlgeformten vier Buchstaben glotzen.«

»Solltest du. Denn näher als jetzt wirst du da nie mehr rankommen!«

Siegessicher feuerte ich die nächsten fünf Schuss ab und war von dem Ergebnis positiv überrascht.

»Puh, das wird hart. Ob ich das überbieten kann?« Stevens konzentrierter Gesichtsausdruck schien aus Stein gemeißelt zu sein. Wie eine Maschine feuerte er drauflos. Fünf Treffer – fünfmal genau ins Schwarze.

Ungläubig starrte ich auf die Auswertung der Schießelektronik.

»Du hast mich abgezockt, du Arsch!«

»Glaubst du, man schafft es ins *SWAT-Team*, Liebling, wenn man nicht überdurchschnittlich gut schießen kann? Mach dir deswegen keinen Kopf – du schießt besser als ein paar meiner Kollegen.«

»Das ist nicht fair.«

»Du musst eins werden mit dem Ziel«. Er stellte sich hinter mich. Sein männlich herber Duft stieg mir in die Nase. Die Spitzen meiner Brüste hoben sich steil nach oben. Wie sollte ich mich da konzentrieren? Genauso gut hätte er mir in den feuchten Slip fassen können. Bei dem Gedanken spürte ich wieder dieses süße Ziehen von vorhin in meinem Schoß. Er führte meinen Zeigefinger zum Abzug, suchte den Druckpunkt und schoss – ins Schwarze.

»Du meinst so?« Ich griff nach hinten zu seinem Schritt.

Ein weiterer Schuss krachte. Er schlug singend im Boden ein.

»Ich erwarte dich im Wagen«, hauchte ich ihm grinsend einen Kuss auf die Wange. Langsam gefiel mir die Idee, mich in seinem Streifenwagen vernaschen zu lassen.

Mit seiner Polizeimütze auf dem Kopf glitt ich auf den Fahrersitz, schob den Mini hoch und löste die Bänder meines Bikinihöschens. Es rutschte über meine teilrasierte Scham nach unten.

Ich hörte, wie Steven sein Zeug in den Kofferraum packte. Ich betrachtete ihn im Rückspiegel und fingerte leise stöhnend meine klatschnasse Spalte.

»Besorg's mir«, bettelte ich. Ich musste ihn haben. Und diese doofe Wette hatte nichts damit zu tun. Ich wollte ein letztes Mal mit ihm schlafen, bevor wir auf ewig die Finger voneinander ließen. Und ich wollte, dass wir das Ende mit einem Feuerwerk feierten. Ich nestelte an seinem Gürtel herum. Sein praller Schwanz hüpfte aus der Uniformhose.

Er sah kurz über den Parkplatz, ob jemand kam, dann drang er kraftvoll in mich ein.

»Jetzt darfst du mich verhaften, mein böser Cop«, kicherte ich. Die Handschellen klickten und schon waren wir ans Lenkrad gekettet.

»Denise, wo zum Teufel hast du diese Handschellen her?« Jegliche Farbe wich aus Stevens Gesicht.

»Aus deinem Kofferraum«, brachte ich atemlos hervor. Gott, fühlte er sich gut an. Das Einswerden mit dem Ziel funktionierte tatsächlich!

»Verdammt, Denise.«

»Was ist?«

Er fluchte unterdrückt und zerrte an der Kette, die uns beide ans Lenkrad fesselte.

»Die Schlüssel für die Dinger!«

»Ja?«

Er sah verloren wie ein kleiner Junge aus. Unheimlich süß. »Die Schlüssel, verdammt – sie sind im Kofferraum!«

Das versprochene Mittagessen im Restaurant konnte ich mir damit wohl abschminken.

»Du kostest mich noch meinen Job, Frau!« Hilflos wie ein Kettenhund zerrte Steven an den Handschellen, die ihn und mich ans Lenkrad seines Dienstwagens fesselten. Ich warf seine mir tief in die Stirn gezogene Polizeimütze zurück und lachte amüsiert.

»Wieso sind die Schlüssel für die Handfesseln im Kofferraum?« Ich schüttelte den Kopf. »Ich dachte, ihr Polizisten hättet so etwas Existenzielles immer dabei?«

»Kann ich damit rechnen, dass ich von meinem bondagegeilen Date ans Lenkrad gekettet werde?«

»Bondagegeil?«, echote ich. »Welcher Polizist, halbwegs bei Verstand, trennt sich von seinen Schlüsseln?«

Er stand noch immer mit runter gelassenen Hosen über mich gebeugt. Leider schien unser Liebesspiel ein jähes Ende zu finden. Seine Erektion drohte abzuflauen. Ich ergriff mit meiner nicht angeketteten Linken seine pralle Männlichkeit und versuchte zu retten, was zu retten war.

»Auch das noch«, stöhnte er. Vom Schießstand näherten sich drei Uniformierte mit ihrer Ausrüstung. »Schnell, Häschen! Rutsch rüber!«

Ich rutschte nervös am Fahrersitz hin und her, ließ von seinem besten Stück ab und tastete nach meinem Bikinihöschen, das unten bei meinen High Heels am Gaspedal baumelte.

»Jetzt mach endlich! Da kommen Kollegen! Vergiss das Höschen.«

Grummelnd versuchte ich, über den Ganghebel auf den Beifahrersitz zu gelangen. Er schob seine freie Rechte unter meine linke Pobacke und ... Ich glitt mit den Schamlippen über den Griff der Gangschaltung. »Bekomm' ich wenigstens irgendetwas zwischen die Beine.«

Hastig ließ sich Steven auf den Fahrersitz sinken und schloss die Autotür.

»Reich mir den Slip!«, bat ich. Seine Erektion war Geschichte. Schade. Er hatte nicht einmal Zeit gehabt, sich die Hose wieder zuzumachen.

»Was hast du dir dabei gedacht, Denise?« Er bekam endlich mein Bikinihöschen zu fassen und warf es mir zu.

»Wobei gedacht?«

»Du bist echt zu weit gegangen!«

Ich grinste. Konnte man bei einem Spiel für Erwachsene überhaupt zu weit gehen?

»Es ist auch nicht schlimmer, als in einem Kampfpanzer von einem Marine und seiner liebestollen Freundin in flagranti erwischt zu werden«, gab ich zurück. Die Sonne knallte zur Scheibe herein. Ich schwitzte.

Die drei Cops grüßten freundlich lächelnd. Ihr Kombi stand genau neben uns. Niemand bemerkte Stevens offene Hose oder dass ich kein Höschen anhatte. Sie stiegen in den Wagen. Drei Autotüren fielen satt ins Schloss.

»Verdammt, wo sind die Schlüssel?« Steven biss sich auf die Unterlippe.

»Du sagtest im Kofferraum.«

»Nein, der für die Karre!«

»Sag nicht, der ist auch im Kofferraum?«, ätzte ich.

»Quatsch, er muss ...« Steven warf einen Blick über die Schulter zurück. »Er liegt auf der Rückbank auf meiner Dienstjacke.«

Ich sah ihn.

Einer der drei Cops starrte zu uns herein. Mit weit aufgerissenen Augen sah er noch, wie ich meinen Jeansmini über meine teilrasierte Möse schob. Der Kombi setzte sich in Bewegung. Die drei Männer brüllten vor Lachen.

»Denen haben wir ja eine Show geboten«, meinte Steven steif. »Komm, schwing deinen süßen Hintern nach hinten und hol den verdammten Autoschlüssel. Und mein Handy. Es ist in der Jackentasche.«

Ich streifte die Stöckelschuhe ab und langte nach hinten auf die Rückbank. Der Schweiß perlte von meiner Stirn. Ich streckte den Arm, konnte aber die Jacke nicht erreichen – geschweige denn den Schlüssel. Ich setzte mich auf und fischte mit dem gestreckten Bein nach der Jacke. Scharrte sie vorsichtig mit dem Fuß zu mir heran. Steven betrachtete mich im Rückspiegel. Es gefiel ihm sichtlich, was er sah.

»Grins nicht so dreckig«, fauchte ich. »Hättest du den Schlüssel, wären wir jetzt nicht in dieser Situation.«

»Langsam gefällt mir unsere Situation aber, Schätzchen.«

»Darauf möchte ich wetten.« Der hochgerutschte Jeansmini gewährte ihm einen wundervollen Blick auf meine Spalte, die sich mit jeder Beinbewegung öffnete und schloss.

»Verdammt«, fluchte ich.

»Was ist?«

»Der Autoschlüssel! Er ist auf den Boden gefallen.« Ich seufzte.

»Ohne den sind wir aufgeschmissen. Kannst du ihn sehen?«

Ich streckte meinen Hintern hoch und versuchte, durch das Gewirr meiner langen Haare den Schlüssel zu ertasten. Ich warf meine blonde Mähne über die Schulter zurück. »Hier! Hast du schon mal dein Handy.« Ich konnte den Dreckskerl im Rückspiegel grinsen sehen. Er drückte eine Kurzwahltaste.

»Wieso fragen wir nicht einfach einen deiner Kollegen hier, dass er uns den Schlüssel für die Handschellen aus dem Kofferraum reicht?«, wollte ich wissen.

»Siehst du die ganzen Cops da drüben?« Er deutete in Richtung Schießstätte. »Wenn du willst, dass sie alle herkommen und deine feuchte Spalte anglotzen – nur zu.«

Ich überlegte. Nein, das wollte ich eigentlich nicht, allerdings hatte es etwas!

»Und wenn der Typ da hinten uns so erwischt, dann kann ich meine Marke abgeben.«

Steven nickte in Richtung eines grauhaarigen Polizisten,

der pedantisch den Schießplatz abpatrouillierte. Während Steven telefonierte, verstärkte ich meine Anstrengungen, den Autoschlüssel zu ergattern und hatte nach einigem Hin und Her Erfolg.

»Wir müssen zum Revier«, brachte er mich auf den neuesten Stand, »damit mein Kollege uns den Schlüssel bringen kann. Der wird sich totlachen.«

Ich zerrte mit der Kette am Lenkrad. »Kannst du so fahren?«

»Ich werde es können müssen. Oder willst du die Feuerwehr rufen?«

Ich lachte amüsiert. Die Vorstellung, dass uns ein Dutzend Feuerwehrmänner mit Bergeschere und blinkenden Drehlichtern halb nackt aus dem Fahrzeug schnitt, war einfach zu komisch.

Er steckte den Zündschlüssel ins Schloss. »Nein, so geht das nicht. Mit der verfluchten Kette ums Handgelenk kann ich nicht lenken. Rutsch rüber!«

»Was soll ich?«, fragte ich erstaunt.

»Du sollst dich auf meinen Schoß setzen.«

»Das gibt ja überhaupt kein seltsames Bild ab.«

Er langte mit seiner freien Rechten zu mir herüber und küsste mich, als wäre ich sein Eigentum.

»Und jetzt rutsch rüber!« Sein Glied nahm einen halbsteifen Zustand an. Daraus konnte man schon etwas zaubern. Ich fühlte, wie es verdächtig nass zwischen meinen Beinen wurde.

Ich machte es mir auf seinem Schoß bequem und spielte mit dem Gedanken, seinen halbstrammen Jungen in mich einzuführen.

»Lass es bleiben. Da kommt mein Vorgesetzter.«

Er startete den Wagen, setzte zurück, und wir rauschten davon.

***

»Verdammt, ist es heiß hier drin! Kannst du mal das Fenster aufmachen?«

Die Klimaanlage war defekt, ich schwitzte und mir war schlecht. Ich schaffte es nicht, mit meiner freien Hand die Bänder meines Bikinihöschens zuzubinden, damit ich es wieder anziehen konnte. Während der Fahrt Dinge zu erledigen – darin war ich noch nie gut gewesen. Das Fenster fuhr surrend herunter. Sofort fielen mir die Ohren vom Fahrtwind zu. Meine Finger zupften hoffnungslos an dem Bikini. Gott, war mir schlecht.

»Mein Höschen!«, kreischte ich. »Halt sofort an!«

Er stieg auf die Bremse. »Was ist?«

»Ich habe mein Höschen verloren. Der Wind hat es weggeweht!«

»Bist du irre? Wir sind mitten im Stadtverkehr. Ich kann hier nicht stehen bleiben.«

Wie zur Bestätigung hupte hinter uns ein Truck einen anderen Verkehrsteilnehmer aus dem Weg.

»Tu es!«, herrschte ich ihn hysterisch an.

»Und wie willst du es holen? Wir sind festgekettet!«

Ich stieß eine Verwünschung aus. »Und alles nur, weil du deine Schlüssel nicht zusammenhalten kannst.«

»Ich kauf dir ein neues Höschen ...«

Ich griff nach seinem wundervollen Schwanz. Ich musste einfach. Und nicht nur, weil es das flaue Gefühl in meinem Magen beruhigte.

Mein Handy klingelte. Es war Ron. Auch das noch!

»Willst du nicht rangehen?«

»Genau, Steven«, provozierte ich ihn. »Ich sitze mit blanker Möse auf deinem Schoß, deinen halb schlaffen Schwanz in meiner Hand – festgekettet in einem Streifenwagen – und werde mit meinem Mann telefonieren! Achte gefälligst auf die Straße!«

In letzter Zeit war Ron ständig genervt. Außerdem hatte er kaum noch Zeit für mich.

***

Fünfzehn Minuten später fuhren wir auf den schattigen Parkplatz vor dem Polizeigebäude, genau zwischen Bank, Bezirksamt und Post. Steven hielt unter einem Baum. Bis auf drei Grundschüler mit Scootern war niemand zu sehen. Nervös blickte ich nach draußen und rutschte ohne Aufforderung auf den Nebensitz. Ich versuchte, meinen Mini weiter nach unten zu ziehen und presste die Oberschenkel zusammen.

Steven schloss seine Hose, wählte die Nummer und zwinkerte mir zu. Flüssigkeit tropfte mir aus der Scheide und machte den Sitz nass.

»Rick? Wir sind jetzt da. Ich muss dich um einen Gefallen bitten ...«, hörte ich ihn sagen.

Sein glatzköpfiger Kollege, der das Klischee des doughnutessenden Polizeibeamten bis ins letzte Detail erfüllte, sah zum Fenster heraus und nickte flüchtig. Eine Minute später stand er fassungslos vor der Autotür – in der Hand einen gekringelten Schoko-Doughnut. Ich grüßte kurz angebunden.

»Wieder mal eine Verdächtige festgenommen, Steven?« Er stützte sich lässig auf seine Dienstwaffe am Gürtel – mit einem öligen Grinsen im Gesicht – und starrte auf meine Oberschenkel. »Ich frage jetzt gar nicht, wie ihr das geschafft habt. Da, der Schlüssel. Dafür schuldest du mir einen Wochenenddienst und dann noch einmal drei, damit ich dem Chief nichts sage.«

Er grinste selbstzufrieden und biss genussvoll in den Doughnut mit Schokoladestreuseln.

»Erpresser«, grummelte Steven und schloss die Handschellen auf.

»Ja. Genau so ist es.« Gut gelaunt schritt Rick von dannen. Abgesehen von den nicht vorhandenen Haaren, sah er

Schwabbelbauch-Herbie, dem Mann meiner Freundin Mel, nicht unähnlich.

»Wie sieht es jetzt aus, Steven?«, wollte ich wissen und rieb mein Handgelenk, das von der Handfessel ganz taub geworden war.

»Was meinst du?«

»Na, du hast versprochen, mich zum Essen auszuführen.«

Er lachte. »Bevor oder nachdem wir dein Höschen holen?«

***

Zwei Doppel Whopper Menüs später – natürlich Drive-in, denn ich hatte ja kein Höschen an – parkten wir in der Tiefgarage unseres Apartmenthauses. Steven hatte den Streifenwagen abgegeben, sich umgezogen und da saßen wir nun in seiner Singleschleuder, einem Nissan 300 ZX.

Ich wollte nicht von ihm fort. Ich wollte bei ihm bleiben. Aber das führte zu nichts. Es durfte zu nichts führen.

»Ich dachte, du und Ron wolltet euch ein Haus kaufen.«

»Das haben wir«, bestätigte ich. »Aber im Moment finden dort noch Umbauarbeiten statt.«

»Wie viel hat euch das Haus noch mal gekostet?«

»Siebenhundertfünfzigtausend Dollar.«

»Wow«, machte er. Etwas schien ihn zu bedrücken.

Ich räusperte mich und versuchte zu lächeln. »Danke für den ereignisreichen Tag, Steven. Den werde ich so schnell nicht vergessen.« Oh, wie gern hätte ich mit ihm geschlafen. Aber es durfte nicht sein. »Ich werde Lauren anrufen, dass sie mit mir den SUV abholt.«

Er fischte aus meiner Handtasche meinen Wohnungsschlüssel und stieg aus.

»Hey, wohin denkst du, dass du gehst?«, rief ich ihm nach. Erhitzt verfolgte ich ihn bis zur Lifttür. Mir wurde bewusst, dass ich noch immer nichts drunter anhatte.

»Du kannst nicht mit hinauf …«

Er schubste mich in die enge Aufzugskabine, zog mich an sich und küsste mich hart. Die ganze Zeit, bis wir endlich in unserem Stockwerk angelangt waren.

»Ich will nicht, dass du mit hinaufkommst«, protestierte ich schwach.

»Pack alle Sachen zusammen, die du für ein Wochenende brauchst. Zahnputzzeug, Seife, Handtuch. Unterwäsche und so'n Zeug.«

Der Fahrstuhl stoppte und die Türen glitten auf. Benommen vom Kuss sah ich hinaus. Hoffentlich war Ellen nicht da. Ich wollte nicht, dass unsere Nachbarin mich zusammen mit Steven sah. Er drängte sich an mir vorbei. Er kannte leider den Weg. Nach dem Eishockey-Training war er öfters bei uns zu Gast auf ein Glas Bier gewesen.

»Wie kommst du auf die Idee, dass ich dich in meine Wohnung mitnehme?«, flüsterte ich.

»Warum flüstern wir?«, kam es gedämpft zurück. Er sperrte meine Wohnungstür auf. »Aber wenn du willst«, seine Stimme dröhnte durch den Flur, »kann ich auch hier vor deiner Tür warten.«

Ich konnte hören, wie jemand in Ellens Wohnung die Kette entfernte und den Schlüssel herumdrehte. Die Eingangstür zu ihrer Wohnung schwang auf.

Ich stieß Steven in unser Apartment und warf die Tür hinter mir zu. Mein Herz hämmerte gegen meine Rippen. Ellen musste von Steven nichts wissen. Es reichte schon, wenn er dämlich wie ein Schaukelpferdchen grinste.

»Wisch dir dein verlogenes Grinsen aus dem Gesicht«, schnappte ich. »Steven, was willst du eigentlich von mir?«

»Sagte ich dir doch schon alles«, kam es locker zurück. »Schießplatz und Essen gehen, haben wir gemacht … Jetzt entführe ich dich an einen ganz besonderen Ort.«

Einen ganz besonderen Ort? Ein angenehmer Schauer jagte mein Rückgrat hinunter.

»Nein, Steven, was willst du von mir? Von *mir*?« Ich griff mir an die Brust.

»Ich will dich.« Er nahm mich bei den Händen und küsste mich.

»Du willst mich«, stieß ich hervor. »Du willst mich bumsen – meintest du wohl?«

»Kommt doch aufs selbe raus.« Er grinste unwiderstehlich.

»Wenigstens bist du ehrlich«, erwiderte ich bitterer als beabsichtigt und biss mir auf die Unterlippe. Und so sehr ich es auch leugnete – ich wollte ihn auch. Ich wollte ihn spüren. Selbst wenn es nur für eine einzige Nacht sein sollte.

»Vergiss deine Schwimmsachen nicht, Denise.«

»Schießplatz fahren, Essen gehen, besondere Orte ... Das kann ich auch alles mit Ron haben – meinem Ehemann«, fügte ich bedeutungsvoll hinzu.

»Ich habe nicht vergessen, dass du mit meinem besten Freund verheiratet bist«, lächelte er. Mir entging nicht, dass wir vom Flur in mein Schlafzimmer gewechselt waren.

»Gut. Sehr gut sogar. Dann weißt du auch ... dann weißt du ... Sag mal, was tust du da?«

Bevor ich es verhindern konnte, hatte er die Schranktür meines Schlafzimmers geöffnet. Er suchte eine beige Cargohose und zwei, drei T-Shirts heraus und warf alles aufs Bett. »Hast du auch Wanderstiefel, Denise?«

»Steven, mach es uns doch nicht so schwer. Verlass jetzt bitte meine Wohnung.« Sogar ich hörte meiner Stimme diesen kümmerlichen Protest an. Die Hoffnung, dass er genau das Gegenteil von dem tat, was ich verlangte.

Seine Finger stolperten über ein Paar plüschüberzogene Liebeshandschellen mit Leopardenprint. Diese passten so herrlich zu den High Heels, die ich in Pendleton getragen hatte. Er hob die Augenbrauen.

»Gut, dass ich die gefunden habe, sonst kettest du uns nachher wieder fest.«

»Ich rufe jetzt die Cops ... wenn du nicht gehst«, drohte ich errötend und riss ihm meine Handschellen aus der Hand. Schnell sperrte ich sie in eine Schublade.

»9-1-1«, murmelte er und stieß einen leisen Pfiff aus. Er zauberte meine neunschwänzige Katze mit Penisgriff und eingebautem Vibrator aus meinem Unterwäschefach. Die Lederriemen sirrten durch die Luft.

»Hast du dafür eigentlich einen Waffenschein, Denise?« Streng betrachtete er mich. »Ich muss dich wirklich aufs Revier mitnehmen. Obwohl ... da waren wir gerade. Ich glaube, das kann ich dem guten Rick nicht antun. Der bekommt noch einen Herzinfarkt und kann dann seine freien Wochenenden nicht genießen.«

»Gib mir meine Sachen«, verlangte ich. »Ich gehe mit dir, wohin du willst und ... was du sonst noch so vorhast. Aber ich kann nicht mit dir schlafen. Nie mehr.«

»Nicht einmal, wenn du ›guter Cop, böser Cop‹ mit mir spielen darfst?« Er drehte die Leopardenplüsch-Handschellen zwischen seinen Fingern. Wo hatte er die denn auf einmal schon wieder her?

»Nein!« Ich nahm ihm erneut meine Plüsch-Handfesseln aus der Hand. Ich war verheiratet, verdammt noch mal. Ron gönnte mir ein kleines Abenteuer, mit jedem Mann, den ich wollte – aber nur ein kleines Abenteuer. Das war eine unausgesprochene Regel zwischen uns. Eine Regel, die allerdings der Aussicht auf einen einsamen Sonntag unversöhnlich gegenüberstand.

»Los! Raus hier! Ich möchte mir endlich ein Höschen anziehen.« Ich streifte mir die Bluse über den Kopf und ließ das Bikinioberteil zu Boden fallen. Meine Brüste genossen baumelnd ihre Freiheit. Steven stand im Türrahmen und grinste breit.

»Willst du mir etwa zusehen?«, schnauzte ich.

»Die wichtigste Regel im Polizeidienst: Kehre einer verdächtigen Person niemals den Rücken zu!«

Ich warf die neunschwänzige Katze nach ihm. Und traf. »Verschwinde!«

***

Wenn man von Portland etwa zweieinhalb Stunden über die Interstate 5 in Richtung Süden fährt, bei Salem und Corvallis vorbei, gelangt man an einen malerischen See namens *Fern Ridge Reservoir*. Er ist nicht so touristisch erschlossen, wie man es aus Esther-Williams-Filmen gewohnt ist, und schon gar nicht wie der *Lake Oswego*, wo sich Haus an Haus entlang des Seeufers reiht.

Dort wird man auch sicher nicht von irgendwelchen Leuten belästigt, die in ihren wackeligen Kanus bei einem vorbeipaddeln. Und die Wasserpolizei kontrolliert auch nicht im Minutentakt mit ihren Motorbooten, ob die Schwimmzonen penibel eingehalten werden.

Bis zu diesem Wochenende kannte ich diesen See nicht. Doch spätestens an jenem Wochenende, an den Ufern jenes Wassers, habe ich mich unsterblich in Steven Powers verliebt.

»Vertrau mir, Denise, es gibt diesen See. Ich weiß nur nicht, ob der Mangel an Komfort etwas für dich ist.« Wir fuhren nördlich an Eugene vorbei in eine wildromantische Einöde.

Ich sah ihn von der Seite an.

»Glaubst du, ich bin eine von diesen Modetussis, die nur mit Minirock und Stöckelschuhen eine gute Figur machen?«

Ich betrachtete meine Wanderschuhe, die trotz ihres fortgeschrittenen Alters noch immer total trendig wirkten. Die ersten zehn Kilometer spürte man mit ihnen überhaupt nicht.

Vor der Geburt meines Sohnes war ich oft mit Ron wandern gewesen. Steven würde sich wundern.

Er sah mir auf die langen Beine. Ich trug die beigefarbene Cargohose mit Seitentaschen, die über meinen Knien endete. Die abnehmbaren Beinteile verwahrte ich in meinem Rucksack, obwohl ich sie sicher nicht brauchen würde. Erst für Montag war Regen angesagt.

»Wohin bringst du mich, Steven?«

In Oregon gibt es in jedem Tal kleine Bergseen, die kaum auf Karten verzeichnet sind. Dort war es mir meist zu windig und das Wasser zu kalt. Nur hartgesottene Kerle wie mein Mann liebten es, darin zu schwimmen. Ich war da eher die Badenixe, die sich auf einem Felsen sonnte.

»Du hast doch nicht etwa vor, mich in der Wildnis auszusetzen? Für das, was ich im Streifenwagen ...«

»Gott, bist du schön, wenn du nicht weißt, was dich erwartet.« Er grinste. »Vertrau mir einfach.«

»Ich vertraue dir«, behauptete ich. »Aber das hier ist wie unerforschtes Gebiet in Schwarzafrika, das noch kein Weißer jemals betreten hat.«

Er lachte gequält. »Ich kann dir versichern, ein oder zwei Weiße waren schon mal hier. Einen amerikanischen Ureinwohner könnte ich auch anbieten. Aber einen Afroamerikaner habe ich hier bis jetzt vergeblich gesucht ...«

Wir bogen um einen Hügel und ich war überwältigt. Die westliche Spätnachmittagssonne spiegelte sich im drei Meilen durchmessenden Wasser.

»Wunderschön«, brachte ich hervor. Steven hielt am Ufer an, und ich stieg aus. Für ungezählte Augenblicke verlor ich mich in den funkelnden Goldfarbtönen. Steven stellte sich hinter mich und schloss mich in seine Arme. »Das war die lange Fahrt wert«, sagte ich nickend und lehnte den Kopf an seine Schulter. Ich wollte ihn, und uns beiden war klar, dass ich heute Nacht nur ihm gehören würde.

Ich drehte mich zu ihm um und küsste ihn.

»Wer zuerst im Wasser ist!«, rief ich lachend, lief über den Sand und riss mir das T-Shirt vom Leib. Steven folgte mir. Er war verdammt schnell, viel schneller als ich. Trotzdem schaffte ich es, mir die Stiefel auszuziehen und vor ihm im angenehm kühlen Nass zu sein.

Splitternackt planschten wir in den See hinein. Er packte mich an der Hand und zog mich im seichten Wasser zu sich hin. Hungrig küsste er die Spitzen meiner Brüste. Sein wunderschöner Schwanz war unheimlich hart. Ich wollte ihn. Ich wollte ihn schon den ganzen Tag. Seit Wochen. Ich wollte ihn so sehr, dass es in meinem Schoß fast schmerzte.

»Bitte, Steven. Tu es endlich«, flehte ich sehnsüchtig und klammerte mich an ihn. »Halte mich! Liebe mich!«

Er drang so sanft in mich ein, dass ich mich willenlos gegen ihn sinken ließ. »Mach mit mir, was du willst«, flüsterte ich, die Augen geschlossen. Seine Küsse trieben mich in den Wahnsinn. Ich spürte den weichen Sand unter mir. Sein starker Körper nahm von mir Besitz. Glitzernde Wassertropfen regneten aus seinem Haar und benetzten meine durstigen Lippen.

Er fühlte sich so verdammt richtig in mir an. Alles fühlte sich so verdammt richtig an. Als hätte es seit jeher für mich so sein sollen. Als wäre mir alles vorherbestimmt gewesen.

Manchmal ist es Schicksal, hätte meine Freundin Jacky gesagt. Schwachsinn, es war die animalische Ausstrahlung dieses Mannes! Mein Körper brauchte ihn. Ich brauchte ihn.

Der Orgasmus traf mich mit der Plötzlichkeit einer Kanonenkugel. Wimmernd zitterte ich unter ihm. Meine Finger rutschten auf seiner nackten Haut ab. Ich wollte ihm nicht mit meinen Fingernägeln wehtun.

»Denise, ich …«, hechelte er erstickt. Sein Unterkörper verkrümmte sich. Seine Bauchmuskeln pressten hart wie Stahl gegen meinen Schoß, und ich spürte, wie es noch mal geschah. Dieser Orgasmus war um ein Vielfaches heftiger als der vorangegangene. Alles explodierte in mir. Alles funkelte vor meinen Augen. Als hätte eine Lenkrakete die Kanonenkugel von gerade eben überholt und ihr Ziel gefunden.

Er riss den Kopf heftig zurück. Ein dumpfer Laut drang aus seiner Kehle. Dann spürte ich ihn. Jede Kontraktion, jeden Schwall, jeden Schub. Sein Samen drang in jede Vertiefung, jede Falte und jede Pore meines Innersten. Ich glaubte, noch einmal kommen zu müssen, doch das war das wellenartige Abflauen meiner beiden Höhepunkte.

»Lass ihn bitte drin«, beschwor ich ihn und wischte ungelenk die Wassertröpfchen aus seinem Gesicht. »Bitte lass ihn drin. Ich will ihn so sehr. Ich will dich so sehr.« Tränen schossen mir in die Augen.

Er küsste mich zärtlich. Sein heftiger Atem kam unregelmäßig und wir lagen einfach nur da. Minutenlang. Vielleicht eine Stunde. Wie lange, kann ich nicht sagen. Es wurde dunkel, als wir uns anzogen und zum Wagen zurückgingen.

Etwas weiter die Straße hinunter ragte der Zaun eines privaten Grundstücks auf. Dahinter, etwa dreihundert Yards entfernt, stand ein Blockhaus. In den schlammigen Grund des Sees getriebene Holzpfeiler stützten eine beschauliche Terrasse über die endlos anmutenden Weiten des Wassers, unter einem endlos erscheinenden Sternenhimmel.

Über eine Treppe, mit der Terrasse verbunden, führte ein Anlegesteg weiter in den See hinaus. Dort dümpelte ein kleines Motorboot träge in den Wellen.

»Betreten verboten«, seufzte ich und deutete auf ein Schild.

»Na so was, das Tor ist offen«, murmelte Steven und trat

ein. Ich folgte ihm erhitzt. »Du verstößt gern gegen die Regeln, was?«

»Das Leben ist zu kurz, um sich immer an die Regeln zu halten, Liebling.« Er küsste mich und ich schmolz erneut unter seinen Berührungen dahin. Ich wollte ihn lieben, lieben und lieben. Wieso konnte die Zeit nicht stillstehen – nur für uns?

Flotten Schrittes lief er den Kiesweg entlang und nahm die Stufen zum Eingang der Hütte.

»Lass uns wieder gehen«, schlug ich vor. Irgendwann würde sich dieser Mann ernsthafte Probleme einhandeln.

Er streckte mir die Hand entgegen und half mir die Stufen hinauf. »Wäre es nicht wunderbar, hier das Wochenende zu verbringen?«

»Ja«, gab ich widerstrebend zu. »Aber lass uns gehen, bevor der Besitzer kommt und Anzeige erstattet.«

»Das wird nicht passieren.« Steven grinste und küsste mich.

»Und wieso nicht?«

»Weil ich der Besitzer bin«, lachte er. Die Eingangstür schwang auf.

»Steven«, knurrte ich. »Du ...«

Er zog mich hinter sich her und streifte mir das T-Shirt über den Kopf. »Ich will dich!«, stöhnte er.

»Ja«, erwiderte ich atemlos und schloss die Tür mit dem Fuß. Mein Blick fiel auf das große Doppelbett inmitten des behaglichen, modern eingerichteten Wohnzimmers. Fernseher, CD-Anlage, Bar – dieses kleine Blockhaus ließ es an keinem Komfort mangeln.

Unbeherrscht nahm ich ihn an der Hand und zerrte ihn zum Bett. Ich ließ ihm keine Zeit, sich die Schuhe auszuziehen, das Licht anzumachen oder Musik einzuschalten. Ich wollte ihn. Sofort.

Er drang ohne langes Vorspiel in mich ein, und wieder

liebten wir uns zärtlich und liebevoll. Und es hörte nicht auf. Die nächsten zwei Tage nicht.

Wir schwammen, liebten uns, aßen etwas und liebten uns wieder. Den ganzen Samstag, den ganzen Sonntag. Ich konnte nicht genug von ihm bekommen.

Ich wünschte, diese Zeit hätte nie geendet. Als am Sonntagabend absehbar war, dass es enden würde und wir zurück nach Portland fahren würden, befiel mich eine seltsame Melancholie.

Ich lehnte splitternackt am Geländer der Terrasse und starrte leise seufzend auf das verschwommene Spiegelbild des Mondes. Steven stand hinter mir. Ich fühlte seine alles einnehmende Präsenz, roch seinen unwiderstehlichen Duft.

»Gleich«, sagte ich, weil ich wusste, dass wir fahren mussten und einen weiten Weg vor uns hatten. Das Unvermeidliche ließ sich nicht noch länger hinauszögern.

Ich küsste ihn und führte ihn hinunter zum Steg. Wir schwebten auf der Magie des flüchtigen Moments, bis wir das Ende des Wegs erreicht hatten.

Ich schöpfte etwas Wasser aus dem See und goss es über meine Brüste. Es floss über die Haut meines Bauches zu den teilrasierten Haaren meiner Scham.

»Schlaf ein letztes Mal mit mir«, bat ich und barg meinen Kopf an seiner Brust.

Ich hatte mich in Steven verliebt. Schon bei unserer ersten Begegnung, wie ich mir eingestehen musste. Es war einfach geschehen.

Aber Ron liebte ich auch. Konnte eine Frau zwei Männer lieben? Gleichzeitig? Ich wollte sie beide und ich war nicht bereit, einen von ihnen aufzugeben.

»Denise, ich liebe dich«, sagte er plötzlich und eine Wärme umfing mein Herz, die mir eine verdächtige Feuchte in die Augen zauberte.

Dass dieses Wochenende ein besonderes gewesen war, sollte ich erst Wochen später erfahren. Ich weiß nicht mehr, wann ich jemals glücklicher war. Und ich blieb ihm die Erwiderungsworte nicht schuldig.

»Ja, Steven«, meine Stimme bebte, »ich liebe dich auch.«

ERSTER ADVENT – HEUTE …

Vielleicht war es an der Zeit, die Vergangenheit ruhen zu lassen. Das hätten mir alle geraten, die ich kannte. Und sie hätten damit recht gehabt.

Einerseits gab es so viele Dinge, die ich vergessen wollte – wie die Zeit vor sechs Jahren, die die Hölle auf Erden für mich bedeutete. Andererseits gab es einiges, mit dem ich nicht abschließen wollte. Nicht abschließen konnte. Noch nicht. Ich war noch nicht bereit dafür.

Der Zwiespalt zwischen Vergangenheit und Gegenwart erinnerte mich manchmal an das Klingeln eines Telefons. Man wusste, wer am anderen Ende der Leitung war, noch bevor man den Hörer abgenommen hatte. Man wusste auch, dass das, was der Anrufer zu sagen hatte, einem nicht gefallen würde – und trotzdem musste man irgendwann den Anruf entgegennehmen und das Telefonat hinter sich bringen. Das Gespräch auf einen anderen Tag zu verschieben, verlängerte nur die Qualen. Und abgesehen davon, konnte man, ohne den Hörer abzunehmen, nie mit Sicherheit wissen, ob sich nicht irgendetwas zum Guten wenden würde.

Mein Handy klingelte, als ich von meinem Arbeitszimmer in die Küche ging, um mir einen Lebkuchen zu gönnen. Es war meine Freundin Mel.

»Was für eine nette Überraschung«, freute ich mich.

Ihr begeisterter Wortschwall vertrieb mir binnen Sekunden jegliche Traurigkeit. Ihre fröhliche Nervosität passte so herrlich zur positiven Spannung der Adventszeit. Etwas Großes stand am Ende der besinnlichsten aller Zeiten bevor. Kleine Kinder, ein bisschen jünger als mein Sohn, konnten das noch am besten nachempfinden.

»Übrigens, vielen Dank für die Einladung«, platzte sie heraus. »Ich bin so aufgeregt wegen eurer Feier. Und ich wollte fragen, ob ich dich unterstützen kann, bei ... bei was auch immer. Deswegen wollte ich auch fragen, ob wir uns vorher noch einmal treffen können.«

»Aber klar«, bot ich ihr an. »Wann immer du willst.«

»Am liebsten würde ich mich sofort mit dir treffen.«

»Warum nicht«, willigte ich ein. Mein neuer Roman würde ja auch einmal ein paar Stunden ohne mich auskommen können. Und meine beiden Männer brauchten mal Zeit für sich. Für Jungensachen ohne störende Spaßbremse.

Zwanzig Minuten später machte ich mich auf den Weg durch die weihnachtlich beleuchteten Straßen, vorbei an verschneiten Gärten und mit Flutlichtern versehenen Krippendarstellungen. Die vierzehn Brücken der Stadt strahlten wie in der Weihnachtswerbung von Coca Cola. Das hatte zu heftigen Kontroversen hinsichtlich der eklatanten Energieverschwendung geführt.

Mel und ich trafen uns im Café gegenüber dem *Pearl Shape Fitnesscenter*, Ecke 14te und Glisan Street. Dort konnte man so herrlich die trainierenden Jungs beobachten, wie sie zu gleichen Teilen auf einer Million Fahrrädern und Laufbändern zur Höchstform strampelten. Und die Trainer waren schon gar nicht zu verachten.

Alle Geschäfte waren mit glitzernden Glaskugeln und grünen Tannenzweigen geschmückt. Das überirdische Funkeln, Strahlen und Blinken erinnerte an ein Feen-Traumbildnis von Ed Gedrose. Santa Claus Männchen kletterten über Strickleitern zu imaginären Schornsteinen. Und aus jedem Laden drang ein anderes Weihnachtslied.

Mel rang die zierlichen Arme und quietschte vergnügt. Ihre großen Eulenaugen funkelten wie zwei Sterne. Verstärkt wurde der Effekt durch die dicken Gläser ihrer wenig modischen Brille.

»Ich bin so aufgeregt wegen Weihnachten. Ich freue mich wie ein kleines Mädchen.«

»Man sieht es dir an, Mel. Man sieht es dir an.« Ihre Vorfreude war ansteckend. Wir bestellten zwei Latte macchiatos.

»Und wie geht es dir?«

»Mal besser, mal schlechter.« Ich zuckte mit den Achseln. »Ein paar Dinge im Leben werden nie so sein, wie wir sie gern hätten.«

Sie nickte mitfühlend.

»Aber wir können jeden Tag ein bisschen an ihnen arbeiten, nicht? Und die Vorweihnachtszeit ist genau der richtige Augenblick dafür.«

»Ja«, antwortete ich, beseelt von ihrem inneren Glühen. »Ich glaube schon.«

»Du und Ron versteht euch doch wieder wie früher, oder?«

»Ach«, ich nippte an meinem Kaffee, »wir haben endlich gelernt, unsere Fehler zu akzeptieren. Das ist alles. Geliebt haben wir uns immer.« Wie hatte Jacky einmal so treffend gesagt? Ron und ich konnten nicht miteinander sein – aber schon gar nicht ohne einander!

Mel nahm mich bei den Händen. »Es wird wieder, Denise, glaub mir. Es kann nur besser werden. Vor zwei Jahren habe ich nicht mehr ein noch aus gewusst. Ich hätte Herbie umbringen können. Und jetzt schau mich an. Ich bin glücklich wie nie zuvor in meinem Leben.«

»Ich sehe es«, freute ich mich für sie. »Ich bin froh, dass du jetzt glücklich bist.«

»Das vergesse ich dir niemals«, schwor sie feierlich.

»Alles, was du dir erkämpft hast, Mel, hast du selbst geschafft.« Ich zuckte erneut mit den Achseln. »Mein Anteil daran war eher gering.«

»Nein«, sie schüttelte den Kopf. »Du hast sehr viel für uns getan. Das sagte ich auch zu Jacky, als ich heute mit ihr telefoniert habe.«

»Wie geht es ihr denn?« Seit unserem Telefonat wegen unserer »Weihnachtsfeier der anderen Art«, hatten wir nicht mehr miteinander gesprochen.

»Sensationell«, nickte Mel. »Sie hat einen ...«, sie schmunzelte, »außerroutinemäßigen Termin beim Frauenarzt.«

»Nein!«, platzte ich heraus.

»Doch!« Mels Aufregung steigerte sich noch eine Nuance.

»Gott, ich freue mich so. Die beiden versuchen ja schon so lange, ein Baby zu bekommen.«

Mel nickte aufgeregt. »Jetzt will sie natürlich das Ergebnis der Untersuchung abwarten, bevor sie dir endgültig zu- oder absagt.«

»Ja, das verstehe ich«, hörte ich mich sagen. »Das Wichtigste ist, dass diesmal alles mit dem Baby klappt.«

Ich schluckte einen Kloß hinunter und wandte den Blick zu den Trainierenden im *Pearl Shape*. Schweißnasse Körper, wohin das Auge reichte. Ich wollte das Thema Baby nicht vertiefen.

»Mel, ich hätte Lust, mich mal wieder ins Fitnessstudio einzuschreiben«, durchbrach ich das fast schon unangenehme Schweigen. »Begleitest du mich?«

Früher war ich dreimal die Woche dort gewesen. Alle meine Probleme hatte ich einfach weggeblockt. Als würde man beim Surfen im Netz ein lästiges Pop-up wegklicken. Und dabei hatte ich alles abgelegt, was meine Persönlichkeit ausgemacht hatte.

Irgendwann jedoch kam jedes einzelne Problem wieder zutage – unter wie vielen Schichten man es auch begrub.

Ich hatte mich heute gezwungen, nicht auf den Dachboden zu schleichen und das Foto anzusehen. Es hätte mich zu traurig gemacht und ich wollte nicht traurig sein. Ich schaute viel lieber meinem Sohn beim Computerspielen zu und freute mich an der Stille, die unser Haus umgab. Die Stille der verschneiten Wälder, die Ruhe in unserem Garten.

Apropos Computerspiel, kam es mir in den Sinn. Wenn ich schon einmal in der Stadt war, konnte ich auch gleich dieses Vampirjägerspiel besorgen, das er sich so sehr zu Weihnachten wünschte. Da gab es irgend so eine neue Erweiterung.

Mel starrte mich an und biss sich auf die Unterlippe. »Die werden uns alle auf den Hintern glotzen. Im Fitnessstudio, meine ich.«

»Na und?« Ich lachte. »Melly – besser sie schauen uns auf den Hintern, als irgendeiner anderen!«

Mel

Im Dezember 2003 war es Mel, die mich bewusstlos im Badezimmer liegend gefunden hatte. Der Notarzt sagte später, die Anzahl der Schlaftabletten hätte in jedem Fall ausgereicht, mir das Leben zu nehmen. Gesundheitliche Folgeschäden wären jedoch nicht zu erwarten und Schlimmeres konnte, Gott sei Dank, verhindert werden.

Meinem Mann, der zu dem Zeitpunkt geschäftlich verreist war, hatte ich nie davon erzählt. Und ich wäre eher gestorben, als Steven gegenüber auch nur eine einzige Silbe zu erwähnen. Er war nicht allein schuld an meiner Krise. Er war auch nicht der alleinige Auslöser. Er war einfach Steven.

Mel und ich hatten uns an der *Lincoln High* kennengelernt. Später, auf dem College, hatte ich nie verstanden, was sie an diesem texanischen Gebrauchtwagenhändler fand. Gegensätze ziehen sich an, heißt es.

Schwabbelbauch-Herbie sah aus wie dieser fiese Sheriff in den Filmen, der den wilden Jungs mit dem guten Herz das Leben zur Hölle machte. Aber er war verdammt gut in seinem Job und sorgte hingebungsvoll für Mel. In und um Portland hatte er sich ein Unternehmen mit einem halben Dutzend Filialen aufgebaut.

Wenn man ihm begegnen will, braucht man nur die gelben Seiten aufzuschlagen und »Herb's Gebrauchtwagen« herauszusuchen. Er ist tagsüber immer in der Hauptfiliale anzutreffen. Oder man kommt zu einem Spiel der »Portland Pirates« und achtet auf den Mann im Tor. Der über sechs Fuß hohe Turm von einem Torwart ist niemand anderes als Schwabbelbauch-Herbie.

Heute denke ich, dass er Mel liebte, wie kaum ein anderer Mann auf diesem Planeten. Er schaffte es nur nicht immer, es ihr zu zeigen, denn er hütete ein Geheimnis.

So hart er als Geschäftsmann war – so bizarr war sein Liebesleben. Über die Jahre hinweg hatten er und Mel sich in verschiedene Richtungen entwickelt, und irgendwann war ein Punkt erreicht, an dem ein Spalt zwischen ihren sexuellen Vorlieben klaffte, der mit der Größe des Grand Canyons mithalten konnte.

Sein Geheimnis hieß BDSM – in all seinen Variationen.

***

An einem schönen Sommernachmittag vor zwei Jahren hörte ich meinen Anrufbeantworter ab.

»Denise, hier ist Mel. Ich weiß jetzt, wie ich ihn bluten lasse ...« Sie schluchzte.

Arme Melly, dachte ich. Ihre großen Eulenaugen, die sie hinter der schweren Brille verbarg, spiegelten seit Monaten den Kummer ihrer Seele wider. Sie hatte schon lange den Verdacht gehegt, dass ihr Mann sie betrog.

Irgendwann war sie ihm zu einem der geheimen hedonistischen Badestrände am Columbia River gefolgt, einem Insidertreffpunkt für Spontan- und Parkplatzsex. Lockere FKK-Atmosphäre, Lachen, Sonnenschein, und schon steckte Herbies Pimmel im Mund einer anderen Frau?

Nein, schlimmer. Er musste sich niederknien und Männchen machen. Die Frau trug hochhackige Lederstiefel, die ihr fast bis zum Bikini reichten. Sie legte Herbie ein Halsband um und führte ihn an einer dünnen Leine auf dem Schotterweg Gassi.

Bei einem Strauch zwang sie ihn, ganz Hund, das Beinchen zu heben und sein Geschäft zu verrichten. Mel hatte nicht hören können, was dieses Flittchen sagte, sah aber, wie sie ihrem Mann den Kopf tätschelte. Dann nahm sie seinen Schwanz zur Belohnung in den Mund und …

Geistesgegenwärtig zückte Mel ihr Handy und schoss ein Foto. Es folgten endlose Streitereien, fruchtlose Sitzungen bei der Paartherapeutin und schließlich die Verschreibung von Antidepressiva.

»Ich habe es satt, meinen Kummer in Tabletten und Alkohol zu ertränken«, stieß sie hervor. »Der Bastard soll leiden! Noch mehr als ich die letzten Monate gelitten habe. Feuer bekämpft man mit Feuer und es ist an der Zeit abzurechnen. Dafür brauche ich deine Hilfe. Und ich will mir deinen Mann ausborgen …«

Der AB beendete die Nachricht. *Mhm*, dachte ich, *hoffentlich weißt du, worauf du dich da einlässt, Mel.*

***

Es war später Abend und dunkel in Mels Haus. Das Licht an der Haustür ging an und Schwabbelbauch-Herbie steckte den Schlüssel ins Schloss. Knarrend öffnete sich die Tür. An der Türschwelle blieb Herbie wie versteinert stehen. Staunend fiel ihm das Kinn herab.

Mel erwartete ihn im Flur. Seine Mel? Oh ja, seine Mel! Sie trug Lederstiefel mit Bleistiftabsätzen, ein Lederkorsett, das ihre niedlichen Brüste gut zur Geltung brachte und anstatt eines Lederslips ein Höschen aus feingliedrigen Stahlkettchen, die ihre Scham umschmeichelten. Ihre Brille hatte sie gegen Kontaktlinsen eingetauscht. In der Hand schwang sie eine neunschwänzige Katze mit Penisgriff. Die Verwandlung von der grauen Büromaus zur knallharten FemDom war ihr schmetterlingsgleich geglückt.

Der Haustürschlüssel entglitt Herbies Fingern und landete glockenhell klirrend auf den kalten Fliesen des Flurs. Er schluckte.

Mel ergriff die Initiative. Er erwartete das von ihr, und sie hatte sich vorgenommen, seine Erwartungen noch zu übertreffen.

»Mach die Tür zu und schaff deinen Hintern endlich her!«

Schusselig folgte er ihrer Anweisung. Atemlos stand er vor ihr. Wagte sich nicht zu rühren. Mel stöckelte um ihn herum.

»Du hast vergessen, dir ihren Lippenstift wegzuwischen, Liebling.« Ihre Stimme zitterte. Doch in seiner Überraschung fiel ihm das gar nicht auf. »Sag ihr endlich, dass sie nicht mehr beim Parfum sparen soll. Es riecht billig. Nuttig!!«

Nie zuvor hatte sie ihm gesagt, dass sie den Duft dieser Frau verabscheute. Stattdessen hatte sie sich immer still in den Schlaf geweint. Das war die alte Melly gewesen. Heute trat sie ihm als andere Mel gegenüber. Es war nicht leicht für sie, aber sie gab ihr Bestes.

Den Penisgriff der Peitsche ließ sie über den gewölbten Schritt seiner Hosen gleiten. Sein Schwanz drückte schmerzhaft dagegen. Er stöhnte. Schon seit geraumer Zeit hatte er in ihrer Gegenwart keine Erektion mehr gehabt. Nicht ohne Viagra.

»Oh, da will jemand spielen!«, schnurrte sie und stieß den

Knauf stärker in seinen Schritt. Ängstlich zuckte sie zurück – aus Angst, ihm wehgetan zu haben. Ich hatte ihr für so einen Fall eingeschärft, genau das Gegenteil von dem zu tun, was sie eigentlich tun wollte. Also stieß sie noch mal zu. Er seufzte lustvoll auf.

»Aber ich werde dich bestrafen müssen, mein Lieber. Du bist an deinem Geburtstag bei einer anderen gewesen«, erinnerte sie ihn. »Dabei sollte sie wissen, dass du mein Sklave bist und ich mein Eigentum nicht mit ihr teilen werde. Niemals!!«

Wir hatten den Text mindestens einhundert Mal geübt. Letztendlich war es gar nicht wichtig, was sie sagte. Sie hätte ihm auch das Telefonbuch vorlesen können. Es kam einzig und allein auf den Tonfall an. Dass ihre Stimme Autorität und Sicherheit ausstrahlte. Sie durfte ihm keine Chance geben, sich aufzulehnen oder zu widersprechen. Sie knallte ihm die Peitsche gegen den Hintern und ertappte sich dabei, wie sie ihm den Schmerz wegstreicheln wollte.

Das bekam er jedoch nicht mit. Er hatte die Augen geschlossen und röchelte genussvoll.

»Knie nieder und zieh dich aus!« Sie bemerkte ihren Irrtum. Wir hatten es andersrum besprochen. Doch er folgte ihrem Befehl. Wie erwartet, hatte er Probleme, sich kniend die Hose auszuziehen.

»Wird's bald?!«, herrschte sie ihn an. Ihre Stimme zitterte wie die Hand, die krampfhaft die neunschwänzige Katze umklammerte. Die Lederriemen zuckten im Takt ihres pochenden Herzens. Herbie beeilte sich, ihrem Wunsch nachzukommen.

»Kriech ins Bad und wasch dir den Gestank der Nutte ab. Ich dulde nicht, dass mein Sklave nach billigem Parfum stinkt!«

Herbie wälzte sich bäuchlings ins Badezimmer. Obwohl er keine Zeit verlor, ließ Mel die Lederriemen halbherzig über seinen nackten Hintern tanzen. Noch immer fürchtete sie, ihm wehzutun. Die letzten Schritte hechtete er beinahe über den Fliesenboden.

»Ich will, dass du dich mit eiskaltem Wasser wäschst, ungezogener …« Sie suchte vergeblich nach dem richtigen Wort. Sklave? Nichtsnutz? Flegel?

»Du ungezogener … Ungezogener du!«

Ungezogener Ungezogener?? Er musterte sie mit großen Augen.

»Du hast drei Minuten. Wenn du dann noch immer nach der Nutte stinkst, werde ich … werde ich!« Sie knallte die Badezimmertür zu. »Mit kaltem Wasser, hörst du?«, brüllte sie schrill durch die geschlossene Tür.

Ich lächelte still. Stand verborgen im Schatten des Bartresens ihres Wohnzimmers und belauschte jedes Wort.

Die Dusche ging an und wir hörten Herbie vor Kälte aufstöhnen.

Kraftlos stöckelte Melly zur Bar. »Denise? Denise??«, flüsterte sie und starrte mich an, als hätte sie gerade einen Geist gesehen.

»Ich glaube, es funktioniert nicht!«, stammelte sie. Sie griff sich an das Korsett, ließ die Peitsche fallen und berührte die Glieder ihres Kettenhöschens. »Das alles … das bin nicht ich. Ich träume von einem romantischen Geburtstagsessen bei Kerzenschein. Dass er mich ins Bett trägt und wir miteinander schlafen.«

Tränen stiegen ihr in die Augen und ich versuchte, beruhigend auf sie einzureden.

»Du machst deine Sache gut, Melly. Ich bin mir sicher, es funktioniert. Er reagiert auf dich.«

Mel warf einen hilflosen Blick in den Flur. Sein erigierter Schwanz hatte eine Schleimspur gleich einer ekligen Nacktschnecke auf den Fliesen hinterlassen. Sie setzte an, sich zu bücken und sie wegzuwischen. Ich hielt sie zurück.

»Nichts da!«, flüsterte ich. »Das muss er machen. Und wenn er weiter ausrinnt und sich nicht beherrschen kann, dann gibt es die Peitsche!«

»Ich will ihn aber nicht schlagen«, presste sie erstickt hervor.

Ich zuckte mit den Schultern. »Dann wird er weiterhin zu dieser Frau gehen. Das willst du doch nicht, oder?«

Entschlossen schüttelte sie den Kopf.

»Hast du vergessen, wie du gelitten hast?«, fragte ich. Ich öffnete den Bilderordner meines Handys und zeigte ihr das Foto. Herbies Schwanz im Mund dieser Frau!

Ihre Augen sprühten vor Zorn. Ich sah ihren Schmerz darin. Ich wusste, wie man sich dann fühlte. Und ich wusste auch, wie man reagierte. Als wäre ein Schalter umgelegt worden.

Die Dusche verstummte. Ich sah auf die Uhr. Er lag gut in der Zeit. Ich bedeutete ihr, in jedem Fall einen Grund zu finden, ihn zu bestrafen und zog mich hinter den Bartresen zurück.

Die Badezimmertür öffnete sich. »Schatz, mit wem redest du?« Herbie hatte eine ordentliche Gänsehaut. Er schlotterte am ganzen Körper. Mel klatschte ihm mit der Hand auf den splitternackten Arsch und betastete ihn. »Schweig!« Sein Schwanz zuckte pochend in die Höhe.

»Deine Haut könnte kälter sein. Du hast zu lange gebraucht. Warst eine halbe Minute zu langsam. Du stinkst noch immer nach dieser Frau! Und sieh nur, was du mit dem Flur angestellt hast! Alles vollgenässt! Runter auf den Boden mit dir!«

Ich war erstaunt. Sie riss ihn am Hals auf die Fliesen hinunter. Ein groteskes Bild, wenn man bedachte, das Melly gerade mal einen Meter sechzig groß war und Herbie weit über eins achtzig. Zudem wog er das Doppelte! Er kniete auf allen vieren, und Mel setzte sich auf seinen nackten Hintern. Die Glieder der Stahlkettchen pressten in seine Haut.

»Vorwärts! Leck deinen Schleim auf!«

Sie drückte mit der Faust seinen Kopf auf den Boden hinunter. Keuchend ließ er seine Zunge über die Fliesen gleiten. Sie ritt ihn wie ein Pferd. Er strauchelte und rutschte mit dem Gesicht über den Fliesenboden.

Mel richtete sich zu ihrer vollen Größe auf. »Steh auf, Sklave!!« Drohend ließ sie den Stöckel ihres Stiefels über seinen prallen Hodensack kreisen.

»Wie oft steckte das Ding im Loch dieser Nutte?«

Sie trat ihm gegen den Hintern. »Sprich, du Hund!«

Ein weiterer Tritt brachte ihn zum Reden. »Ein- zweimal, Schatz!«

»Bei der Paartherapeutin hast du gesagt, hast du gesagt ...« Ihre Stimme starb ab.

»Na gut, es waren insgesamt sieben Mal!«, platzte er heraus.

Mel raufte sich die Haare. Ihre Haare rebellierten, standen schlagartig weg wie eine explodierte Matratze. Außer sich krallte sie sich die Peitsche, die sie beim Tresen vergessen hatte. »Na warte!« Ihre Stimme überschlug sich. »Du hast gelogen, du Schweinehund.«

Ich war bestürzt. Er hatte der Therapeutin gegenüber angegeben, dass es nie zu sexuellen Handlungen, abgesehen von gelegentlichen oralen Befriedigungen, gekommen war. Natürlich konnte man darüber streiten, was schlimmer war. Aber für Mel war eine heilige Grenze überschritten worden. Ich fürchtete um ihre Psyche.

Ohne Rücksicht trommelte sie mit der Peitsche wieder und wieder auf seinen Arsch ein. Dann auf den Rücken. Nur ihre Atemlosigkeit sowie ihre schwerer werdenden Arme hinderten sie daran, ihn totzuprügeln. Ihre Arme verweigerten den Gehorsam. Es folgten Schläge, die den Namen nicht verdienten. Sie rappelte sich hoch und trampelte mit den spitzen Lederstiefeln über seinen Körper.

»Steh auf!«, krächzte sie schließlich. Ich hielt den Atem an. Mel machte ihre Sache schlagartig zu gut. Beinahe empfand ich Mitleid mit Herbie.

»Rüber zum Strafbock!«

»Strafbock?«, murmelte er verständnislos. Sein Blick glitt suchend durch das dunkle Wohnzimmer. Sie packte ihn am Arm und schleuderte ihn in Richtung des neuen Möbelstücks, das wir bei einem New Yorker Internetanbieter erworben hatten.

Mit geübten Griffen schnallte sie Herbie fest.

»Jetzt wirst du erfahren, was es heißt, zusehen zu müssen!«

Herbie harrte schluckend der Dinge, die nun folgten. Mel ließ sich lange Zeit, alles vorzubereiten. Betont aufreizend stöckelte sie zum Lichtschalter und dimmte das Licht. Die Schatten gaben mich und Ron, der bis jetzt still in einer vorhangverhangenen Ecke auf der anderen Seite des Raumes gewartet hatte, frei. Wir trugen Ledermasken auf dem Kopf. Ich hatte mir einen Lederbikini besorgt. Ronald, der nicht so auf der Fetischwelle schwamm, steckte in seiner engen Motorradkluft.

Lasziv ließ sich Mel auf dem gläsernen Couchtisch nieder und spreizte aufreizend die Beine. Sie streckte ihre Arme nach uns aus, und wortlos näherten wir uns ihr.

»Wer sind diese Leute, Schatz?«, stammelte Herbie kleinlaut. Nun fühlte er sich wirklich wehrlos.

»Das, mein Lieber, sind meine beiden Gehilfen ... meine Lustsklaven.« Melly lächelte finster. Ich ließ meine Hände über ihren Körper gleiten. Ich zögerte und drang mit dem Zeigefinger unter die Glieder ihres Höschens. Mel tat, als ob es ihr gefallen würde.

»Das ist das Geilste, was ich jemals gesehen habe!«, röchelte Herbie.

Unsere Köpfe flogen herum. Mel fing sich schneller, als ich zu erwarten hoffte.

»Geh und zeig diesem Wurm, wo sein Platz ist! Ich will, dass er schweigt!«, trug sie mir auf. Ich griff nach der Peitsche und stellte mich neben Herbie.

»Wer bist du?«, fragte er erhitzt.

Ich ließ die Peitsche gegen seinen Hintern knallen. Die einzige Antwort, die seiner würdig war. »Sieh hin!«, befahl ich.

Mel gebot meinem Mann, sie zu berühren. Wir hatten nicht vorgehabt, so weit zu gehen. Aber wir würden auch noch viel weiter gehen, wenn es sein musste. Lustvoll wand sie sich in seinen Armen. Verschwunden war die Scheu. Mit den Fingern nestelte sie an dem Reißverschluss seiner Motorradhose.

»Nein!«, flüsterte Herbie erstickt.

Mel grinste zu uns herüber. »Wenn du brav bist, mach ich das mit dir auch ... irgendwann einmal!«

Ich züchtigte Herbie für seinen Ungehorsam.

Der Reißverschluss war endlich offen und der pralle Schwanz meines Mannes hüpfte aus der Hose. Jetzt kostete es mich Überwindung mitanzusehen, wie ihre lackierten Fingernägel meinen Mann streichelten.

»Gott, nein!«, brachte Herbie schluckend hervor. Automatisch sauste die Peitsche auf seinen Hintern.

Mel lächelte meinen Mann an. Küsste ihn auf die empfindsame Spitze. Leckte den ersten Tropfen der Lust auf. Steif ragte sein prachtvoller Schwanz nach oben.

»Nein, Mel. Tu es nicht!«

Damit er mein Räuspern nicht hörte, schlug ich ihn besonders fest.

Mel schob ihre Beine noch weiter auseinander, spreizte die Gliederkettchen ihres Höschens und gestattete meinem Ron einen Einblick in ihr geheimes Reich.

»Mel! Mel!«, rief Herbie. Doch seine Mel ignorierte ihn. Wütend darüber, dass es so weit gekommen war, legte ich all meine Kraft in den nächsten Schlag. Ich wünschte mir in dem Moment, es wäre Stevens Hintern gewesen. Und ein anderer Name tauchte noch vor meinem geistigen Auge auf. Der meiner ehemaligen Nachbarin. Ellen. Ich lächelte grimmig hinter der Maske.

Herbie wimmerte. Er hielt die Augen geschlossen. Ron stand kurz davor, in Mel einzudringen. Das hatten wir vorher nicht abgesprochen. Sie hatte sich von der Situation treiben lassen und handelte nun nach einem Automatismus, der ihr im Alltag nie in den Sinn gekommen wäre.

»Sieh hin!«, befahl ich und schlug Herbie so stark, dass ihm die Tränen in die Augen traten. »Sieh hin, wie es sich für sie angefühlt hat, dich mit einer anderen Frau zu sehen.«

»Ja! Nein! Mel!« Herbies Schweißgeruch stieg mir unangenehm in die Nase.

»Sieh hin!«

Ron zog Mel an den Hüften zu sich heran. Sein Schwanz war nur einen knappen Zoll von ihrer Möse entfernt.

»Sieh hin!«, brüllte ich. Die magische Grenze! Wer sie mit Mellys Augen gesehen hatte, konnte spüren, dass sich dahinter alles veränderte. Dass hinter dieser Grenze ein Feuer loderte, das nicht zu löschen war. Ein Feuer, das alles verbrannte.

Herbie fing unkontrolliert zu schluchzen an. Selbst meine Peitschenhiebe konnten ihn nicht mehr dazu bringen, seine Augen zu öffnen.

»Nein!!!«

Ich rief Mel und meinem Mann zu, aufzuhören. Ron zog sich im letzten Moment zurück und ließ seinen strammen Schwanz in der Motorradkluft verschwinden.

Mel schwang sich vom Couchtisch. Panthergleich näherte sie sich dem Strafbock. Mit den Fingernägeln griff sie nach Herbies Kinn und zwang ihn, sie anzusehen. »Nie wieder wirst du diese Frau treffen. Hast du mich verstanden? Nie wieder!«

Er nickte. Tränen tropften von seiner Wange.

»Wenn du mir meine Wünsche erfüllst«, stellte sie in den Raum, »dann werde ich dir auch deine erfüllen.« Sie streichelte ihm über die benetzte Wange und band ihn los.

Für Ronald und mich war das das Stichwort zu gehen. Herbie sollte nie erfahren, dass wir es gewesen waren. Doch weit wichtiger war – er hatte Mel seither nie wieder betrogen.

***

Ich saß in jener Nacht noch lange in meinem Arbeitszimmer vor dem Laptop und starrte auf die leeren Romanseiten, die sich nicht füllen lassen wollten. Ich wusste nicht erst da, dass mich das gleiche Feuer, das zwischen Mel und ihrem Mann loderte, ebenfalls verzehren konnte. Unter der Oberfläche meiner zur Schau gestellten Haltung glomm es Tag für Tag und fraß an meiner Seele. Und die Ereignisse der letzten Stunden verwirrten mich.

***

An einem Samstagnachmittag im Dezember des Vorjahres verlor ich endgültig das Gleichgewicht. Meine seelische Balance zerbrach unter ihrer eigenen Fragilität.

Unsere Männer spielten Eishockey, wir Mädels trafen uns zu unserer Frauenrunde. Mel, Jacky, Lauren und ich. Wir saßen bei Starbucks gegenüber dem Eishockeystadion und redeten belangloses Zeug, bis ...

»Ich bin schwanger«, brachte Lauren hervor. »Es ist von Steven.«

Mel verschluckte sich. Die Brösel ihres Brombeer-Muffins fegten über den Tisch. Jacky musste ihr mehrmals auf den Rücken klopfen und reichte ihr hilfsbereit einen Becher Kaffee.

Ich ließ meinen Becher fallen. Der heiße Kaffee ergoss sich über meine High Heels und verbrühte meine Beine. Doch ich spürte den Schmerz kaum. Ich sah Lauren an, als hätten wir nie aufgehört, über Weihnachtseinkäufe zu plaudern. Als wäre es weiterhin ein typischer vorweihnachtlicher Samstagnachmittag. Irrte ich mich oder konnte man plötzlich in dem brechend vollen Café eine Stecknadel fallen hören? George Michaels Song »Last Christmas« dudelte sterbend aus dem Radio.

»Gott, Denise, hast du dir wehgetan?«

»Nein, es geht schon«, murmelte ich benommen und tupfte den Kaffee auf meinen Beinen mit einem Stoß Servietten ab. Auf den schwarzen Strümpfen fiel der Kaffee nicht auf. Im Gegenteil – sie bekamen einen nassseidigen Glanz. Der Kellner kam hilfsbereit herbeigeeilt und beseitigte das Malheur.

Lauren hatte eine Bombe platzen lassen, mit der keiner von uns gerechnet hatte. Sie war seit knapp fünf Jahren glücklich verheiratet – aber natürlich nicht mit Steven.

»Und, weiß es Brent?«, flüsterte Mel. Fast sah es so aus, als wollte sie sich vor der Antwort hinter ihrem Kaffee verstecken.

Lauren schüttelte mit gesenktem Blick den Kopf. Mit Mühe blinzelte sie die Tränen weg.

»Bist du sicher, dass es von Steven ist?«, fragte ich und wusste noch im selben Moment die Antwort. Natürlich war es von Steven, sonst hätte es Lauren nicht gesagt. Steven, der Zuchthengst. Der Stürmerstar der »Portland Pirates«. Der Frauensammler. Der Held in Uniform. Lange Haare, durchtrainierter Körper. Der Traum schlafloser Nächte. Der Traum meiner schlaflosen Nächte.

Lauren nickte.

»Wann ist es passiert?«, wollte ich wissen und staunte über die Sicherheit in meiner Stimme. In meinem Schoß zitterte es. Ich kämpfte um Haltung.

Lauren war nicht der Typ Frau, der hinter dem Rücken ihres Mannes fremdging.

»Was denkst du wohl?« Ihre Augen funkelten smaragdgrün.

»Bei der Party?«, rief Mel aufgeregt. »Bei der Party, bei der wir ...«

Sie verstummte. Der Kellner kam erneut und erkundigte sich, ob wir noch einen Wunsch hätten. Das Einzige, was wir uns im Augenblick wirklich wünschten, war, ungestört zu sein.

»Ich bin im dritten Monat«, erklärte Lauren, nachdem sich der aufdringliche Pinguin endlich verzogen hatte. »Vor genau drei Monaten ...«

Sie brauchte nicht weiter zu sprechen. Vor drei Monaten war sie bei uns gewesen. Mein Mann und ich hatten zur Hauseinweihung eine Swingerparty organisiert – zu der Hauseinweihung, die aufgrund unserer prekären finanziellen Probleme mit vier Jahren Verspätung stattfand.

Fünf Pärchen tummelten sich in unserem Wohnzimmer. Steven hatte eine alte Freundin mitgebracht. Wie hieß sie doch gleich? Sie war eine dieser Jennifers, Irinas oder Vanessas. Ich erinnerte mich nur noch an das Klappern ihrer High Heels und den arschkurzen Mini. In ihrer Handtasche hatte sich so ziemlich alles befunden: Dildo, Handschellen, ein extra dicker Plug, Augenbinde, eine neunschwänzige Katze ...

»Du hast mit fünf Männern geschlafen, Lauren.« Ich räusperte mich. Auch mit meinem Mann. Am Ende war er der Vater! »Wieso bist du so sicher, dass es von Steven ist?«

Sie zuckte mit den Schultern.

»Deiner war es nicht«, murmelte sie in meine Richtung. »Wir haben es zwar in fast allen Stellungen getrieben, aber nachdem ich gekommen war, ist er zu dir gegangen.«

Ich erinnerte mich.

»Schwabbelbauch-Herbie war es auch nicht. Bevor er in mich eindringen konnte, spritzte mir der Esel quer über die Haare.«

»Was soll ich tun?«, setzte Mel händeringend zu einer Entschuldigung an. »Mein Herbie leidet an frühzeitiger Ejakulation, seitdem ich ihm des Öfteren eins mit der Reitgerte verpasse.«

Ich verdrängte das Bild aus meinem Kopf.

»Auch Jackys Mann war es nicht. Er ist, wie wir alle wissen ...«

Steril, hing das Wort unausgesprochen im Raum.

»Danke, dass du mich daran erinnerst!«, knirschte Jacky säuerlich. »Warum bist du eigentlich schwanger und nicht ich? Habt ihr eine Ahnung, wie viel die Behandlung in der Kinderwunschklinik kostet? Wie schmerzhaft eine Punktion ist?« Sie seufzte bitter und leerte ihren Kaffee. »Wieso konnte der Idiot nicht mich schwängern? Wir haben es immerhin dreimal gemacht.«

»Und was ist mit Brent?«, fragte ich. »Könnte nicht dein Mann der Vater sein?

»Meiner nimmt die Pille für den Mann«, flüsterte Lauren. »Was glaubst du, was ich dafür geben würde, wäre es von ihm ...«

»Pille für den Mann«, schnaubte Jacky. »Gibt's denn so was überhaupt?«

»Pst!«, fuhr Mel dazwischen. »Brent ist Manager des größten Pharmakonzerns der Westküste.«

»Na und?«

Betretenes Schweigen. Pille für den Mann ... Pharmakonzern Das war doch alles nicht wichtig. Nervös biss ich mir auf die Unterlippe. Wichtig war ...

»Und Steven – steht er zu seinen Pflichten?« Ich hörte die Hast in meiner Stimme. Am Körper bebend, schluckte ich den glasscherbenscharfen Kloß im Hals hinunter.

Lauren schüttelte den Kopf und starrte in ihren Kaffee, den sie nicht angerührt hatte. Wie ein Häufchen Elend sank sie in sich zusammen.

»Er will nichts von dem Kind wissen. Er sagt, ich soll es wegmachen lassen.«

Etwas in Laurens Blick enthüllte mir, sie würde das Problem nicht für Steven lösen. Sie hatte sich für das Kind entschieden.

Da saßen wir. Es hätte eine Szene aus »Desperate in the City« oder »Lipstick Housewives« sein können. Nur, dass sich unsere Probleme nicht nach knapp dreißig Minuten in ein Happy End verflüchtigten.

Wie hatte damals eigentlich alles angefangen? Es war ein denkwürdiger Abend gewesen. Alle liefen nackt durchs Haus. Mel und Schwabbelbauch-Herbie zogen sich in unseren Hobbyraum zurück, wo sie ungestört »spielen« konnten. Er hatte sich eine Extraportion Strafe mit dem Plug verdient.

Brent schwang mit Jacky quietschend die Hollywoodschaukel im Wintergarten und mein Ron leckte Lauren ausgiebig in der Küche. Jackys Mann war mit Stevens alter Flamme im Bad verschwunden und tat mit ihr Dinge auf der Toilette, die ich gar nicht so genau wissen wollte. Blieben noch ich und ... Steven.

»Wie läuft's mit deinem neuen Buch, Denise?« Sein Blick machte deutlich, dass er sich lediglich den Anschein von Höflichkeit geben wollte. Schreiben war ja schließlich kein Beruf, sondern etwas, das man in der Mittagspause erledigte. Er hatte sich auch nie wirklich für meine Bücher interessiert. Nicht einmal vor langer, langer Zeit in einer Blockhütte an den Ufern des *Fern Ridge Reservoirs*.

Gab es diese Zeit nicht mehr? Gingen die geflüsterten Worte im Lauf unserer Geschichte verloren? Natürlich waren wir nicht mehr dieselben Menschen wie vor fünf Jahren. Aber sein prächtiger Schwanz erinnerte sich noch heißblütig an die Magie jener beiden Nächte, die mein Leben grundlegend verändert hatten. Ich konnte die Leidenschaft zwischen meinen Fingern spüren.

»Ich komme voran.« Ich nickte. »Ja. Ich bin zufrieden.«

»Wie ist das Schreiben, Liebling? Sag's mir!«

»Mhm«, schnurrte ich und quittierte mit Freude, dass sein Prachtstück wippend in die Höhe schnellte. Ich warf einen Blick in die Küche, wo mein Mann gerade Lauren auf dem Ceranfeld des Herds durchvögelte. Er kniff ihr schmerzhaft in den Po. Das törnte sie nur noch mehr an.

Kurzerhand rutschte ich auf Stevens Schoß. Sein Schwanz flutschte pulsierend in meine Möse. Gott, wie hatte ich nur verdrängen können, wie gut er sich in mir anfühlte? Ich biss mir auf die Zunge, um nicht über so etwas Dummes wie Liebe mit ihm zu sprechen. Doch das, was früher einmal zwischen uns gewesen war, musste noch irgendwo da draußen existieren. Es durfte nicht tot sein. Begraben ...

»Schreiben ist wie Sex«, hauchte ich heiser und blendete die Bilder der Vergangenheit aus. Versuchte, mich nur an die Magie zu erinnern, die er mit jedem seiner fordernden Stöße tiefer in mich hineintrieb. »Nur, dass du heute ficken ... oh, ja.«

»Was sagtest du?«, flüsterte er mir ins Ohr. Ich schmolz beim Klang seiner Stimme dahin. Mich an seinen breiten Schultern abstützend, nagelte ich ihn mit meinen sturmblauen Augen fest. Sag es ihm, Denise! Sag es ihm wenigstens dieses eine Mal. Scheitere nicht wieder!

»Der Unterschied ist«, setzte ich zu einer Erklärung an, »dass du dich beim Ficken im Gegensatz zum Schreiben nicht voll reinhängen musst, um vielleicht in sechs bis zwölf Monaten einen Orgasmus zu haben.« Und wieder war eine Chance vertan. So wie damals beim Stadion ...

»Sechs bis zwölf Monate? Und dann nur vielleicht?« Vielsagend hob er die Augenbrauen. »Sex ist eindeutig besser!«

Wie recht er hatte. *Bitte, Steven, bitte liebe mich!*

»Denise!!! Hallo!! Denise, träumst du?« Jacky schnippte mit

dem Finger vor mir. Alle im Café starrten mich an. Da wurde mir wieder bewusst, wo ich eigentlich war. *Starbucks.* Mit einem kräftigen Schluck Kaffee unterdrückte ich die aufsteigende Hitze zwischen meinen Schenkeln.

»Steven!«, grummelte ich zornig. Wenn dieser Scheißkerl nur nicht so gut im Bett wäre! Wenn ich ihn doch bloß nicht so lieben würde ...

»Also, was tun wir, Mädels? Ich finde, Steven muss dafür bezahlen, was er getan hat!«

»Bezahlen?« Durch die große Brille wirkten Mels geweitete Augen wie die einer Eule. Mit geröteten Wangen biss sie sich auf die Unterlippe. »Er ist ein Mann und Männer sind ...«

»Schweine!«, ergänzte Jacky den Satz für sie.

»Herr Ober, die Rechnung!«, rief ich und erntete verwunderte Blicke.

***

Am Samstag vor Weihnachten letzten Jahres war es soweit. Vier zu allem entschlossene Frauen auf dem Kriegspfad hatten die Falle ausgelegt, in die Steven unweigerlich tappen musste. Nun, er war eben nur ein Mann.

Die Aussicht, drei Frauen hinter dem Rücken ihrer Männer gleichzeitig vernaschen zu dürfen, hatte ihn alle Vorsichtsmaßnahmen vergessen lassen.

Dabei hatte ich nicht einmal viel erklären müssen. Nur, dass ich spielen wollte, Ron nicht da wäre und Mel sowie Jacky sich zu Tode langweilten. Männer waren so leicht zu manipulieren.

»Das Leben ist zu kurz, um sich an Regeln zu halten«, hatte ich ins Telefon geschnurrt.

Steven betrat unser Wohnzimmer. Bis auf Lederbikinis trugen wir nichts am Körper. Er grinste. Wähnte sich seiner Sache sicher – zu sicher!

»Bist du deiner Aufgabe gewachsen?«, hauchte ich.

»Drei Frauen und nur ein Mann … Ich habe meine Zweifel!«, murmelte Jacky.

»Wenn ich nicht auf meine Kosten komme, dann ... dann ...«, stotterte Mel. Mit der schweren Brille sah sie trotz des Lederoutfits wie eine Klosternonne aus.

Er lachte. »Ich habe Kraft für sechs von euch Schnitten.«

»Sechs, wie?«, forderte ich ihn heraus und versuchte, kess zu lächeln. »Beweise es! Wenn du mutig genug bist …«

»Was schwebt dir vor, Denise?«, stieg er in das Spiel ein.

Mel und Jacky knieten sich vor ihm nieder und entkleideten ihn. Widerstandslos ließ er sich auf den Strafbock schnallen – denselben Strafbock, der bei Herbie so gute Dienste geleistet hatte. Er genoss die vielen Hände, die über seinen nackten Körper streichelten.

»Hast du es bequem?«, säuselte ich und holte aus. Meine neunschwänzige Katze – die mit dem Penisgriff ohne Waffenschein – donnerte gegen seinen nackten Arsch. Verunsichert starrte er zu mir hoch. Sich fragend, was gerade falsch lief.

Lauren schwebte dem Christkind gleich in den Raum – falls man genug Fantasie aufbrachte, sich das Christkind in Fetischbekleidung vorzustellen.

»Du musst zu deinem Baby stehen!«, flüsterte ich ihm ins Ohr.

»Nein«, dämmerte es ihm. »Ihr verdammten Hexen! Was habt ihr mit mir vor?«

***

Zwei Stunden später glühte Stevens Knackarsch wie die Nase von Rudolph, dem Rentier.

Mel machte sich am CD-Player zu schaffen. Sie stellte den Lautstärkeregler auf Maximum.

»Habt ihr das über Abu Ghraib gelesen? Genauso haben sie's im Irak gemacht. Mein Herbie steht ja mehr auf Britney Spears.«

»Last Christmas ...«, trompeteten die Boxen mit voller Lautstärke. Das war Folter! Für uns!

»Soll ich ihm die Kopfhörer aufsetzen?«, erbot sich Jacky. Steven wand sich auf dem Strafbock.

»Nein«, entschied ich mich dagegen. Wir wollten eine Unterschrift von ihm, nicht, dass er taub wurde. Eine Unterschrift auf einem Schreiben, aufgesetzt bei der renommierten Anwaltskanzlei »Gedrick & Söhne«.

»Dir macht das ja richtig Spaß, Denise«, schienen Jackys Augen sagen zu wollen. Aber mit mir hatte das nichts zu tun. Wir taten das ausschließlich für Lauren.

»Habt ihr schon mal gehört, dass ein Kerl vor Schmerz kommen kann?«, fragte Mel.

»Das werden wir gleich herausfinden!« Jacky grinste. »Unterschreib endlich!«

Mel fuchtelte ungeduldig mit dem mordsgroßen Dildo herum. Vor lauter Aufregung verrutschte ihr Leder-BH und entblößte die zarten Knospen ihrer Brüste.

»Ich hätte Lust, ihm das Ding hinten reinzurammen. Mein Herbie kommt dann immer von ganz allein.«

»Untersteh dich!«, krächzte Steven.

»Wehe, er pisst mir auf mein kanadisches Ahornparkett!«, zischte ich und riss ihn an den langen Haaren hoch. »Du unterschreibst jetzt den Wisch, dass du die Vaterschaft von Laurens Baby anerkennst. Oder du lernst uns richtig kennen!«

»Nein!«, jammerte er.

Ich holte aus – zum wahrscheinlich tausendsten Mal. Waren Marines wirklich so zähe Kerle? Eine Hand hielt mich zurück und riss mir die Peitsche aus der Hand. Die CD-Anlage erstarb. Ich wirbelte herum.

»Was ist denn hier los?«, bellte mein Ron. Jackys Mann stand mit vor der Brust verschränkten Armen inmitten des Wohnzimmers. Er und mein Mann trugen ihre Eishockeytrikots.

»Um Gottes Willen«, stöhnte Jackys Mann kopfschüttelnd und versuchte, den armen Steven nicht anzusehen. »Steven, Steven, Steven. Du machst mittlerweile Herbie Konkurrenz!«

Steven sah vom Strafbock auf. Gequält wie ein Kettenhund. Mel giftete Jackys Mann für seine Bemerkung finster an. Wer im Glashaus saß, sollte nicht mit Fäkalien werfen! Wieder verrutschte ihr BH.

»Gott, heute spielt ihr gegen die ›Portland Predators‹!«, kam es mir in den Sinn.

»Ja, und wir vermissen unseren besten Stürmer!«, platzte mein Mann heraus. Er sah auf die Uhr. In weniger als zwanzig Minuten mussten sie auf dem Eis stehen. Nachdenklich musterte er Stevens Hintern. Genau wie ich bezweifelte er, dass Steven vor Neujahr wieder Eishockey spielen würde.

»Du amüsierst dich hinter unserem Rücken mit unseren Frauen und lässt die ganze Mannschaft hängen!«, schnauzte Jackys Mann. Ron hob die Hand. Er hatte längst begriffen, dass Steven nicht ganz freiwillig in den Genuss des Strafbocks gekommen war.

»Ist Brent auch da?«, fragte Lauren.

»Er sitzt mit Herbie draußen im Auto«, versicherte Ron. »Was ist hier los? Denise?!«

Nun, ich konnte meinen Mann nicht anlügen.

»Das müssen Lauren und Brent untereinander klären!«, erwiderte ich spröde.

»Hol ihn rein!«, wies Ron Jackys Mann an.

Brent traute seinen Augen nicht. Steven, angekettet am Strafbock. Vier Amazonen im Lederbikini. Laurens Bauch – leicht gewölbt? Stirnrunzeln.

Mels dickbäuchiger Herbie hingegen genoss das Bild. Mit einem zufriedenen Grinsen starrte er in die Runde. Wie vor über drei Monaten waren wir vereint, aber diesmal unter ganz anderen Umständen.

»Schatz?«, fragte Brent.

Da brach es aus Lauren heraus. Die ganze Wahrheit.

Brent sank müde auf unser Sofa. »Es tut mir leid. Es ist alles meine Schuld!«

»Warum soll es deine Schuld gewesen sein?«, schluchzte sie.

»Die Pille für den Mann ...« Er lächelte wie ein Soldat, der wusste, dass er nicht aus der Schlacht zurückkehren würde. »Die ist bis heute nicht am Markt erschienen. Es gibt keine Pille für den Mann.« Und er musste es wissen, denn er arbeitete schließlich für einen der größten Pharmakonzerne des Landes. »Du warst immer so stolz darauf, mit der Kalendermethode zu verhüten ...«

Lauren rechnete nach und ihr Gesicht hellte sich auf. »Das heißt, ich könnte auch von dir schwanger sein?«

Brent zuckte kraftlos mit den Schultern.

»Ein Vaterschaftstest wird Klarheit schaffen«, räumte ich ein. Lauren fiel Brent um den Hals. Schwabbelbauch-Herbie deutete grinsend auf Steven und flüsterte Mel geheime Wünsche ins Ohr. Sie kicherte.

Nach der allgemeinen Aufregung genehmigten wir uns ein gemütliches Weihnachtsessen im besten Steakhaus der Stadt. Das Spiel gegen die »Predators« ging natürlich verloren. Die Ersatzspieler waren ihrer Aufgabe nicht gewachsen. Abgesehen davon hatten wir noch nie gegen diese Mannschaft gewonnen. Da fällt mir ein, bevor wir das Haus verließen, hörten wir noch jemanden schreien.

»Hey, und was ist mit mir???«, brüllte es vom Strafbock. »Wollt ihr mich nicht endlich losbinden???« Niemand war sich hinterher sicher. Doch die Stimme klang Steven verdächtig ähnlich.

Ich hatte gehofft, Steven würde bis zum Ende aller Tage auf dem Strafbock verrotten. Aber irgendjemand erbarmte sich seiner und band ihn los.

Ron stellte mich schließlich am Abend zur Rede.

»Denise«, er schüttelte den Kopf, »du hast den armen Kerl fast totgeprügelt. Er könnte dich verklagen.«

»Soll er doch!« Dann käme wenigstens die ganze Wahrheit ans Licht.

»So kenne ich dich gar nicht«, meinte Ron bestürzt. »Das letzte Mal habe ich dich so gesehen, als ...«

»Wann, Ron?«, fauchte ich. »Als du diese Nutte Ellen gebumst hast?«

Ron massierte sich die Schläfen. »Ich ...«

»Du hast ja keine Ahnung, wie sehr ich gelitten habe. Steven hat nicht einmal die Hälfte von dem ertragen, was ich durchmachen musste.«

»Was hat dir denn der arme Teufel nur getan?«

»Er ...« Ich verstummte. Die Worte wollten heraus. Ich wollte alles sagen, aber meine Lippen blieben verschlossen. Sie zitterten unter der Kraftanstrengung. Ich kämpfte, aber konnte den Mund nicht aufbekommen.

Der Schmerz, der in mir wohnte ... Es reichte mir nicht nur, ihn sichtbar werden zu lassen, ich war zu jemandem geworden, der ihn auch bereitwillig weitergab. Vielleicht schaffte ich es ja, anderen zu helfen. Mich selbst jedoch, vermochte ich nicht zu retten.

***

In jener Nacht, Ron hatte schon geschlafen, schlich ich mich auf den Dachboden. Mit zitternden Fingern kramte ich in dem alten Karton, bis ich endlich das vergilbte Foto in der verstaubten Klarsichtfolie zu fassen bekam. Stundenlang saß ich dort und konnte einfach nicht aufhören zu weinen.

***

Was tut frau, wenn ein unlösbares Problem sie quält? Sie geht shoppen. Und das war es, was ich in den Tagen vor Weihnachten letzten Jahres ausgiebig tat.

Auf unserer Tour durch das gesamte Shoppingcenter, mit den üblichen Abstechern in die Dessousgeschäfte *Victoria's Secret*, *Lingerie Dreams* und *Adam&Eve*, landeten wir schließlich im *Seven Hells*. Nicht zufällig verirrten sich Mel, Lauren und ich in die Fetischabteilung. Irgendwann gelangte man nach Dessous, Vibratoren und Porno-DVDs fast zwangsläufig dorthin.

»Am Wochenende packte mich mein Herbie von hinten«, rutschte es Mel heraus. »Die Sache mit Steven hatte ihn total angetörnt. Und ich war völlig wehrlos. Er hatte mich gefesselt.« Sie setzte die wenig modische Brille ab und faltete sorgfältig die Bügel zusammen. Ohne Sehhilfe war sie blind wie ein Maulwurf. Offenbar fiel es ihr leichter über ihre Erlebnisse zu sprechen, wenn sie uns nur verschwommen erkennen konnte.

»Es war, als wäre ich nicht ich selbst, versteht ihr? Als wäre ich jemand anderes – und es gefiel mir, jemand anderes zu sein.« Sie errötete und fuhr leiser fort: »Er hat mich seine ›Fickschlampe‹ genannt.«

»Unser Schwabbelbauch-Herbie – wer hätte das gedacht?« Lauren warf mir einen beschämten Blick zu und schaute sich unsicher in dem Erotikgeschäft um. Man wusste ja nie, wer zuhörte. Eine Lederimitatmaske mit Dildo, der senkrecht von der Schädeldecke abstand, ragte vor ihr in die Höhe und stach ihr fast ein Auge aus. Sie lachte so laut drauflos, dass sich alle Kunden und Verkäuferinnen nach uns umdrehten. »Ein Teletubby-Hut«, presste sie unter Kichern hervor. Ich konnte mir ein Lächeln nicht verkneifen.

»Nenn ihn nicht Schwabbelbauch, Lauren«, protestierte Mel schwach. »Mein Herbie hat abgenommen.«

Lauren schaffte es endlich, sich zu beruhigen.

»Jedenfalls landeten wir währenddessen auf dieser Website«, fuhr Mel fort.

»Ihr hattet während des Sex den Computer laufen?« Ich staunte über meine eigene Verwunderung. Im Gegensatz zu Männern waren wir ja multitaskingfähig. Wir konnten zugleich bumsen und im Internet surfen.

»Ja«, bestätigte Mel in meine Richtung. »Ich wollte wissen, in welchen Stellungen wir es noch nicht getrieben hatten.«

»Also habt ihr Sexstellungen gegoogelt.« Lauren nickte verständnisvoll und kicherte wieder los, als ihr Blick den »Teletubby-Hut« streifte.

»Kamasutrapositionen hätten mich interessiert«, führte Mel aus. »Aber ich habe mich vertippt. Ich weiß auch nicht. Ich war ja mit Handschellen gefesselt. Alles, was während des Orgasmus passierte – daran erinnere ich mich nur bruchstückhaft. Meine Brille flog davon, landete irgendwo hinter dem Bett.«

»Und weiter? Du sprichst übrigens gerade mit dem ›Teletubby-Hut‹. Ich bin hier drüben.« Ich winkte mit der Hand.

»Oh – wir kamen irgendwie auf diese BDSM-Website. Echt harte Sachen, wenn ihr versteht.« Mel warf einen irritierten Blick auf die Dildomaske und verzog den Mund. »Ich habe meinen Herbie noch nie so heftig kommen gespürt. Später habe ich mir die Bilder angesehen. Es war ein Spiel zu dritt. Eine weibliche Top und zwei männliche Sub. Der eine war auf den Stuhl gefesselt, während die Top es sich von dem zweiten Mann besorgen ließ.« Mel brach ab, so als wäre die Geschichte zu Ende. Lauren und ich sahen uns an.

»Ich glaube, es würde ihm gefallen, wenn ich es mit einem anderen Mann mache und er völlig wehrlos zusehen muss. Wenn ich ihn damit erniedrige.« Mel presste die Lippen zusammen.

»Ich weiß nicht«, widersprach ich. »Letztens sah das für mich anders aus.« Genau diese Szene hatten wir ja für Herbie in Mels Haus arrangiert – um ihm eine Lektion für sein wiederholtes Fremdgehen zu erteilen. »Er hat sehr gelitten. Du hättest seine Augen sehen sollen, Melly.«

»Ja, aber das war doch damals. Seitdem redet er dauernd von diesem einen Mal ... und von Ménage à Trois.«

»Damals?« So lange war das noch nicht her. Sechs Monate, wenn überhaupt. Weniger – es kam mir wie zwei vor. Wir schwiegen.

»Und du willst das auch?«, fragte ich schließlich. Ein Spiel zu dritt war nicht ungefährlich. Ich hatte da Erfahrung. Ellen.

»Ja.«

Ich versuchte, aus ihrem Gesicht abzulesen, ob sie sich wirklich sicher war.

»Eine von euch muss mir ihren Mann borgen.« Mel lächelte spontan und sah dabei unheimlich hübsch aus.

»Schau nicht mich an!« Lauren schüttelte kategorisch den Kopf und strich sich über ihren leicht gewölbten Bauch. »Seit der Schwangerschaft bin ich schrecklich eifersüchtig geworden. Meinen Brent kriegst du nicht!«

»Mhm«, machte ich, als Mels Maulwurfsaugen in meine Richtung schwenkten. Mir fiel ein, wie viel Überwindung es mich gekostet hatte, mit ansehen zu müssen, wie mein Ron um ein Haar in Mel eingedrungen war.

»Warum fragst du nicht Jacky?«, schlug ich vor. Sie und ihr Mann unterhielten eine wirklich offene Beziehung – ohne Geheimnisse. Manchmal beneidete ich die beiden dafür. Ronald und ich hatten uns geschworen, uns nie mehr anzulügen, aber einige Wahrheiten würden bis in alle Ewigkeit im verborgenen Dunkel schlummern. Anders Jacky und ihr Mann. Er schickte sie mit der Digicam los, um Sex mit anderen Pärchen zu haben.

Auch Ron und ich hatten mehrmals das Vergnügen gehabt. Bei einem Gläschen sündhaft teuren Weins schaute er sich anschließend die selbstgedrehten Pornos an.

»Ich bin mir nicht sicher.« Mel zuckte mit den Achseln. »Der steht ja auf Fäkal ... Kliniksex und wie das alles heißt.«

»Unter anderem«, wandte ich ein. »Aber nicht nur.«

»Das macht mir Angst.« Verlegen sah Mel zur Seite. Seltsam, dachte ich, und Jacky fürchtete sich vor Herbies Hang zu Schmerz und Bestrafung. Manchmal fiel es mir schwer zu entscheiden, wessen Sexleben nun das bizarrere war.

Ich überlegte. Zwei sich windende Frauenkörper blitzten vor meinem inneren Auge auf. Warmes Wasser rauschte aus einem Duschkopf und schlängelte sich in glitzernden Rinnsalen über jede Rundung und Vertiefung. Die harten Knospen ihrer Brüste berührten sich. Ich seufzte. Mel wirkte unsagbar anziehend.

»Wie wäre es«, begann ich, »wenn du es vor ihm mit einer Frau machst?« Vorsichtig näherte ich mich ihrem Mund. Mein Atem streifte ihre Lippen. Sie zuckte verdächtig zurück. Ich spürte ein Ziehen in meinem Schoß. Mit den Zeigefingern strich ich ihre nackten Arme entlang. Mein Rock schmiegte sich an ihre Hüften. Sie stöhnte mir ins Gesicht. Wann hatte ich eigentlich das erste Mal den Wunsch gehegt, mit Mel ins Bett zu gehen?

»Mit einer Frau?«, echote sie langsam und ein komplett neues Universum öffnete sich für sie. Ihre Augen hatten wieder diesen entrückten Ausdruck.

»Herbie würde es sicher gefallen«, hauchte ich.

Lauren sah unruhig zwischen uns hin und her. Unsere Blicke kreuzten sich.

»Also, ich bin nicht lesbisch«, eröffnete Lauren, »aber das gerade eben ...« Tief Luft holend nickte sie. »Das war echt heiß.«

Zwei junge Männer waren stehen geblieben und beobachteten uns mit breitem Grinsen.

»Hammergeil«, zischte der größere der beiden mit unverhohlener Erregung. »Da würde ich gern mitmachen.«

Ich wandte mich ab.

»Klär das noch mal mit deinem Mann«, trug ich Mel auf und küsste sie auf den Mund. Sie genoss den Kuss. Schloss die Augen. Die Männer Anfang zwanzig schnauften.

»Sieht uns wer zu?«, flüsterte Mel erhitzt.

Ich musterte die beiden. Der eine war riesig, fast eins neunzig. Der andere spindeldürr, mit einem selten dämlichen Grinsen und gerade mal so groß wie ich. Ohne zu zögern, wären sie uns in die Umkleidekabinen gefolgt und hätten alles getan, was wir von ihnen verlangt hätten.

»Nur zwei notgeile Twens«, hauchte ich zurück.

»Seht euch das gut an, Jungs«, rief Mel frech. »Die nächste Show gibt es erst wieder am Samstag.« Stürmisch küsste sie mich und fasste mir in die Bluse.

Lauren glaubte, sich verhört zu haben. Fassungslos schüttelte sie den Kopf. Errötete. Die beiden Jungs hatten tatsächlich einen Ständer!

»Ich schick dir wegen Samstag eine SMS.« Mel lächelte mich fröhlich an und kaufte drei Minuten später den »Teletubby-Hut«.

Mein Blick fiel auf das Cover einer Porno DVD, wo eine schwangere Frau im achten oder neunten Monat zu sehen war. »Sie tut es bis zum bitteren Ende«, war in roten Lettern zu lesen. Ich wandte mich ab. Mir schwindelte.

»Los Mädels, lasst uns abhauen. Ich hab genug gesehen.«

»Die Jungs sind noch beim Training«, gab Mel zu bedenken.

Lauren lachte mädchenhaft. »Sicherlich strengen sie sich wesentlich mehr an, wenn wir sie anfeuern. Was meinst du?«, sprach sie mit ihrem Bauch. »Wollen wir Daddy beim Spielen zusehen?«

Ich unterließ es, ihr zu sagen, dass es noch mindestens bis

zur siebzehnten Schwangerschaftswoche dauern würde, bis ihr Baby seine Umwelt hören konnte. Ich spürte einen unsagbaren Druck auf meiner Brust.

»Gut, fahren wir zum Stadion.« Ich hatte kein Problem, das Training der »Portland Pirates« zu besuchen. Steven war ja, seinem Gesäß sei Dank, nicht da.

***

Was wir dort allerdings zu sehen bekamen, hätte ich keinem kleinen Kind zugemutet, geschweige denn einem Fötus im Mutterleib. Titou hätte die »Action« zweifellos gefallen. Brutal rammten sich die Spieler auf dem Eis. Kufen schnitten tiefe Furchen in den Belag. Kleine, weiße Wölkchen spritzten davon. Körper prallten aneinander oder schlitterten ungebremst auf der Eisfläche dahin. Das war Krieg da draußen.

»Sagt mal, trainieren sie, oder geht es da um was?« Ich kuschelte mich in meine Jacke. Es war in der Eishalle fast noch kälter als im Freien.

»Kann nichts erkennen«, murmelte Mel. »Kann grad meine Brille nicht finden.«

Ich konnte Ronald am Eis nirgends entdecken. Ich schaute in den Gang und zu den Tribünen hinauf. Lauren hatte sich in die beheizte VIP-Lounge gesetzt und sah von oben ihrem Mann beim Spiel zu.

»Das ist wegen Samstag«, rief jemand. »Die Jungs müssen das nächste Spiel nach Weihnachten gewinnen oder wir können uns das Play-off aufzeichnen.«

»Hat Jacky eigentlich mit dir geredet?«

Zwei Nachwuchsspieler krachten gegen die Bande und überschlugen sich. Ich griff mir erschrocken an die Brust und blies die Luft aus. Der Schiedsrichter pfiff.

»Weißt du, Jacky macht sich Sorgen um dich. Sie meinte, sie hätte da einen Ausdruck in deinen Augen gesehen ... Als wir das mit Steven machten, meine ich. Sie befürchtet, dass du zusammenklappst, und hat Angst, dass du dir wieder etwas antust.«

Antun? Ich wandte den Kopf.

»Mel?«

Was redete die Frau da bloß? Und mit wem? Ron stand neben ihr. Kein Wunder, dass ich ihn nicht am Eis entdecken konnte – er hatte sich schon längst umgezogen!

»Sag, was redest du da eigentlich, Mel? Verdammt, Mel, ich steh hier drüben!«, rief ich gereizt.

Mels Kopf ruckte von Ron zu mir.

»Ja, wovon redest du eigentlich, Melly? Das würde ich auch gern wissen«, meinte Ron nicht unfreundlich. Er küsste mich zärtlich auf die Stirn und legte den Arm um mich.

»Von der Sache mit den Schlaftabletten.«

Ich presste die Lippen zusammen. Versteinerte in Rons Umarmung.

»Schlaftabletten?« Ronalds Augenbrauen ruckten hoch. »Was für Schlaftabletten?«

Totenstille. Auf dem Eis ging die unerbittliche Schlacht weiter.

»Mein Gott, Denise, du hast es ihm nie erzählt??«, entfuhr es Mel. »Dabei hatten wir ausgemacht ...«

»Was erzählt?«, schnitt Ron dazwischen.

»Mel, nein«, beschwor ich sie und befreite mich aus Rons Arm. Heftig schüttelte ich den Kopf. Ich hatte Angst.

»Er ist dein Mann, Denise. Es ist deine verdammte Pflicht, es ihm zu sagen. Und seine verdammte Pflicht ist es, dafür zu sorgen, dass das nie wieder passiert. Wenn du es ihm nicht sagst, dann werde ich ...«

»Na los! Raus damit.« Rons Lippen hatten sich in zwei harte Striche verwandelt.

»Ich … Es ist nichts«, versuchte ich das Thema zu beenden.

»Nein, Denise, es war sehr wohl etwas.« Mel sah aus wie eine Eule, die ihr Junges vor einem Fuchs verteidigte. »Du hättest sterben können!«

»Entweder ihr sagt mir endlich, was Sache ist, oder es kracht gleich ganz gewaltig.« Ron scherzte nicht. Wäre er ein anderer Mann gewesen, er hätte vielleicht geschwiegen, hätte nicht wissen wollen, was vor fünf Jahren geschehen war. Aber er war kein anderer Mann. Er war mein Mann und dieser Mann hatte sich von ganz unten zurück an die Spitze gekämpft. Und er gab sich nicht mehr mit halben Wahrheiten zufrieden. Nie wieder.

»Es ist nicht wichtig!«, rief ich.

»Keine Lügen mehr, Denise. Das haben wir uns versprochen.«

»Ich lüge nicht!«, schrie ich trotzig.

»Und ich auch nicht«, rief Mel dazwischen. »Ron, deine Frau hat damals versucht, sich umzubringen.«

FREITAG, VOR DEM ZWEITEN ADVENT – HEUTE …

Splitternackt stand ich an der geschlossenen Verandatür und genoss durch die Scheibe die wärmenden Strahlen der Morgensonne. Die Bäume waren tief verschneit. Jeder Ast sah aus, als wäre er dick in Watte gepackt.

Ich stellte mir vor, dass mich jemand heimlich vom Waldrand aus beobachtete.

»Ich glaube, ich muss Warnschilder aufstellen lassen, Liebling.«

Ich wandte den Kopf zu Ron.

»Warnschilder?« Ich lachte.

»Ja.« Er lächelte. »Achtung: sexy Frau beim Nacktsonnenbaden! Anglotzen verboten! Zuwiderhandelnde werden von eifersüchtigem Ehemann unerbittlich zu Tode gehetzt.«

Er fletschte die Zähne wie ein Wolf, doch das aufgeweckte Funkeln in seinen Augen ließ ihn zahm wie einen Belgischen Schäferhund erscheinen.

»Findest du mich denn noch sexy?« Konnten gefallene Engel denn sexy sein? Ich ertrank rettungslos in seinem verliebten Blick. »In deinem Büro gibt es zwei Zwanzigjährige, die hübscher sind als ich«, fügte ich leise hinzu.

Er lachte. »Hübscher könnte ich nicht sagen. Aber sie sind bei weitem nicht so gut.«

Zweifellos hatte er sich gründlich davon überzeugt. Jede Wette.

»Übrigens Büro«, überlegte ich, »müsstest du denn nicht schon längst dort sein?«

»Ich treffe mich mit dem City Commissioner in einer Stunde im Club. Und wenn schon.« Er umfasste von hinten meine Taille und ließ fordernd seine Finger über meinen flachen Bauch kreisen. »Ich wäre verrückt, würde ich dir nicht sagen, wie schön du bist. Und wie sehr ich dich liebe.«

Das rosa Wölkchengefühl kehrte zurück. Ich fühlte mich auf Händen getragen.

Sein leidenschaftlicher Kuss tauchte alle meine Sinne in behütete Sehnsucht.

Er drehte mich herum und betrachtete meine großen Brüste. Das teilrasierte Haar in meinem Schoß. Ohne, dass ich es anstrebte, reagierte mein Körper sofort auf seinen taxierenden Blick. Hätte er mich hier und jetzt im Stehen genommen, hätte ein zufälliger Spaziergänger, der den Waldrand entlangwanderte, garantiert eine heiße Show zu sehen bekommen. Ich drängte mein Becken gegen ihn.

»Laurens Mann hat übrigens eine Mail geschrieben.«

»Und?«

»Sie lassen sich entschuldigen, aber sie werden es nicht zu unserer Party schaffen. Offenbar gab es einen Todesfall in der

Familie und sie müssen am Freitag nach Phoenix. Sie bleiben über Weihnachten.«

»Oh, das tut mir leid. Können wir etwas für sie tun?«

Ron schüttelte den Kopf.

Es war angesichts eines Todesfalls vielleicht etwas unsensibel darüber nachzudenken, aber mit Lauren und Brent hätte ich mich auf unserer Swingerparty entschieden wohler gefühlt. Vor allem, wenn Steven tatsächlich aufkreuzte.

»Brent schrieb etwas von einer Ranch und vierzigtausend Morgen Land inmitten der Hochwüste von Arizona. Er hat uns eingeladen, mal vorbeizukommen im neuen Jahr. Zum Reiten und ...« Er zuckte mit den Schultern.

Ich hatte schon ewig nicht mehr auf einem Pferd gesessen.

»Könnte romantisch werden.« Ich versuchte zu lächeln. Aber ich bezweifelte, dass es mir weiterhalf bei den Dingen, die mich beschäftigten.

»Für uns heißt das, wir suchen noch ein Paar«, schlussfolgerte mein Mann.

Steven.

»Und wenn wir nur drei Paare sind?«

»Ja«, überlegte er. »Aber das wäre nicht dasselbe. Außerdem, wir kennen doch genug Leute, oder?«

Natürlich. Steven.

»Oder?«, wiederholte er.

»Wen?«, fragte ich angespannt.

»Na ja«, druckste Ron herum.

»An wen hast du gedacht?«

Ron starrte abwesend in den Garten hinaus.

»Wer ist es?«

Er zögerte. Und die Art und Weise wie er zögerte, gefiel mir nicht. Es erinnerte schmerzhaft an damals, als er wochenlang nicht heimgekommen war.

»Ronnie, was soll denn das? Also, wen willst du einladen?« Ich stemmte die Fäuste in die nackten Hüften. Ich wusste, welchen Namen er nennen würde, noch bevor er ihn aussprach. Und dieser Name war nicht Steven.

»Ellie.«

Ich schluckte. Meine heile Weihnachtswelt färbte sich in einem grellen Blitz weiß. Als wäre eine dreißig Megatonnenbombe über dem Stadtzentrum von Portland explodiert und hätte unser Haus in einer Millisekunde hinweggefegt.

Ellen.

Bloß ein Name. Ein kurzer Name. Der Name unserer ehemaligen Nachbarin. Ellen.

Lediglich mein Mann nannte sie Ellie. Mit diesen fünf Buchstaben verband sich eine Reihe von Erinnerungen, die ich für immer hatte vergessen wollen. Und dann wiederum glaube ich manchmal, dass es mir überhaupt nichts ausmachte, an diese Frau zu denken.

Ich brachte ein Lächeln zustande. »Gut.«

»Gut?« Er musterte mich erstaunt. Sein Grinsen wurde schlagartig noch eine Nuance breiter.

»Ja, gut.« Wahrscheinlich hatte er von Anfang an vorgehabt, sie einzuladen. Er wollte sie. Also sollte er sie bekommen. Das war mir bei weitem lieber, als dass er sich wieder heimlich mit ihr traf. Keine Lügen mehr – nie mehr. Das hatten wir uns geschworen.

Ich schmiegte mich an seine Brust und lachte erheitert auf. »Sie wird mir nie verzeihen, dass ich ihr eins mit der Peitsche gegeben habe.«

Ellen

Über Ellen hätte ich vieles sagen können – nur nicht, dass ich sie mochte. Ellen war das Mädchen von Nebenan. Die Nachbarin.

Anfangs war alles nur ein Spiel gewesen. Ein Spiel, in das wir sie nicht eingeweiht hatten. Ein Spiel, das sich sehr bald meiner Kontrolle entzog. Vielleicht hatte ich gehofft, verhindern zu können, dass sie sich öfter als einmal mit meinem Mann traf. Dass es bei einer einmaligen Sache blieb. Doch da hatte ich mich gründlich getäuscht.

Wir lebten nicht immer in unserem schönen Haus in Forest Park. Früher hatten wir Downtown gewohnt, in einem Apartmenthaus nahe des Columbia Parks. Über den Smith Lake und das Expogelände hinweg hatte man einen wunderbaren Ausblick auf den Columbia River, auf Hayden- und Tomahawk Island. Dahinter begann der Bundesstaat Washington mit dem kleinen Satellitenstädtchen Vancouver.

Die Wände unseres Apartments waren dermaßen dünn, dass man an manchen Tagen jedes Wort aus den angrenzenden Wohnungen hören konnte. Man wusste, ob die Nachbarn stritten, fern sahen oder Turnübungen im Bett veranstalteten.

Ich schrieb gerade an meinem dritten Roman und hatte für Recherchezwecke die Stadtbibliothek von Portland aufgesucht, da bekam ich von meinem Mann eine SMS.

»Die Nachbarn vögeln schon wieder *grins*«

Eine Minute später folgte die nächste.

»Und sie sind schon wieder fertig. Total uninteressant. Ohne erfülltes Stöhnen. Ich glaube, irgendwas ist danebengegangen. Aber ihre Schuld war es nicht. Sie hat immer wieder betont: ›Ich hab gar nichts gemacht!‹ *lach* Bussi.«

Ich lachte so laut auf, dass sich einige Bibliotheksbesucher erbost nach mir umdrehten. Unkonzentriert schlug ich bald die Bücher zu, packte meine Sachen zusammen und fuhr nach Hause. Ron meinte später, unsere beiden Nachbarn hätten noch lange gestritten.

Ich hatte unsere Nachbarin nur ein paarmal zufällig gesehen, wenn sie gerade vom Büro nach Hause kam. Sie hatte schwarzes, glattes Haar, das ihr bis zur Taille reichte, sehr lange Beine, vielleicht sogar länger als meine, und wohl proportionierte Brüste. Sie sah nie besonders glücklich aus. Und ich kannte ihren Namen. Ellen.

Zu diesem Zeitpunkt wusste ich noch nicht, dass sie eine unangenehme Rolle in meinem Leben spielen würde. Doch eines sah ich sofort – dass sie das Zeug hatte, meinem Mann zu gefallen.

Ihren Lebensgefährten Kenneth kannte ich noch weniger. Er war einer dieser nichtssagenden, unscheinbaren Typen, deren Gesicht man gleich wieder vergaß. Er hätte sich gut als CIA-Agent gemacht, denn ich hätte nicht beschreiben können, wie er aussah.

Manchmal stritten sie und er ohne Vorwarnung mitten in der Nacht. Es war oft erst ein, zwei oder drei Uhr morgens. Dann konnten wir ihn das Apartment verlassen und sie in den Schlaf weinen hören. Um unseren Schlaf war es zu dem Zeitpunkt allerdings meistens geschehen.

Ein paar Abende später saßen Ronald und ich beim Fernsehen und hörten ihr Liebesspiel durch die Wand. Ellens Stöhnen erregte mich. Am liebsten wäre ich aufgestanden und hätte gefragt, ob mein Mann und ich mitmachen durften. Mit allem, was dazu gehörte – Partnertausch.

Jeder Liebeslaut, den sie ausstieß, machte mich ganz verrückt. Ron sah es mir an, nahm mich an der Hand und führte mich ins Schlafzimmer. Titouan war gerade eineinhalb Jahre alt und wir wollten ihn nicht wecken. Es geschah zu selten, dass Ron und ich Zeit für uns hatten. In seiner Firma lief es großartig, bald konnten wir uns das Haus kaufen, von dem wir immer geträumt hatten. Das bedeutete aber auch, dass er viel verreisen und arbeiten musste.

Wir liebten uns lange und zärtlich.

»Ich bin geil auf Ellie«, gestand er mir, nachdem er das erste Mal gekommen war. »Ich will die Kleine vögeln.«

»Dann tu's doch«, bot ich lachend an. »Mich überrascht, dass du es noch nicht getan hast.«

Er war doch sonst nicht so zimperlich. Versonnen grinste er. Wahrscheinlich hatte er schon längst mit ihr geschlafen – oder zumindest seine Fühler nach ihr ausgestreckt.

»Mir schwebt ein Dreier vor. Mir dir.«

»Ich weiß nicht ... Sie gefällt dir. Vögel sie allein. Du hast meine Erlaubnis.«

»Komm schon, Denise, ich weiß, dass sie dir auch gefällt.«

Ich hob die Augenbrauen und blies die Luft aus. »Sie hat einen wunderschönen Körper«, gab ich zu und griff nach Rons bestem Stück. Er war schon wieder unheimlich hart. »Sie kleidet sich sehr sexy.«

»Ich würde ihr gern einmal zeigen, wie richtiger Sex aussieht.« Er drang in mich ein, diesmal wild und unbeherrscht. »Sie vögeln, bis ihr Hören und Sehen vergeht!«

»Oh ja«, stöhnte ich. Das hätte ich auch gern gesehen.

***

Keine Woche später, ich lag schon im Bett, da hörte ich Ellen stöhnen wie noch nie. Ihre Schlafcouch quietschte und schlug mit der Regelmäßigkeit eines Metronoms gegen die Wand. Ich schlich auf Zehenspitzen durch unser Schlafzimmer und drückte mein Ohr gegen den Putz.

»Ja, gib's mir, du Fickschwanz!«

Wow, dachte ich. Ich kannte Mädchen, denen jetzt das Herz stehen geblieben wäre. Mädchen, die man vor Schamesröte, die ihnen angesichts dieser Ausdrücke ins Gesicht schoss, leicht mit Tomaten hätte verwechseln können.

»Ja, fick mich, du Scheißkerl.«

Aber ich konnte nicht anders. Ich musste zuhören. Jeder Teil meines Körpers sehnte sich danach, hart genommen zu werden. Ich stellte mir vor, dass ich an Ellens Platz wäre und mich von ihrem Liebhaber mit jedem Stoß mehr in den Wahnsinn treiben ließ.

Ich ertappte mich dabei, dass meine Hand in meinen Slip glitt und fest über meine empfindsamste Stelle kreiste. Immer stärker fingerte ich mich, bis ich soweit war, zu explodieren.

»Ja. Ja. Ja. Jaaaaa!«

Ellen kam.

Ich kam.

Sie schrie ihre Ekstase hinaus.

»Ron – du arschgeiles Tier!«

***

In der City gehörte meinem Mann ein Büro in einem der zehn höchsten Gebäude der Stadt. Er teilte sich das Stockwerk mit der Anwaltskanzlei »Gedrick & Söhne« und der Immobiliengesellschaft »Immoport«, an der er einige Anteile hielt. Von seinem Schreibtisch aus sah man über ganz Portland. Angetan von der Aussicht stand ich oft minutenlang am Fenster, um die Schönheit des dreieinhalbtausend Meter hohen Mount Hoods zu bewundern.

Auf dem Dach befand sich ein Hubschrauberlandeplatz. Irgendwann, wenn Geld keine Rolle mehr spielte, wollten wir uns mit dem Hubschrauber zum *Portland International Airport* fliegen lassen, um von dort aus für einen ganzen Monat in ein fünf Sterne Hotel in der Südsee zu verschwinden. Bis heute blieb es bei dem Traum. Nicht einmal eine richtige Hochzeitsreise hatten wir uns gegönnt.

Der Tag nach Ellens wildem ekstatischen Schrei war ein Freitag. Ronald und ich hatten uns seither weder gesehen noch gesprochen. Es wurde Nachmittag, als ich ihn in seiner menschenleeren Firma aufsuchte. Alle waren schon im Wochenende.

Mit der neunschwänzigen Katze in der Hand stieß ich die Tür zu Rons Büro auf. Ellen kniete splitternackt auf dem schwarzen Glasschreibtisch – mit seinem XXL-Schwanz in ihrem Mund. Ihre Wangen wölbten sich unter der Fülle seiner achteinhalb Zoll. Neckisch baumelte ihr BH auf Rons Leselampe.

»Überraschung!«, rief ich, als wären die beiden ganz unvermutet auf ihrer eigenen Geburtstagsparty gelandet. Die neun Lederriemen der Peitsche fauchten durch die Luft.

Ellen verschluckte sich an der prallen Männlichkeit meines Mannes, versuchte etwas zu sagen, doch mit vollem Mund sprach es sich schlecht.

Ihre runden Pobacken streckten sich mir entgegen. Mit den Beinen weit gespreizt sah ihre Pussy wie eine exotische Wasserpflanze aus. Sie glänzte wie eine Lotusblüte im Morgentau. Ein Lusttropfen küsste sein Spiegelbild auf der Glasfläche des Schreibtisches.

Mit weit aufgerissenen Augen sah sie zu mir auf. Rons Riesenschwanz hüpfte aus ihrem Mund ins Freie.

»Ich störe doch nicht etwa?«, fragte ich fröhlich.

Ellens Blick hätte Wasser zu Eis gefrieren können.

»Was zum Teufel will *sie* denn hier?«, krächzte sie. »Ich dachte ... Es ist nicht ...«

»Wie ist es nicht, Ellen? Wolltest du etwa sagen, es ist nicht das, wonach es aussieht?« Meine Stimme hallte bedrohlich durch den Raum. »Lass mich raten. Er wünschte sich, deinen medizinischen Rat bezüglich Intimhaarentfernung zu hören – und weil es so heiß hier im Büro ist, ich nicht da war und du nichts Besseres zu tun hattest, bist du in etwas Bequemeres geschlüpft. Und jetzt prüfst du gerade, ob die Haarentfernung wirklich zungenweich ist.«

Aufreizend langsam näherte ich mich den beiden. Mein hellblaues Kleid, das so wundervoll meine sturmblauen Augen betonte, glitt zu Ellens grauem Businesskostüm auf dem Boden. Ich trug nichts darunter bis auf hautfarbene Strümpfe, die mit schwarzen Strapsen an Ort und Stelle gehalten wurden. Auf Slip und BH hatte ich verzichtet.

Meine blauen High Heels blieben hinter mir auf dem weißen Teppichboden zurück. Ellen war wunderschön. Das Evakostüm stand ihr unglaublich gut. Ich musste sie berühren, wollte ihre Haut riechen, ihren Duft schmecken.

Wann fand sie Zeit, ihren Körper in Schuss zu halten? Sie sah aus, als würde sie dreimal die Woche das Fitnessstudio aufsuchen. Kein Wunder, dass mein Mann scharf auf sie war. Ich war es ja auch.

Ellen schwang ihre langen Beine vom Schreibtisch meines Mannes und versuchte, aus dem Büro zu fliehen. An den Hüften jedoch hielt Ronald sie zurück.

»Ron«, japste sie erschrocken. Ihre langen, schwarzen Haare wirbelten ihm ins Gesicht.

»Hier geblieben.« Seine Finger umfassten ihre Brüste und griffen in ihren Schritt. »Das ist meine Überraschung für dich, Kleines. Wir feiern eine Party zu dritt.«

»Wolltest du denn etwa schon gehen, Ellen?« Ich zog eine Schnute.

»Zu dritt? Mit deiner Frau? Sag bloß, sie weiß Bescheid über das, was wir gestern getan haben?«

»Gestern?«, gab ich mich weinerlich und griff mir an die Brust. »Gestern, Ron? Oh, Ron, wie konntest du nur?«

Mein Mann und ich grinsten uns an.

»Ja, Ellie, sie weiß, was wir gestern getan haben«, bestätigte er.

»Und wie ihr es getan habt!« Ich blies anerkennend die Luft aus. »Hast du etwa ernsthaft gedacht, Ellen, ich merke es nicht, wenn du meinen Mann fickst? Ron und ich haben nur wenige Geheimnisse voreinander.« Ich wusste seit jeher, dass er auch noch mit anderen Frauen schlief. Das wusste ich schon, bevor ich ihn geheiratet hatte. Und es störte mich nicht. Da ihm diese Frauen nichts bedeuteten, interessierten mich ihre Namen im Allgemeinen nicht. Ich vertraute ihm voll und ganz. Blind. Denn er hatte mein Vertrauen noch nie missbraucht.

»Ihr seid ja ... ihr seid ja ... Ron, du bist ein Scheißkerl!«

Ich strich ihr zärtlich über die Wange. »Lass uns zusammen Spaß haben, ja? Spielen. Oder magst du es lieber hart?« Ich fuhr mit den Riemen der Peitsche ihre Brüste entlang und drückte ihr den Penisgriff ans Kinn. »Du willst gehen? Du wirst nirgendwohin gehen, du kleines Miststück!«, sagte ich leise. Ich ließ die Lederriemen blitzschnell auf die Tischplatte sausen. Der Knall jagte ohrenbetäubend durch das Büro. »Sonst gibt es eines mit der Peitsche.«

»Tu das Ding weg, Denise!« Sie wandte sich an Ron. »Ich weiß nicht, ob mir solche Überraschungen gefallen, Ron. Als du gestern etwas von einer Überraschung sagtest, dachte ich Ich dachte ... Keine Ahnung, was ich dachte.«

Ich setzte mich malerisch vor ihnen auf den Schreibtisch und verschränkte die Arme unter meinen Brüsten. Das Velourleder meiner geliebten neunschwänzigen Katze streichelte meinen Oberschenkel. Ich konnte die Riemen zwischen meinen Beinen spüren.

»Es wäre dir also lieber, Ellen, wenn ich wirklich die betrogene Ehefrau wäre«, stellte ich fest und sah meinem Mann in die Augen. »Also das finde ich interessant.«

In ihrem Gesicht arbeitete es.

»Wahrscheinlich gibt es einem den größeren Kick, wenn der eigene Lebensgefährte – in unserem Fall Kenneth – tatsächlich betrogen wird …« Ich hob die Augenbrauen. »Nichts ahnend betrogen wird.«

Sex war für mich immer ein Spiel gewesen. Was hätte Sex sonst sein sollen? Aber Ellen spielte mit dem Feuer. Nur allzu leicht konnte man sich die Finger dabei verbrennen. Doch das war glücklicherweise Ellens Sache, nicht meine.

»Lass Ken aus dem Spiel, Denise!«, fauchte sie.

»U-oh«, machte ich. »Darf der gute Ken etwa nichts von deinen außerehelichen …«, ich schmunzelte – das hätte vorausgesetzt, dass sie wirklich verheiratet gewesen wären – »ich meine … außerpartnerschaftlichen Aktivitäten wissen?«

»Denise«, pfiff mich Ron zurück.

»Was?«

»Nicht.« Ron küsste Ellen auf den Hals. Sie schmolz unter seinen Berührungen dahin.

»Keine Sorge«, ich zuckte mit den Achseln. »Von mir wird der gute Ken nichts erfahren.« Seine Tage waren ohnehin gezählt, erschien es mir. Warum sollte man auf Dauer mit jemandem zusammenbleiben wollen, mit dem man fast jeden zweiten Tag stritt? Mit jemandem, der einem nur Tränen und Kummer bereitete? Aber das musste Ellen für sich selbst entscheiden.

Ihre schön geschwungenen Lippen formten eine undamenhafte Grimasse.

»Von dir wird Ken nichts erfahren, Denise?«, wiederholte sie düster. »Wage es nicht, mir zu drohen. Ich lasse mich von niemandem erpressen und von dir schon gar nicht.«

Ich packte sie an den Wangen und küsste sie auf den Mund. Sie versuchte auszuweichen, doch ich ließ ihr keine Chance. Meine Zunge drang in sie ein, flirtete mit ihrer. Zaghaft erwiderte sie das Spiel. Bis sie wild ihre Arme um mich schlang. Ich spreizte die Beine, fühlte ihre feuchte Scham auf meiner.

Liebe und Hass lagen so eng beieinander.

Ron ging hinter ihr in die Hocke. Er saugte an ihren inneren Schamlippen, bis sie erregt hervorstanden.

»Mein Mann wird dich jetzt vögeln, bis du schreist«, hauchte ich ihr auf die Lippen. »Und wehe, du schreist nicht laut. Du weißt, was dann passiert, oder?« Ich ließ die Lederriemen durch die Luft sirren. Die Peitsche fiel mir aus der Hand und polterte dumpf auf die Glasplatte des Schreibtischs.

»Keine Angst«, flüsterte Ron und drückte Ellen gegen mich. Er schob ihren Po in Position und streichelte mit der Spitze seines Schwanzes ihre klatschnasse Spalte. Unsere schönen Körper spiegelten sich in dem dunklen Glas.

»Ron, bitte nicht!«, presste sie atemlos hervor und versuchte dabei, nicht mich anzusehen. Sanft, aber bestimmt drang er in sie ein. Ihre makellosen teilrasierten Haare pressten sich bei jedem Stoß gegen meine. Unsere Brüste berührten sich im Takt. Die gläserne Tischplatte erzitterte.

»Es ist alles okay, Kleines«, hauchte er ihr ins Ohr. »Meine Frau törnt das an. Sie wird dir nichts tun.«

Wie recht er hatte! Ich strich Ellen mit den Fingernägeln über den Rücken bis zu ihren Brüsten. Sanft fuhr ich die Krallen aus. Sie zuckte unter meinen Liebkosungen zusammen. Ihre Brüste fühlten sich fest unter meinen Fingern an.

Mein Mann steigerte das Tempo. Wie das Getriebe einer Dampflokomotive stieß scin Unterleib vor und zurück. Sein strammer Bauch klatschte gegen Ellens glatte Pobacken.

Ich spielte mit ihrem Haar, verkrallte mich darin. Die Spitzen meiner vollen Brüste waren unheimlich hart. Ich wünschte mir in diesem Moment nichts sehnlicher, als dass Ellens geile Lippen sie in sich aufnahmen und an ihnen saugten.

»Lutsch an meinen Titten. Nimm die Nippel in den Mund«, verlangte ich und lehnte mich weit zurück. Ellen kam meiner

Aufforderung leidenschaftlich nach. Ich drückte ihren Kopf an mich und genoss die Kraft, die sich von Ron durch Ellen auf mich übertrug. Meine Beine schlangen sich so gut es ging um seine Hüften.

Ellens Stöhnen wurde lauter. Ihr Atem strömte heiß über meine Brustspitzen. Ich konnte das Zittern in ihrem Schoß spüren. Ihr Becken vibrierte, zuckte unkontrolliert. Jeder Gesichtsmuskel spannte sich.

»Du bist wunderschön, wenn du kommst«, flüsterte ich und küsste sie sanft. Ellen war immer wunderschön. »Und jetzt, Ron, fickst du mich.«

Gehorsam zog er seinen Schwanz aus Ellen heraus und führte ihn in meine zum Explodieren erregte Muschi ein. Sein Schwanz war feucht von ihr. Unheimlich feucht. Ellens Mösensaft in mir zu spüren, machte mich unsagbar geil.

Ellen rappelte sich schwankend vom Schreibtisch hoch und sank zitternd in Rons Ledersessel. Die Enttäuschung darüber, dass er nicht in ihr gekommen war, war ihr anzusehen.

»Fick mich, mein geiler Hengst«, forderte ich meinen Mann auf und spürte nach nur wenigen Stößen den Anflug von etwas Gewaltigem.

Ich kam. Schrie. Doch es war anders als alle Orgasmen, die ich bisher gehabt hatte. Mein Becken zuckte. Zuckte und zuckte. Es hörte nicht auf. Es hörte einfach nicht auf. Dieser Höhepunkt schien noch nie etwas vom Abschwellen der Plateauphase gehört zu haben.

Ich war versucht, auf meine Armbanduhr zu schauen und die Zeit zu stoppen, doch das Ziffernblatt verschwamm vor meinen Augen. Ich konnte die Zeiger nicht erkennen. Das Zucken hielt an. »Was ist das?«, lachte ich und wand mich lustvoll unter den Empfindungen. Der Orgasmus hielt noch immer an.

»Was hat sie?«, fragte Ellen.

Ron schüttelte den Kopf. »Sieht wie ein Multipler aus.«

»Ein so langer?«, fragte sie verwundert. »Aber du steckst doch gar nicht mehr in ihr drin.«

Ron lächelte und küsste mich auf den Mund. Langsam, quälend langsam ebbte der Orgasmus ab. Ich hatte nicht einmal einen Namen für das, was mit mir gerade geschehen war.

Neiderfüllt betrachtete Ellen mich.

»Jetzt bist du dran«, verkündete Ron. »Und diesmal bekommst du alles von mir.«

Er hob sie neben mich auf die Tischplatte und drang erneut in sie ein. Eines ihrer Beine legte er sich über die Schulter, das andere spreizte er mit seiner Hand weit ab.

Nach Luft ringend war ich froh, als das Zucken in meinem Becken nachließ. Mein Schweiß benetzte die Tischplatte. Meine Pobacken rutschten auf dem Glas.

Ellens anfängliche Verkrampfung hatte sich gelöst. Es irritierte sie offensichtlich nicht mehr, dass sie beim Vögeln von der Frau beobachtet wurde, deren Mann sie gerade tief in sich spürte. Sie ergab sich demonstrativ seinem Rhythmus und empfing hemmungslos jeden Stoß meines Mannes, um mich mit ihrem Lächeln zu erniedrigen.

Taumelnd löste ich mich von seinem Schreibtisch und kniete mich hinter Ron. Im Rausch der Gefühle ließ ich meine Hand seine Innenschenkel hochwandern, umfasste seinen prallen Hodensack und knetete ihn hingebungsvoll. Mit der anderen Hand widmete ich mich seinem durchtrainierten Po. Küsste ihn.

Er beschleunigte den Rhythmus. Ellens Schreie wurden immer lauter. »Ja, ja, gib mir alles! Hörst du, du Fickschwanz? Ich will alles! Alles!«

Mit einem spitzen Schrei stieß er ein letztes Mal zu und spritzte in ihr ab.

»Oh ja«, hauchte sie und verrenkte sich. Ihre Augen verdrehten sich. Die Lider flatterten. Ihre Zehen rollten sich ein. Die kleinen, schimmernden Schweißperlen auf ihrer Haut verströmten ihren ureigensten Geruch.

Sie sah zu mir herab. Ein triumphierendes Lächeln umspielte ihre Lippen. *Es ist sein Schwanz, hörst du – seiner,* schien sie sagen zu wollen. *Und er steckt in mir. Nicht in dir, seiner Frau – sondern in mir! Und in mir hat er abgespritzt – nicht in dir!*

»Ich konnte spüren, wie du dich in mir verströmst. Jeden Spritzer.« Verliebt lächelte sie meinen Mann an.

Dem Flittchen würde ich es zeigen. Ich hätte von meinem Mann verlangen sollen, dass er ihr ins Gesicht spritzte, wie in diesen grässlichen Pornos. Ich gönnte Ron eine kurze Pause und mixte ihm an der kleinen Bar seines Sekretärs seinen Lieblingsdrink. Einen *Mojito* mit extra viel Limettensaft und Minze. Anschließend nahm ich seinen schlaffen Pimmel in den Mund. Er genoss sichtlich mein Bemühen, ihn wieder aufzurichten. Und ich gab alles. Sein Schwanz und sein Samen gehörten mir. Mir allein. Ellen hatte sich beides lediglich geliehen.

»Danke, Schatz.« Sein Prachtstück stand wieder wie eine Eins. Mit meiner kleinen Hand vermochte ich ihn nicht zur Gänze zu umfassen. Er wandte sich Ellen zu.

»Aber abspritzen wirst du in mir, hast du verstanden?« Ich krallte meine Fingernägel in seinen Schwanz. Er fühlte, dass ich es ernst meinte.

Sie warf mir einen hämischen Blick zu. Grinste. Mit diesem Grinsen kam sie mir nicht davon.

Ron zog Ellen vom Tisch hoch und holte sie zu sich in seinen Arbeitssessel. Sie winkelte die Beine an und glitt auf seinen Schoß. Ihre Fersen berührten ihr knackiges Gesäß. Die Brüste baumelten vor seinen Lippen. Das Lächeln, das sie mir zuwarf, schmerzte.

Rons Handy lag auf dem Schreibtisch. Es war eingeschaltet. Auf lautlos. Meine Finger spielten damit rum.

»Ich will auch einen Multiplen, hörst du? Fick mich härter, du Fickhengst.«

Er fasste ihr an den Hals. Für eine Sekunde sah es aus, als wollte er sie erwürgen. Ohne seinen Schwanz aus ihrer Scheide zu ziehen, richtete er sich von seinem schweren Bürosessel auf und bettete sie sanft zurück auf den Schreibtisch. Energisch widmete er sich ihren Beinen. Er hielt ihre Fesseln und spreizte sie weit. Schweißtropfen perlten von seiner Brust auf ihren Bauch.

Ich verspürte Lust, Ellens Pussy zu streicheln, während ich die beiden beim Ficken betrachtete. Stattdessen streichelte ich mich in Erwartung auf das Kommende selbst. Ich sah zwei wunderschöne Körper, harmonisch vereinigt, so wie es Mutter Natur seit jeher vorgesehen hatte. Zügellos gab sie sich seinen Stößen hin.

»Ron, Ron, Ron, du Sexgott!« Mit einem lang gezogenen Stöhnen entwand sie sich ihm und griff sich zitternd wie eine sexhungrige Klosternonne ins Gesicht. Ich sah Ron an, dass er ebenfalls kurz davor war, in ihr zu explodieren. Ich legte sein Handy weg.

»Halt!« Meine Stimme schrillte durchs Büro. »Abspritzen wirst du in mir!«

Ellen funkelte mich kalt an, benommen von dem Orgasmus, der ihren Körper durchgeschüttelt hatte.

»Sein Schwanz und sein Samen gehören mir allein!«, erklärte ich und setzte mich neben sie auf den Tisch. Fast brutal nahm ich mit dem Mund Besitz von ihrer klatschnassen Möse und saugte ihren Saft auf.

»Abspritzen wird er allein in mir! Aber Ron darf deine Pussy lecken, wenn er in mir kommt.«

Das ließ Ellen sich nicht zweimal sagen. Sie hob ihm ihr Becken entgegen.

Er packte mich an den Hüften und beugte sich vor, um Ellens feuchte Spalte mit der Zunge zu verwöhnen. Ich genoss das ausfüllende Gefühl seines Schwanzes in mir. Meine Beine umklammerten ihn. Fesselten ihn. Der Stoff meiner Strümpfe rieb an seiner Haut. Ron vögelte mich wie ein Verrückter. Ich hätte sofort kommen können, doch ich hielt mich quälend lange zurück, bis sein Schwanz pulsierend in mir kam. Er stöhnte in Ellens Pussy. Sie biss sich auf die Unterlippe und krallte ihre Finger ins eigene Fleisch.

Ich ließ mich gehen, kam mit einem Schrei der Lust und trieb meine Fingernägel in die strammen Backen von Rons Hintern. Sie schnitten in seine Haut. Die Abschürfungen füllten sich mit Bluttröpfchen.

Ellen starrte mich an.

»Leck seinen Schwanz sauber«, rief ich und beobachtete großzügig, wie sie gehorsam seinen halbsteifen Penis in den Mund nahm und die Spermareste hinunterschluckte.

»Das nächste Mal, wenn du wieder vorhast, meinen Mann zu vögeln, Ellen, fragst du mich gefälligst um Erlaubnis! Ist das klar?«

»Denise«, lachte Ron.

»Das hängt doch nur von Ron ab«, kam es von Ellen vorlaut zurück. »Wir werden es miteinander treiben, wann immer wir wollen. Wo wir wollen.«

So etwas Freches! Ich stieß einen entrüsteten Laut aus und bekam ein hinterhältiges Grinsen zur Antwort.

»Lass es, Liebling«, forderte Ron.

In Ellens Augen blitzte es gemein auf. Ein gehässiges Lächeln schlich sich auf ihre Lippen.

»Es muss ja einen Grund haben, warum er mich ficken will,

Denise«, flüsterte sie. »Sonst würde er es ja nur mit dir treiben.«

Wenn ich geglaubt hatte, dass sie wenigstens eine Spur von Dankbarkeit empfand, wenn man bedachte, dass ich ihr gerade meinen Mann geborgt hatte, so sah ich mich jetzt mit einer komplett neuen Situation konfrontiert.

Ich starrte perplex meinen Mann an. Doch er ließ mich jämmerlich im Stich.

Ellen suchte ihre am Boden verstreut liegende Kleidung zusammen und zog sich im Vorzimmer an. Ron folgte ihr. Er konnte einfach nicht die Finger von dieser kleinen Schlampe lassen.

Leise hörte ich ihre Stimmen. Ich griff nach Rons Handy, legte meines daneben und baute eine Bluetooth Verbindung auf.

»Nächstes Mal möchte ich nicht, dass deine dumme Alte dabei ist.«

»Aber Ellie ...«

»Ich mag deine Frau nicht, Ron. Sie ist doof.«

Mein Mann sagte darauf nichts. *Danke, dass du mich damals verteidigt hast, Ronald!*

»Überleg dir, wie du das wieder gut machst, Ronnie«, flötete Ellen. »Vielleicht mit einem Abendessen? Ich reservier uns einen Tisch.«

Ich sah auf die Displays der Handys. »Datentransfer beendet« –»File gelöscht«

Ein flüchtiger Schmatz, dann hörte ich Ellen auf ihren Stöckelschuhen davonschleichen. Ich packte mein Handy in die Handtasche und legte Rons zurück an seinen Platz.

»Du hättest sie nicht so rannehmen sollen, Schatz«, meinte Ron vorwurfsvoll. Er blieb in der Tür stehen. »Jetzt kommt sie bestimmt nie wieder.«

»Es ist mir egal, ob sie wiederkommt, Ron«, lachte ich bitter auf.

»Sag, Denise, was ist denn los mit dir? Du hast dich doch früher nicht so zickig verhalten.«

»Was los ist?« Meine Stimme klang etwas zu schrill. »Hast du denn nicht gesehen, was da gerade abging? Das war kein Spiel zu dritt – das war ein Machtkampf.«

Ich hätte es besser wissen müssen. *Verdammt, Denise, du bist doch sonst nicht so blöd!*

Wir hätten das Ganze mit Ellen vorher absprechen müssen. *Ich* hätte es mit ihr absprechen müssen. Von Frau zu Frau. Schließlich war es mein Mann, mit dem sie vögelte. Aber wahrscheinlich hätte es letztendlich keine Rolle gespielt. Sie hätte trotzdem mit meinem Mann geschlafen und versucht, ihn mir auszuspannen.

»Was soll denn auf einmal diese Stutenbissigkeit, Denise?«

»Du bist mein Mann. Sie kann sich dich ausleihen. Mehr aber nicht.« Das klang fast bitter. Zu bitter. Und der Teufel sollte mich holen, wenn ich hier und jetzt in Tränen ausbrach!

»Sie wird dich nicht immer um Erlaubnis fragen, Schatz.« Sein Atem streifte meine Lippen. Er schob mich auf seinen Schreibtisch und spreizte meine Beine. Mein Kleid rutschte hoch. Ich wand mich unter seinen Berührungen. Und wenn ich gedacht hatte, dass ich nach den zwei Orgasmen von vorhin keine Lust mehr haben würde oder restlos befriedigt war, so belehrte er mich eines Besseren.

Er versenkte seinen Schwanz in meine flutschende Möse. Er hatte Ellen und mich gefickt und jetzt würde er mich noch einmal ficken. Ich war seine Belohnung. Sein Dessert.

»Das muss sie aber«, hauchte ich zufrieden. »Denn du bist mein Mann.«

***

Ron sah Ellen von diesem Tag an immer öfter. Man könnte sagen: regelmäßig. Sie kam auch hin und wieder zum Training der Eishockeymannschaft und zu dem einen oder anderen Spiel. Und natürlich hat sie mich nicht ein einziges Mal gefragt, ob sie mit ihm schlafen durfte. Solange er Zeit für mich hatte, wann immer ich ihn brauchte, konnte ich Ellens abartiges Gestöhne hinter der Wand ertragen.

Ihr Ken war ein Langweiler und nicht halb so attraktiv wie die meisten Männer, mit denen ich in meinem Leben gevögelt hatte. Entweder bekam er wirklich nicht mit, was mit seiner Lebensgefährtin los war oder er wollte es ganz einfach nicht wahrhaben. So oder so, immer wenn er unterwegs war, rief Ellen meinen Mann an, um mit ihm eine Nummer zu schieben. Das geschah öfter, als mir lieb war und irgendwann wurde mir die Sache nur noch lästig.

Ich hatte das Gefühl, mich ganz allein um unseren Sohn kümmern zu müssen und mit meinem Roman kam ich auch nicht weiter. Ich steckte auf halbem Weg wegen eines Plotfehlers fest.

Dementsprechend gereizt kam ich an einem Dienstagmorgen vom Jogging im *Columbia Park* nach Hause. Ich brauchte Ron. Und ich würde über ihn im Bett herfallen, auch wenn das bedeutete, dass er nicht ausschlafen konnte. Ron war aber nicht da ...

Ein Stöhnen drang durch die Wände, da wusste ich Bescheid. In einer Kurzschlussreaktion griff ich nach meinem neunschwänzigen Lieblingsspielzeug und stürmte den Gang entlang bis zur Tür von Ellens Apartment. Entweder hatten die beiden grenzenlosen Mut oder waren einfach nur dumm – die Tür war nicht abgesperrt. Warum auch? Dieser Langweiler Kenneth arbeitete dienstags immer bis um vier.

Ich riss die Eingangstür auf und stapfte wie eine Maschine in Ellens Wohnung. Vorzimmer, Küche, Bad, Wohnzimmer Schlafzimmer. Bingo!

Ellen ritt meinen Mann. Er lag auf dem Rücken, hatte die Augen geschlossen und knetete mit einem glückseligen Lächeln auf den Lippen ihre schönen Brüste.

»Du miese, kleine Schlampe«, brüllte ich und legte meine ganze Kraft in den Schlag.

Die Peitsche knallte gegen ihren nackten weißen Hintern. Sie schrie auf.

»Was machst du denn hier, Denise?«

Die Lederriemen donnerten ein zweites Mal gegen ihren ungeschützten Arsch. Sie wimmerte. Hellrote Striemen zeichneten sich auf ihrer zarten Haut ab.

»Ron, hilf mir!«

Mein Mann schnellte aus dem Bett hoch und versuchte, mir die Peitsche zu entreißen. Ich boxte ihm mit meiner kleinen Faust in den Magen und entwand mich seinem Griff – mit einer Schnelligkeit und einer Kraft, als wäre ich auf Drogen gewesen.

»Na warte, du kleine Schlampe«, schrie ich schrill. »Dir werde ich helfen!«

Ich trieb sie mit der Peitsche vor mir her, jagte sie durch ihr eigenes Apartment ins Wohnzimmer. Dort konnte sie mir nicht mehr entkommen. Beim Esstisch kauerte sie sich auf den Boden und schwang die Arme hoch, um ihren Kopf zu schützen.

Kräftige Hände packten mich von hinten. Ron. Ich stieß ihm unabsichtlich den Penisgriff der Peitsche ins Gesicht und befreite mich erneut.

»Hast du gedacht, eine Schlampe wie du, kann mir den Mann wegnehmen?«, brüllte ich. Ich drückte ihr die Spitze des Joggingschuhs in die Brust, genau so fest, dass sie die Drohung verstand. Ich wünschte, es wäre der spitze Pfennigabsatz eines Stöckelschuhs gewesen.

»Dreh dich um, du Nutte! Hoch den Arsch!« Ich holte aus.

»Jetzt ist's genug«, dröhnte Ron. Er riss mir die Peitsche aus der Hand.

»Ist es nicht!« Mir schossen die Tränen in die Augen. »Du bist mein Mann. Ich liebe dich.« Er drehte mich zu sich herum, und ich sank an seine Brust. Minutenlang standen wir so da und wiegten uns in der innigen Umarmung. Meine Tränen benetzten seine nackten Brustmuskeln und mein Schluchzen verstummte.

Es wurde sehr still in Ellens Apartment. Ganz still. Nur der Fernseher war leise zu hören.

»Oh ... mein ... Gott«, stieß Ron langsam hervor, jedes Wort eigenartig betont. »Verdammte Scheiße ... noch eins.«

Ich wandte den Kopf. Der Fernseher zeigte New York. Das World Trade Center. Plötzlich schrie die Menschenmenge auf.

»Mein Gott.« Ellen hielt sich die Hände vor den Mund. »War das ... War das gerade ein Passagierflugzeug, das in die Twin Towers gestürzt ist?«

Unfähig uns zu rühren, verharrten wir dort. Ron fand als Erster seine Stimme wieder. Es war Dienstag, der elfte September 2001.

»Unser Land wird angegriffen.«

***

Wir wussten noch nicht, dass mit dem Einsturz der Zwillingstürme, Ereignisse ins Rollen kamen, die den finanziellen Ruin meines Mannes zur Folge haben sollten. Er rief einen alten Freund bei den Marines an und sie diskutierten darüber, was dieser Angriff für unser Land im Allgemeinen und für sie beide im Speziellen zu bedeuten hatte. Damals ahnte ich nicht, dass er mit Steven telefonierte.

Geschockt von den Bildern aus New York, die vierundzwanzig Stunden über den Bildschirm flimmerten, hatte ich dem guten Ken ein selbst gedrehtes Handy-Video zukommen lassen. Der Augenblick war denkbar schlecht. Unsere Nation wie versteinert. Aber dann wiederum dachte ich mir, es würde nie einen passenderen Zeitpunkt geben, um Langweiler Ken die Augen zu öffnen.

»Ron. Ron. Ron, du Sexgott!«, zeigte Wirkung. Einen Tag später zog er aus. Ohne den zahlungskräftigen Ken konnte sie sich das Apartment nicht mehr leisten – hatte ich zumindest gehofft. Ellen, das verfluchte, geile Luder, das gedacht hatte, gegen meinen Willen meinen Mann vögeln zu dürfen, bekam endlich ihre Strafe.

»Ich will nicht, dass du Ellen wiedersiehst«, sagte ich an jenem elften September zu meinem Mann. »Und wenn ich mitbekomme, dass du ihr die Wohnung zahlst, dann lasse ich mich nicht von dir scheiden, Ron. Nein, ich werde dich erschießen.«

Er lächelte schwach.

»Ich meine es ernst«, sagte ich mit Tränen in den Augen.

Er nahm mich in die Arme. »Keine Sorge, Schatz. Ich habe etwas Besseres mit meinem Geld vor. Zieh dich an!«

Und wir fuhren an den Stadtrand zu dem schönen, großen Haus, das wir später einmal kaufen sollten.

Doch das Kapitel Ellen war damit noch nicht abgeschlossen. Diese verdammte Schlampe hatte genug Einfälle für einen Fortsetzungsroman und zehn Staffeln einer Daily Soap.

***

Es muss fast genau zwei Jahre später gewesen sein, ich war bereits wieder schwanger, da traf ich Ellen zufällig in der Pioneer Place Mall, Downtown. Sie kam aus dem Seven Hells-Dessousgeschäft und ging böse lächelnd auf mich zu.

»Hallo, Denise. Danke, dass du mich von Ken, diesem Versager, befreit hast.«

Ich hatte mir schon gedacht, dass ich ihr im Grunde einen Gefallen getan hatte.

»Sieh mal, was ich gekauft habe.« Sie öffnete ihre Einkaufstüte und gewährte mir einen Blick auf schwarze Spitzenunterwäsche mit Strapsen und ein Päckchen teurer Strümpfe. »Ich denke, die Kleidungsstücke werden Ron gefallen.«

»Viel Spaß«, antwortete ich lahm. Ich wusste in dem Moment schon, dass ich zum zweiten Mal in meinem Leben schwanger war. Titouan freute sich unsagbar. Er wünschte sich unbedingt ein kleines Brüderchen.

»Viel Spaß?«, wiederholte sie gereizt. Es ärgerte sie, dass ich nicht eifersüchtig reagierte. Dass ich ihr im Kaufhaus keine Szene machte. »Ich kann dir so leicht den Mann wegnehmen, Denise.« Sie schnippte hämisch mit dem Finger. »Es ist so einfach wie das.«

Irgendwann wurde mir klar, dass Ron, entgegen seiner Beteuerungen, Ellen niemals aufgeben würde. Manchmal wunderte ich mich, dass nie das Wort Scheidung fiel. Doch das, was uns aneinander hielt, war stärker als Sex. Stärker als Partnerschaft. Stärker als die Institution Ehe. Es gab Dinge, die verbanden einen mehr als eine geleistete Unterschrift oder ein geflüstertes Gelübde. Das, was uns zusammenhielt, war lebendig, atmete und brauchte uns jeden Tag – unser gemeinsamer Sohn Titouan. Wir hatten ihn zusammen gewickelt, wir hatten ihn zusammen gebadet und wir hatten ihn zusammen angezogen. Jeden Tag durften wir uns selbst in ihm erkennen, das Beste von uns beiden. Das konnte nicht einmal Gott trennen.

Bei anderen Paaren mochten Kinder eine untergeordnete Rolle spielen, bei uns jedoch nicht.

***

Vierzehn Tage später, ich war gerade in der siebzehnten Schwangerschaftswoche und unsere finanziellen Probleme wurden offensichtlich, da stand Ellen plötzlich vor der Tür. Ron war zu dem Zeitpunkt schon tagelang nicht mehr nach Hause gekommen. Ich schätze mal, dass er bei ihr war, deshalb verwunderte es mich umso mehr, dass sie bei mir zu Hause aufkreuzte.

Sie läutete, ich öffnete. Dass ich so tun könnte, als wäre ich nicht zu Hause, kam mir nicht in den Sinn. Der November hatte die Blätter der Bäume rot gefärbt. Ich erinnere mich noch an das farbenprächtige Laub, das vom Wind über unsere Einfahrt geweht wurde und dabei kratzende Geräusche von sich gab.

»Ron wohnt jetzt bei mir«, sagte sie anstatt einer Begrüßung. Ihre Augen sprühten vor Hass. Angewidert starrte sie auf meinen Bauch, der sich unter meinem Kleid abzeichnete. »Ich will, dass du dich aus unserem Leben raushältst, Denise. Ruf ihn nicht an. Belästige ihn nicht mehr. Lass uns einfach in Ruhe.«

»Ich werde ihn anrufen, wann immer es mir gefällt«, ließ ich sie wissen.

»Wegen Titou meinetwegen. Er ist sein Sohn. Aber du brauchst ihn nicht anzurufen. Hast du das verstanden?«

Ich lächelte nur. Woher ich die Kraft dazu nahm, ist mir heute schleierhaft.

»Danke, Ellen, für deinen Besuch. Ich muss mich wirklich bedanken. Jetzt weiß ich wenigstens, dass ich noch immer eine Gefahr für dich bin. Komm rein, ich spendier dir einen Kaffee.«

»Ich hätte dich anzeigen sollen wegen Körperverletzung!« Nach Luft schnappend drehte sie sich um, marschierte aus meinem Garten und rauschte mit ihrem kleinen Ford davon. Ich sah ihr lächelnd nach und schloss die Haustür hinter mir.

Ich bereue heute nur eines. Ich bereue heute, dass ich damals mit der Peitsche nicht härter zugeschlagen habe. Und dass es nur ein Joggingschuh war, den ich ihr gegen die Brust gedrückt hatte.

***

Mein Triumphgefühl währte nicht lange. Tags darauf realisierte ich, dass ich allein war. Vollkommen allein. Verlassen von meinem Mann, ich hatte kaum Kontakt mit Steven und noch dazu war ich schwanger.

Ich gönnte meinem Mann sein Abenteuer mit Ellen. Mir war nicht entgangen, dass wir immer tiefer in finanzielle Schwierigkeiten schlitterten. Und wenn sie ihm half, besser in seinem Job zu sein, dann hoffte ich, dass er jede freie Minute mit ihr genoss.

Trotzdem hätte ich mir gewünscht, dass er sich mehr um mich gekümmert hätte. Es wäre nichts anders gekommen. Ich hätte wahrscheinlich dennoch versucht, mir mit Schlaftabletten das Leben zu nehmen. Aber ich hätte ihm wenigstens davon erzählt. Und vielleicht hätte ich dann etwas weniger gelitten.

Ich war ins Auto gestiegen und losgefahren, bevor mir bewusst wurde, wohin ich eigentlich fuhr. Ich nahm die Interstate 5 nach Eugene. Ich wollte zum *Fern Ridge Reservoir*. Zu Steven. Ich wollte in der Nähe des kleinen Blockhauses sein, wo ich über alle Maßen glücklich gewesen war.

Ich nahm den Feldweg und sah schon von Weitem, dass Licht in der Blockhütte brannte. Mein Herz klopfte schneller. Konnte es sein, dass Steven da war? Dass er vielleicht geahnt hatte, dass ich kommen würde und mich deshalb schon erwartete? Ich brauchte ihn so sehr. Ich sehnte mich nach seinen Umarmungen, seinen Küssen und seinem Lächeln.

Ich stieg bei der Einfahrt zu seinem Grundstück aus und lief beinahe die letzten Meter. Und dann verharrte ich im Schritt.

Steven war da. Steven war da – und er war nicht allein. Er folgte einer schwarzhaarigen Schönheit auf die Terrasse. Ellen. Er umarmte sie von hinten und sie betrachteten zusammen den vollen Herbstmond, der sich im Wasser des Sees spiegelte. Leise Musik drang aus dem Haus.

Ich weiß nicht mehr, wie ich es zum Auto schaffte und nach Hause fuhr. Nein, die Frau war nicht Ellen gewesen, wusste ich. Sie sah ihr nur verdammt ähnlich. Ich fasste mir an den Bauch und weinte die ganze Fahrt von Eugene bis nach Hause.

DRITTER ADVENT – HEUTE …

Zwei Kilo mussten runter, um mit Ellen konkurrieren zu können. Mel hatte sich bereit erklärt, mich wenigstens ein-, zweimal zum *Pearl Shape Fitnesscenter*, Downtown, zu begleiten. Es gab auch regelmäßig *Ladies Only Nights* – aber warum seinen Körper zur Schau stellen, wenn ja doch keine Männer da waren, um ihn zu bewundern?

»Ich weiß nicht, ob ich das durchhalte«, gestand ich Mel und wischte mir den Schweiß von fünfundvierzig Minuten Lauftraining von der Stirn. Ermattet nahm ich die übrigen Trainierenden auf den Fitnessgeräten wahr. Ihre Laute und den Geruch nach Fleiß und Vitaminshakes.

»Ich bin Ellen nie wirklich begegnet. Aber wenn eine Schlampe wie sie versuchen würde, sich meinen Herbie zu krallen, würde ich ihr die Augen auskratzen. Wie der Mount St. Helens würde ich über sie kommen.«

Ich glaubte ihr. »Weißt du, das Seltsame ist, ich habe mich nie anders als Ron verhalten. Unsere Beziehung basierte stets auf Sex und gemeinsamen Zielen. Auch Liebe.« Selbstverständlich auch Liebe, dachte ich verwirrt.

»Aber, dass wir nicht monogam sein würden – keiner von uns – das war ein offenes Geheimnis von Anfang an. Wir sind beide nicht dafür geschaffen, sexuell treu zu sein.«

»Und warum glaubst du, ist das so?« Mel zog den neuen jungen Fitnesstrainer mit ihren Blicken geradezu aus. Verstohlen nestelte sie an ihrer Brille herum und fiel fast vom Laufband. »Versucht ihr, etwas zu kompensieren?«, schnaufte sie.

»Ich ... was?« Ich stoppte das Gerät.

»Sieh mal. Es ist doch ganz einfach. Warum brauchst du, Denise R. Harris, Frau eines der begehrtesten Männer der Stadt – der, nebenbei bemerkt, nicht ganz unvermögend ist und ein Steher im Bett – so viel Sex?«

»Ich ...« Ich schaltete das Laufband wieder ein.

»Tic, Toc, Tic, Toc. Die Zeit läuft, Mrs Harris«, ahmte Mel die Stimme des Jeopardy Moderators nach.

»Was ist eine Nymphomanin?«, gab ich die pflichtschuldige Quizkandidatenantwort. Ich verkniff es mir, das Sexleben ihres Mannes anzusprechen. Mel hatte genug Wunden in ihrer Seele davongetragen, die nie gänzlich verheilen würden. »Mel, du wirst mir langsam unheimlich.«

Mel kicherte. »Gib es zu, du hast dir die Frage doch auch schon gestellt! Seitdem ich dich kenne – seitdem du einen Fuß in die *Lincoln High* gesetzt hast – kenne ich dich nur als Männer verschlingendes ... verschlingende ...«

Was? Ungeheuer? Gottesanbeterin? Monster?

»Das ist doch nicht wahr.« Ich sah mich nach dem jungen Fitnesstrainer um. »Genauso gut könnte ich sagen, dass du davon träumst, eine heiße Nacht mit unserem Reserve-Schwarzenegger zu verleben.«

Mel gluckste. »So viele Muskeln hat der süße Bengel nun auch wieder nicht. Aber das genau ist der Punkt. Ich träume von einer heißen Nacht. Du bekommst sie.« Mel rang nach Atem. »Du gehst nach dem Training zu dem Jungen hin und ein paar Worte von dir genügen, dass er dir bereitwillig ins Bett folgt. Das ist der Denise-Harris-Faktor.«

»Blödsinn! Mit drei Ö! Blööödsinn.«

»Wollen wir wetten?«

Ich kämpfte mit meiner Kondition. »Ich habe keine Nerven für so einen Quatsch.«

»Es wird Zeit, mit der Vergangenheit abzuschließen, Denise.« Mel stellte das Laufband endgültig ab. Sie war völlig fertig. »Ellen ist Teil deiner Vergangenheit – und welche Rolle sie auch immer in Ronnies Leben spielen mag ... Eure Beziehung hält es aus. Muss es aushalten.« Sie verstummte. »Klinge ich in deinen Ohren auch so neunmalklug? Kaum zu glauben, dass ich vor zwei Jahren noch tablettenabhängig war. Das bin definitiv nicht ich.«

»Ich sage ja, du wirst mir unheimlich.« Noch eine halbe Meile, dann hatte ich mein Pensum erfüllt. »Und was tue ich jetzt wegen Ellen?«

Mel zuckte mit den Achseln. »Gibt es denn niemanden, den du einladen könntest? Sozusagen als Gegengewicht?«

Steven.

»Also ...«

Breit grinsend näherte sich Reserve-Schwarzenegger.

»Kann ich für die Ladies noch irgendetwas tun?«

Ich stellte das Laufgerät ab und fasste sein Namensschildchen ins Auge. Die restliche Viertelmeile ließ ich gern jemand anderem. »Und ob Sie das können, Tony.« Am Ende meiner Kräfte stieg ich von dem Foltergerät. »Sie müssen etwas für uns tun. Sehen Sie«, ich wechselte einen flüchtigen Blick mit Mel, »unsere Männer vernachlässigen uns sträflichst. Wir würden jemanden brauchen, der stark genug ist ... der uns vielleicht die Stadt zeigt und hinterher ...« Mit großen Augen sah ich zu ihm auf.

Reserve-Schwarzeneggers Kinn klappte herunter. Sein Blick ruckte nervös zwischen Mel und mir hin und her. »Angestellten ist es verboten ...«

»Wir sind sehr einsam«, hauchte ich.

»Nun«, stammelte er. »Wenn man sich zufällig in der Stadt begegnen würde ... Bei einem netten Kaffee ... oder ...«

»Sie haben doch sicher eine Telefonnummer, damit wir dem Zufall auf die Sprünge helfen können.«

Tony tastete die Gesäßtaschen seiner engen Shorts ab und zückte schließlich eine Karte.

»Sie sind ein Schatz, Tony. Wir rufen Sie an.«

Er verabschiedete sich mit einem Lächeln und suchte verwirrt das Weite.

Mel hatte diesen »Sagte ich es nicht?«-Blick in ihren Eulenaugen. Der Denise-Harris-Faktor. Der Blödsinn mit drei Ö!

»Deine Avancen werden dem armen Bengel noch seinen Job kosten. Er wird sein Studium nicht abschließen können und irgendwo am Abstellgleis landen.«

»Gar nichts wird passieren.« Ich wischte mir den Schweiß aus dem Gesicht und reichte ihr Tonys Kärtchen. »Aber du kannst ihn mal anrufen. Warum immer nur davon träumen, Melly? Warum immer nur davon träumen!«

Sie nahm die Visitenkarte entgegen. »Ich liebe meinen Herbie. Manchmal, wenn ich ihm seine Wünsche erfülle, er mich fesselt und ›seine Fickschlampe‹ nennt, dann erahne ich, welches Universum du dir erschlossen hast.« Sie steckte die Karte in ihre Sporttasche. »Aber ich bin nicht du, Denise. Ich werde immer die süße Melly sein. Die Melly, die für ein romantisches Dinner bei Kerzenschein schwärmt. Die Melly, die davon träumt, dass ihr Herbie sie ins Bett trägt, wo sie ganz zärtlich miteinander schlafen.«

Ich küsste sie auf den Mund. Sie zu küssen war das Natürlichste auf der Welt. Ich liebte Mel dafür, dass sie war, wie sie war. »Das ist schön, Melly.« Ich räusperte mich. Die Blicke der männlichen Gäste ruhten auf uns. Sie genossen die Show. »Gib mir Reserve-Schwarzeneggers Telefonnummer zurück«, grinste ich. »Vielleicht habe ich ja doch Verwendung für den Jungen.« Reserve-Tony hatte das Zeug, meine Reserve-Ellen zu sein.

»Oh nein«, lächelte Mel und sah dabei unsagbar hübsch aus. »Die Nummer hebe ich mir auf. Für schlechte Zeiten!«

***

Eine Stunde und eine Dusche später fuhr ich mit meinem Wagen die Einfahrt zu unserem Haus hinauf. Hinter mir spiegelte sich das Nachtleben von Downtown Portland in den Fluten des Willamette.

Während der Fahrt hatte ich ein paar Anrufe getätigt. Wenn ich es vermeiden konnte, dass Steven zur Party kam, dann wollte ich nichts unversucht lassen. Obwohl, große Hoffnung hegte ich keine.

Da Ellen höchstwahrscheinlich allein kam, blieb mir nur eine Alternative. Ich musste jemanden finden, vorzugsweise Single, der Steven ersetzte, damit er gar nicht erst weiter in Betracht kam.

Von den Männern, mit denen ich während meines Studiums meinen Spaß gehabt hatte, wusste ich keine aktuelle Adresse. Wer weiß, vielleicht lebten die Jungs von damals gar nicht mehr in der Stadt. Und überhaupt – wie sah denn das aus, wenn man sich nach über zehn Jahren aus heiterem Himmel meldete und sagte: »Du, hör mal, ich weiß, wir haben uns jetzt länger nicht gesehen. Aber weißt du was? Ich würde mich gern mal so richtig von dir durchvögeln lassen! Und ja, kein Problem, bring ruhig deine Frau mit!«? Für so einen Anruf brauchte man Fingerspitzengefühl. Man konnte nicht einfach mit der Tür ins Haus fallen. Wie gesagt: schwierig, aber nicht unmöglich. An den Mann, den ich als letztes anrief, hatte ich als erstes gedacht. Doch ich wollte ihn nicht in meine Probleme mit hineinziehen. Ich hatte ihn vor drei, vier Jahren kennengelernt. Er blieb bis zum heutigen Tag mein kleines Geheimnis.

Ich schritt energisch durch die Haustür und erstürmte mit dem Handy in der Hand das Arbeitszimmer meines Mannes.

»Ich habe nichts dagegen, dass du Ellen einlädst.«

Ron saß am Computer und arbeitete an seinen Tabellenkalkulationen. Unschlüssig sah er zu mir auf.

»Auch ich werde jemanden einladen.« Ich wartete seine Reaktion ab und wusste sofort, dass ich seine volle Aufmerksamkeit genoss.

»Jemanden aus meiner Vergangenheit«, orakelte ich.

Er hatte immer gewusst, dass es da jemanden in meinem Leben gab. Mit ihm hatte ich von Steven abgelenkt, obwohl meine Gefühle für Steven stark genug gewesen waren, dass ich Ron mehr als einmal seinen Namen ins Gesicht schmettern wollte.

Wir hatten uns geschworen, uns nie mehr anzulügen. Doch gewisse Wahrheiten schlummerten im Verborgenen – vielleicht für immer. Wir scheuten uns davor, zu riskieren, dass diese Wahrheiten uns bis an die Grenze unserer Belastbarkeit führten. Denn jenseits dieser Grenze erwartete uns nichts außer Zerstörung. Dort loderte dasselbe alles verzehrende Feuer, das Mel und Herbie beinahe verschlungen hätte.

Sekundenlang schwiegen wir uns an. Mit wild funkelnden Augen. Ich setzte mich wie eine willige Sekretärin auf seinen Schreibtisch und zerrte am Gürtel seiner Hose. Meine Hand drängte in seine Boxershorts. Die Fingerspitzen fanden ihr Ziel. Ich drückte zu. Fest. Ron stöhnte.

»Du lädst Ellen ein. Meinetwegen.« Die Sache mit ihm und ihr würde nie vorbei sein. Jahrelang hatte ich mir eingeredet, dass ich darüber hätte erbost sein müssen. Wütend. Traurig. Eifersüchtig. Doch das hatte ich nie wirklich empfunden. Ich hatte so empfinden wollen, weil es alle Welt von mir erwartet hatte.

Irgendwann war mir klar geworden, dass Ellen immer einen fixen Platz in Ronnies Leben haben würde. So wie andere Menschen einen fixen Platz in meinem Leben einnahmen.

Steven ... Ich räusperte mich. Doch diesmal ging es nicht um Steven. Und ich war froh darüber.

»Du lädst Ellen ein. Da ist es nur recht und billig, wenn ich auch jemanden einlade.«

»Wen?«, fragte er fest.

»Oh, wen?« Vielsagend lächelte ich. »Das, mein Lieber, ist mein Geheimnis.« Ein Geheimnis, das ich zu Weihnachten lüften würde. Keine Lügen – nie mehr! Meine Fingernägel krallten sich in seinen Schwanz.

»Wer ist es?«

»Das, mein Lieber, siehst du früh genug.«

»Sag mir seinen Namen!«

»Du willst seinen Namen wissen?« Ich lachte spöttisch. »Wozu? Namen sind doch auch nur aneinandergereihte Silben.«

»Silben?« Er schnaubte.

»Ja.« Und in diesem Fall war es sogar nur eine einzige Silbe. Eine kurze Silbe. Der Name des Mannes lautete Marc.

Marc

Im Dezember 2005 saß ich müde in einem Flieger der United Airlines nach Chicago und wartete vergeblich, dass dieser endlich startete. Aus dem dunklen Abendhimmel stoben Schneeflocken groß wie Taschentücher.

»Ladies and Gentlemen, aufgrund verschneiter Rollbahnen und Tragflächenvereisung wird sich der Abflug von UA Eins-Drei-Zwo nach Chicago O'Hare etwas verzögern. Wir bitten um Verständnis.«

Die Stimme des Kopiloten verlor sich im Wummern der Triebwerke. Auf dem Bildschirm lief der Videoclip zu »Last Christmas«. Den Ton konnte man allerdings nur hören, wenn man sich für einen Dollar fünfzig einen Kopfhörer kaufte. Ich verzichtete dankend darauf.

»Das Boarding ist eigentlich schon abgeschlossen«, hörte ich die Stewardess sagen. Ihr Tonfall klang fast aufsässig. »Ja, dann soll er eben noch an Board kommen.«

Die Flugzeugtür öffnete sich wieder und ein junger, hübscher Kerl schaute herein.

»Danke«, sagte er atemlos und reichte der Flugbegleiterin seine Boardingkarte. Sie deutete zu mir. Nein, bitte nicht, betete ich. Ich hatte mich darauf eingestellt, beide Sitze für mich allein zu haben und nicht mit einem lästigen Sitznachbarn teilen zu müssen.

Der Jungspund hetzte den Gang entlang. Keinen Tag älter als dreißig. Schmutzig blonde Bartstoppeln. Attraktiv. Jung. Viel zu jung. Und dazu dieser lächerliche Cowboyhut. Strahlend blieb er vor mir stehen und verstaute seine Tasche im Handgepäckfach.

»Guten Abend. Ich hätte fast den Flug versäumt, puhhh.«

Ja, wäre besser gewesen. Mir war nicht nach einer Unterhaltung.

Er ließ sich in den Sitz fallen. Sein Blick fiel auf das Video am Bildschirm.

»Ah, ›Last Christmas‹. Sie hätten beim Video konsequent sein sollen und den guten George über einen Kerl singen lassen. Man sollte annehmen dürfen, dass er nicht wegen einer Frau den Kopf verliert.«

Da musste ich zum ersten Mal lächeln. Und es gefiel mir. Sehr sogar.

Anfangs hielt ich sein ständiges Quasseln für ein Anzeichen von Nervosität, aber seine ungezwungene Art zu reden, machte es einem leicht, in die Unterhaltung einsteigen zu wollen.

Nach dem Schneetreiben draußen, dem Verkehrschaos in der Stadt und dem Wetter allgemein, leitete er mühelos zum Grund seines Fluges nach Chicago über. Ich registrierte erst nebenbei, dass wir schon auf dem Weg zur Startbahn waren. Wir hoben ab.

»Ich muss mich nach einem Job umsehen. Ich habe da ein Angebot in Chicago bekommen. Mal schauen.« Er zuckte mit den Schultern und lehnte sich unruhig im Sitz zurück. »Aber umziehen ... ich weiß nicht, ob ich echt aus Portland weg will.«

Er sah kurz zu mir herüber, ertappte sich beim Betrachten meiner Oberschenkel, und fischte den Notfallprospekt aus dem Vordersitz heraus.

»Was führt Sie nach Chicago?« Er tat, als würde er die Notfallmaßnahmen studieren.

Ich musterte ihn. Der Cowboyhut sah wirklich lächerlich aus. Aber das Hemd und die zerrissenen Jeans hatten etwas. Er wirkte fast wie der Kerl von der Marlboro Reklame.

Ich zögerte. »Ich habe geschäftlich dort zu tun.«

Er grinste breit. »Sind Sie Anwältin? Nein, Steuerberatung, richtig?«

»Wie haben Sie das nur erraten?«, strahlte ich. Der Junge lag völlig falsch, aber der Grinser in seinem Gesicht stand ihm in dem Moment so unheimlich gut, dass ich es nicht übers Herz gebracht hätte, mitzuerleben, wie er verschwand. Wenn er nur geahnt hätte, was ich tatsächlich in Chicago trieb.

Ich wünschte, mein Trip zum Lake Michigan hätte etwas mit meiner Laufbahn als Schriftstellerin zu tun gehabt, aber ich brachte schon seit Monaten nichts mehr aufs Papier. Jedes Mal, wenn ich mich vor den Laptop setzte, war ich wie versteinert. Meine Vergangenheit trommelte dann wie Artilleriefeuer auf mich ein.

»Das ist Teil meines Talents.« Er lächelte jungenhaft. »Leider nützt es mir nicht viel. Bei Dingen, die wirklich wichtig wären oder endlich mal für eine volle Brieftasche sorgen würden, versage ich völlig.«

»Schade.«

»Es lag daran, wie Sie gekleidet sind«, nahm er den Faden wieder auf. »Sexy. Sinnlich – aber nicht zu aufdringlich.«

»Aufdringlich?«

»Na ja ...« Er errötete.

»Nuttig?«, kam es trocken über meine rot geschminkten Lippen. Ich presste sie in Erwartung der Antwort aufeinander.

»Ich wollte nicht andeuten, dass Sie ...« Er verstummte. Die Röte in seinem Gesicht war fahlem Weiß gewichen. Binnen einer Sekunde.

Ich lächelte amüsiert.

»Sie finden mich also sexy und sinnlich?«

»Gekleidet«, verbesserte er mit Nachdruck.

»Nur gekleidet?« Meine Lippen formten einen Schmollmund.

»Nein, nein im Gegenteil«, wurstelte er sich durch unsere Unterhaltung.

»Sag es doch einfach«, bot ich ihm an.

Er holte tief Luft. »Du bist sexy und sinnlich.« Jetzt war es heraus!

Ich belohnte ihn mit meinem bezauberndsten Lächeln.

»Und du bist lustig. Verrätst du mir deinen Namen?«

»Marc.« Das klang fast schüchtern.

»Denise.« Ich reichte ihm die Hand und registrierte mit einem berauschenden Sträuben der Nackenhaare, dass die Chemie zwischen uns stimmte. Er war süß. Süß wie eine Tiramisu-Schnitte. Zu dumm, dass mir der Appetit auf Süßes abhandenzukommen drohte. Bei all unseren finanziellen Problemen hatte ich kaum Gelegenheit, Süßes zu genießen. Oder anders gesagt, ich genoss zu viel Süßes mit bittersaurem Nachgeschmack. Wer zu oft naschte – auch dann, wenn er gar nicht wollte – konnte sich nicht mehr über etwas zu naschen freuen.

»Sag mal, Denise, bist du verheiratet oder so etwas?«

Ich hob die Hand und wedelte mit dem Ringfinger. »Siehst du einen Ring?«

Er schüttelte den Kopf und ein Leuchten – ein Hoffnungsschimmer – erfasste seine Augen. Das war Teil der Illusion, die ich verkaufte.

»Darf ich dich vielleicht zum Essen einladen?«

Sehr forsch. Sehr direkt. Sein Herz lag ihm auf der Zunge. Ich mochte ihn schon jetzt.

»Wie bitte?«

»Oh, ich sehe, das war unpassend.« Er lächelte entschuldigend und blätterte unkonzentriert den Notfallprospekt durch.

»Ich werde leider keine Zeit haben, Marc.«

»Schon okay.« Er zuckte mit den Schultern. »Ich hätte nicht fragen dürfen, ob du verheiratet bist.«

»Mach jetzt ja keinen Rückzieher!«

»Ich wollte nur ...«

»Ja, ich weiß, was du wolltest, Marc. Ich sehe es dir an der Nasenspitze an.« Ich schmunzelte. Marc erschien mir so herrlich unverdorben. Ich hatte Lust, mit ihm Essen zu gehen. Aber in Chicago würde dafür keine Zeit sein. Auch später nicht. Nie.

Er lächelte selbstironisch. »Ja, auch das ist Teil meines Talents.«

»Ja, du bist sehr vielseitig. Ist mir schon aufgefallen.« Ich nickte und erwiderte sein Lächeln.

»Okay.« Er rieb sich das Kinn und suchte die Stewardess. »Jetzt, wo ich es vollends vermasselt habe, hätte ich gern etwas zu trinken.«

»Da bin ich dabei.«

Keine fünf Minuten später stießen wir an. Er mit einer Cola und ich mit Orangensaft. Ein richtiger Drink hätte mir gutgetan, aber die Fluglinien sparten sich gerade kaputt. Gratisdrinks – vor allem die hochprozentiger Natur – gehörten endgültig der Vergangenheit an.

Schade, dachte ich. Nach diesem Flug würden wir uns wahrscheinlich nie mehr wiedersehen und er konnte mich so herrlich zum Lachen bringen.

Ich schloss die Augen und versuchte, etwas zu schlafen. Es waren noch fast drei Stunden bis Chicago. Doch an Schlaf war nicht zu denken. Über Idaho und Wyoming passierten wir eine Serie von Luftlöchern, die die Boeing 757 durchschüttelte. Seine Cola ergoss den letzen Inhalt über den ausgeklappten Esstisch.

»Verfluchter Sch…«

Marcs Hände klammerten sich an die Lehnen des Sitzes. Die Knöchel seiner Handgelenke traten weiß hervor.

»Hast du etwa Flugangst?«, spöttelte ich.

»Nein«, presste er heraus und rutschte nervös in den Sitz zurück.

»Ich weiß, was dir hilft.« Meine Finger berührten ihn am Arm und glitten zum Schritt seiner Bluejeans. Was ich dort ertastete, fühlte sich gar nicht mal schlecht an.

»Denise«, stieß er mir atemlos entgegen.

Ich schmunzelte. »Ich sagte doch, dass ich weiß, was dir hilft.«

Eine gewaltige Erektion beulte seine Jeans aus. Er sah sich um, ob ihn jemand beobachtete. Die Stewardess schlenderte an uns vorbei.

Leise in mich hineinlachend schloss ich wieder die Augen. Seine Hand legte sich auf meinen Oberschenkel. Nur mein Rock und meine Strümpfe trennten uns voneinander. Ich genoss die Wärme seiner Hand auf meiner Haut. Sehnte mich nach mehr.

Mein Knie berührte sein Bein, rieb an ihm, streichelte ihn.

Seine Hand verstand die Einladung und wanderte über meinen Schenkel, erkundete ihn. Zärtlich. Leidenschaftlich.

Ich griff nach ihm, zwang ihn, mich anzusehen und küsste ihn. Meine Zunge erstürmte fordernd seinen Mund. Er erwiderte mein forsches Eindringen. Was er an Erfahrung vermissen ließ, machte er mit unbändigem Verlangen wieder wett.

Seine Hand tastete unter meinen Rock, rutschte über den Bund meiner Strümpfe und drang ungehindert bis zu meinem Schoß vor. Haut berührte Haut. Die Fingerspitzen stießen nicht nur auf nackte Haut, sondern auch auf den schmalen Streifen rasierter Haare. Und darunter auf die inneren Lippen meiner Spalte. Seine Finger erstarrten – ungläubig darüber, was sie dort nicht fühlten. Den Stoff von Dessous.

»Himmel«, entfuhr es ihm. »Du böses Mäd…«

Ich verschloss seinen Mund mit meinen Lippen.

»Du hast keinen Slip an«, beschwerte er sich atemlos und strafte mich mit einem harten Kuss.

»Du Tiger«, hauchte ich.

Den restlichen Flug knutschen wir, als hätten sie das Datum für den Weltuntergang vorverlegt. Ich kann mich nicht mehr an die Landung erinnern oder wie wir die endgültige Parkposition einnahmen. Alles war ein einziger langer Kuss. Erst in der Ankunftshalle sollten sich unsere Wege trennen.

»Wie kommt's, dass eine so tolle Frau wie du nicht vergeben ist?«

Vergebensein klang, wie jemandem gehören. Und ich würde nie jemandem gehören. Meinem Mann nicht. Steven nicht. Niemandem. Nur meinem Sohn – solange er mich brauchte – und mir selbst.

Ich lächelte anstatt einer Antwort, kritzelte meine Telefonnummer auf einen Zettel und verabschiedete mich mit einem flüchtigen Kuss.

»Ruf mich an, Tiger, wenn du wieder zurück in Portland bist.«

Er winkte mir nach und sah, wie ich zu einem Mann ins Auto stieg, der nicht mein Ehemann war und sich trotzdem alles nahm, was einem Ehemann gebührte.

***

Wochen vergingen und ich dachte, er würde sich nie mehr melden. Irgendwann, wenn man schon mit einer Sache abgeschlossen hat, klingelt dann doch das Handy. Und man kann kaum glauben, wer dran ist. Marc.

»Hi, Denise, hier ist Marc. Der Typ aus dem Flugzeug. Erinnerst du dich an mich?«

»Mhm, mal scharf überlegen«, schmunzelte ich. »Wärest du schwer enttäuscht, wenn ich Nein sage?«

Betretenes Schweigen.

»Natürlich erinnere ich mich an dich, Tiger. Jede Frau wünscht sich einen Mann, der über eine Stunde küssen kann, ohne einmal Luft holen zu müssen. Das solltest du deiner Talentliste hinzufügen!« Küssen war für die meisten Männer eher eine Pflichtübung.

»Ja.« Erleichterung in Marcs Stimme. »Ich musste dich anrufen. Ich kann dich einfach nicht vergessen.«

Seine Nervosität sprang auf angenehme Weise auf mich über. Ich telefonierte viel. Ich war gewohnt, meinen Gesprächspartnern alles aus der Nase ziehen zu müssen. Aber Marc gab mir wieder das Gefühl, selbst aufgeregt sein zu dürfen.

»Die *Navy* und die *Coast Guard* sind in der Stadt. Wir könnten uns beim *Up Front Bar & Grill* treffen und den Fluss entlangbummeln.«

»Fragst du mich gerade nach einem Date?« Jungs zuckten normalerweise schon bei dem Klang des Wortes zusammen. Date. Die meisten hatten Angst sich festzulegen.

»Ah ... Ja, ein Date. Genau das schwebte mir vor.« Sein Lächeln war ansteckend. »Aber wahrscheinlich hast du die Schiffe schon hundert Mal gesehen, oder?«

Hundert Mal. Tausend Mal. Einmal im Jahr kam die *Navy* den Columbia River herauf, um sich, ihre Arbeitsweise und ihre Technologie zu präsentieren. Das letzte Mal war ich auf der Highschool bei dieser Art »Tag der offenen Tür« gewesen. Das Ganze kam mir fast wie der »Nimm dein Kind zur Arbeit mit«-Tag vor.

»Oder wir treffen uns gleich in deiner Wohnung«, schlug ich vor. Wozu Zeit verschwenden, wenn es ja doch letztendlich darauf hinauslief?

»In meiner Bude«, japste er. »Ah ... ja, aber erwarte nicht ... erwarte nicht ... Ich lebe nicht so besonders.«

Ich bald auch nicht mehr!

»Ich treff mich ja auch nur wegen deiner Wohnung mit dir. Welchen Wagen fährst du, Tiger?«

»Einen vierundsiebziger VW-Käfer.«

Ich schmunzelte. »Ist er weiß und hat eine schwarze ›53‹ vorn drauf?«

»Nein, er ist zitronengelb. So war er schon, als ich ihn gekauft habe.«

Ich lachte. »Marc, ich albere doch nur rum.«

»Oh.«

»Sag mir deine Adresse. Ich komme vorbei.«

»Wann?«

»Jetzt.«

»Jetzt gleich?«

»Duschen müsste ich noch. Und anziehen sollte ich mir auch etwas. Es sei denn, es stört dich nicht, wenn ich splitternackt bei dir aufkreuze.«

»Nein, das hätte was.« Er lächelte. »Also dann.«

»Marc?«

»Ja?«

»Deine Adresse.«

»Natürlich.« Er gab sie mir durch. Er wohnte in der Nähe der Portland State University, nicht weit von der Route 30 in Richtung Salem bei den südlichen Ausläufern der Tualatin Mountains im Westteil der Stadt. Über den Expressway sollte ich nicht länger als dreißig Minuten brauchen.

»Ich bin in einer Stunde bei dir.«

»Denise?«

»Ja?«

»Ich freue mich.«

Ich musste schmunzeln. »Ja, ich auch. Bis gleich.«

***

Eineinviertel Stunden später parkte ich vor der angegebenen Adresse. Das Haus, in dem er wohnte, war hübsch, aber auch nichts Besonderes. Nicht alle Leute konnten in einem Landhaus am Stadtrand wohnen, das fast siebenhundertfünfzigtausend Dollar gekostet hatte. Dafür mussten sie auch nicht jeden Tag befürchten, dass die Bank mit einem Räumungsbescheid vor der Tür stand.

Ein angenehmes Prickeln erfasste mich, als ich ausstieg und den Weg zu der Eingangstür nahm. Ich war gespannt, ob es sich wieder wie auf dem Flug nach Chicago anfühlen würde. Ob er es wieder schaffte, mich mit seinen Küssen zum Schmelzen zu bringen.

Ich klingelte und er machte auf. Gott, dachte ich, er sah noch einmal fünf Jahre jünger aus als im Flugzeug.

»Hi, Tiger.«

»Denise.« Er küsste mich vorsichtig auf die Wange. Ich hielt ihn an seinem Hemd fest. So leicht kam er mir nicht davon.

»Das kannst du besser«, hauchte ich und öffnete meinen

Mund, den er ohne weiteres Zögern eroberte. Wie zwei Ertrinkende fielen wir übereinander her. Die Schuhe verlor ich im Flur. Meine Jeans irgendwo vor seinem Schlafzimmer. Bluse und Dessous landeten am Fußende des Betts.

Ich ließ ihm keine Chance, langsam seine Lust zu steigern. Ich wollte seine ureigenste animalische Kraft spüren, die nicht vom Kopf oder seiner Erfahrung gelenkt wurde – die Magie des ersten Mals. Ich stieß ihn auf das Bett zurück und setzte mich auf ihn. Sein Penis hatte noch nicht einmal seine volle Härte erreicht, da spritzte er auch schon in mir ab.

Er war hoffnungslos zu früh gekommen. Aber das machte nichts. Ich fühlte mich wohl in seinen Armen. Geborgen schmiegte ich mich an ihn.

»Sorry«, murmelte er. »Es ist so verdammt lange her, dass ich ...« Der Hormonrausch in seinem Körper verlieh seinem Blick einen fiebrigen Glanz. Seinem Gesichtsausdruck nach zu urteilen, hatte er schon ewig mit keiner Frau mehr geschlafen.

»Schtt«, machte ich und küsste zärtlich seine Lippen. »Beim zweiten Mal darfst du mir zeigen, was du kannst.«

»Gib mir fünf Minuten«, bat er.

»Du kannst auch länger haben«, schmunzelte ich. Ich hatte bis zum Abend nichts mehr vor. Es konnte natürlich immer vorkommen, dass ich kurzfristig zur Arbeit weg musste.

»Lass dir Zeit«, flüsterte ich und kuschelte mich an seine Seite. Ich fühlte mich so wohl, dass ich hätte einschlafen können.

Er war schon wieder hart, schneller als gedacht. Diesmal steigerte ich seine Lust soweit, dass er unsere Vereinigung in vollen Zügen genießen konnte.

Langsam drang er in mich ein. Sein heißer Atem strich über meine großen Brüste.

Mein auf lautlos gestelltes Handy klingelte zwar, aber ich ließ mich nicht stören.

Und dann kam auch ich. Es war mein erster Orgasmus seit Langem.

»Oh ja.« Ich presste die Lippen zusammen. Musste mich beherrschen, nicht laut loszuschreien. »Du warst herrlich«, hauchte ich und küsste ihn.

Er rollte sich auf den Rücken und war nach wenigen Augenblicken eingeschlafen. Ich tastete nach meinem Mobiltelefon. Wie ich vermutet hatte, war es mein Brötchengeber. Ich brauchte das Geld. Drei Minuten später hatte ich mich aus Marcs Wohnung geschlichen, saß im Wagen und rief meinen Arbeitgeber zurück.

Marc nahm es mir nicht übel, dass ich mich fortgestohlen hatte. Ich hatte ihm einen Zettel dagelassen. »Tiger, du warst spitze. Ruf mich an! Kuss, Denise«

***

Der nächste Tag war ein Samstag und ich hatte einiges für Titou zu erledigen. Dennoch konnte ich es einrichten, dass ich für Marc ab Mittag Zeit hatte.

Wir trafen uns wieder in seiner Wohnung und wie tags zuvor schafften wir es nicht, die Finger voneinanderzulassen.

»Warte«, hauchte er atemlos. »Ich würde gern mit dir was unternehmen. Lass uns einen Stadtbummel machen.«

»Ich mag nicht, dort sind mir zu viele Leute.« Ich spielte mit dem Reißverschluss seiner Hose. Ich wollte viel lieber mit ihm schlafen.

»Ach was! Du musst dich nicht verstecken. Und wenn sie dir finstere Blicke zuwerfen, liegt das nur daran, dass sie neidisch sind. Neidisch auf mich, weil ich mit einer so tollen Frau unterwegs bin.«

Ich schmunzelte. Marc war süß. Er konnte ja nicht ahnen, dass ich seit den finanziellen Problemen meines Mannes ständig auf der Hut war, nicht seinen ehemaligen Geschäftspartnern über den Weg zu laufen; dass ich mich seitdem nur noch mit Sonnenbrille in die Öffentlichkeit wagte. Ich wollte auch nicht, dass mich einer meiner Kunden privat antraf. Das Leben spielte oft die verrücktesten Zufälle. Eine Stadt, fast sechshunderttausend Einwohner – und man läuft sich garantiert über den Weg.

»Gut«, gab ich mich geschlagen und setzte meine Sonnenbrille auf. »Ich fahre.«

Wir parkten beim Stadion. Dort fanden sich immer reichlich Parkplätze und man hatte viel Platz – redete ich mir ein.

Marc stieg aus und nahm einen tiefen Atemzug Portlandluft. Es war fast sommerlich warm.

»Hier spielen die ›Portland Pirates‹ – nicht zu verwechseln mit der AHL-Mannschaft aus Maine. Die Derbys gegen die ›Portland Predators‹ sehe ich mir manchmal an.«

»Tatsächlich?«, schmunzelte ich. »Wieso spielst du eigentlich nicht?«

Marc schüttelte den Kopf. »Nein, Hockey ist nichts für mich.«

Schade, ich hätte ihm helfen können, in die Mannschaft zu kommen. Das war der Vorteil, wenn man die Vorstandsmitglieder persönlich kannte. Einer von ihnen war der Besitzer von »Herb's Used Cars«. Der andere ein hoher Manager eines der wichtigsten Pharmakonzerne des Landes. Und der Präsident war zufällig mein Mann. Steven hatte den Vorstand eines Tages verlassen und schlug sich lediglich als aktiver Spieler durchs Vereinsleben.

»Wenn man vom Teufel spricht ...«

»Was?« Marc sah nervös zu mir herüber.

Am Eingang des Stadions stand Steven. Natürlich mit einer Frau an seiner Seite. Schulterlanges nussbraunes Haar. Hellgraues Businesskostüm. Hollywoodreif küsste sie ihn und stöckelte, aufreizend anzuschauen, auf den Parkplatz auf der anderen Seite davon.

Ich zögerte. Jetzt oder nie. Jetzt oder nie! Steven stand dort und ich musste mit ihm sprechen.

»Marc, bist du mir böse, wenn ich dich kurz allein lasse?«

»Nein«, strahlte er. »Magst du ein Eis? Ich hole uns welches.«

»Ja«, nickte ich, ohne meinen Blick von Steven abzuwenden. »Ich bin gleich wieder da.«

Ich nahm die Treppen zum Stadion. Mein Magen verkrampfte sich. Ich versuchte, würdevoll die Stufen hinaufzusteigen. Selbstverständlich erkannte mich Steven. Eine sexy Frau entging seinen Leopardenaugen nicht. Und meinen Gang kannte er. Er hatte mal gemeint, er würde mich unter hundert Frauen auf dreihundert Yards Entfernung erkennen.

»Hi, Denise.« Er kam mir entgegen und küsste mich flüchtig auf die Wange. Natürlich. Richtige Küsse sparte er sich im Moment für nussbraune Haare auf.

»Was für eine Überraschung. Hättest du was gesagt, ich muss leider gleich zum Dienst.«

»Ich war nur zufällig da«, log ich. Für die Schönheit der Stadt, die sich zu unseren Füßen ausbreitete, hatte ich keine Augen. Oft hatte ich im Frühherbst nach einem Spiel hier auf den Stufen gesessen und hatte das Treiben Portlands betrachtet, während mein Mann sich duschte, umzog und zum Nachhausefahren fertig machte. Das waren jene paar Minuten gewesen, in denen ich dieser Stadt jedes Mal aufs Neue gestanden hatte, dass ich sie liebte.

Das war in einer anderen Zeit gewesen. In einer Zeit, als die Welt noch in Ordnung erschien. Die Stadt erwiderte meine Liebe nicht mehr. Ohne zu zögern, war sie bereit, mich und meinen Sohn zu fressen.

»Wie geht's dir?« Steven schien sich wirklich zu freuen, mich zu sehen.

»Es ging mir schon einmal besser.«

»Ich weiß. Es tut mir leid.« Er sah über die Stadt mit dem ihm eigenen Tausend-Yards-Blick.

»Ich habe Ron lange nicht mehr gesehen. Er ist jetzt schon ewig nicht zum Training erschienen. Hat er neuerdings Probleme?«

»Du bist sein bester Freund«, entgegnete ich schnippisch. »Sag du es mir.«

Alarmiert starrte er mich an. Er registrierte sofort, dass sein Charme diesmal an mir abprallen würde. Zumindest nahm ich mir vor, seinen Charme abprallen zu lassen. Ach, zum Teufel damit, ich war seinem Charme schon längst erlegen. Ich war eine bröckelnde Festung, die er bereits vor Jahren sturmreif geschossen hatte – doch den Befehl zur Erstürmung gab er nicht. Er würde ihn nie geben.

Stattdessen tat er das, was er am besten konnte. So lange weiterfeuern, bis nichts mehr vom Feind übrig war.

Er nahm mich bei der Hand und dieses Lächeln, in das ich mich verliebt hatte, spielte um seine Lippen. »Hast du Lust, mit mir den Nachmittag zu verbringen?«

»Fürs Vögeln hast du immer Zeit, was?«

Ich wollte etwas ganz anderes von ihm. Etwas, das ich realistischerweise nie wieder bekommen würde. Es war kein Zufall gewesen, dass ich den Parkplatz des Stadions gewählt hatte. Wahrscheinlich hatte ich insgeheim gehofft, ihn zu sehen. Und ich kannte die Trainingszeiten der Mannschaft – in- und auswendig. Aber nicht die Spielzeiten.

»Die nehme ich mir«, kam es locker über seine Zunge.

»So unwiderstehlich bist du nicht, Steven!« Mein Körper strafte meine eisigen Worte Lügen. Es war mir egal, dass er gerade eine andere Frau geküsst hatte. Es war mir auch egal, dass er wahrscheinlich später mit ihr schlafen würde. Ich streckte meinen Arm nach ihm aus und zog ihn zu mir heran. Gierig nahm ich Besitz von seinen Lippen. Bereit, mich ihm bedingungslos hinzugeben.

Da wurde mir klar, dass das zu nichts führen würde. Wir würden uns wie immer hemmungslos lieben, wir würden uns sogar sagen, dass wir uns liebten. Aber letztendlich würde ich nicht sagen können, was ich sagen musste – und er würde nicht hören, was er hätte hören müssen. Ich würde wieder nach Hause gehen und heulen und er würde wie immer in den Armen einer anderen Frau landen.

»Du wirst nie verstehen«, brachte ich mühsam hervor, »dass ich vielleicht einfach nur mit dir reden will. Wozu auch«, nahm ich seinen Einwand vorweg, »wenn wir im Miteinanderschlafen so viel besser sind ...«

Ich schluckte den Kloß in meinem Hals hinunter und flüchtete vor ihm die Stufen hinab. Marc wartete dort bei dem kleinen Café, mit zwei Eistüten in der Hand. Unschlüssig starrte er mich an.

»Lass uns gehen, Tiger. Du wolltest mir die Navy-Schiffe zeigen.«

Ich schritt an ihm vorbei. Ich musste weg von hier. Er wandte den Blick zum Stadioneingang, doch Steven war verschwunden.

»Ich werde jetzt nicht fragen, wer der Mann war, mit dem ich dich gerade gesehen habe.« In seinen Augen schimmerte ein verletzter Glanz.

»Niemand«, erwiderte ich spröde.

Er lächelte schwach. »Für einen Niemand küsste er dich aber, als hätte es etwas zu bedeuten.«

»Halt mich einfach nur fest, Marc. Bitte.«

Er umarmte mich, und ich war ihm dankbar, dass er mich nie mehr losließ. Das Eis tropfte dabei auf seine Finger und fiel ihm aus der Hand.

***

Wir kamen zu einem Patrouillenschiff der *Coast Guard.* Vertäut lagen Rumpf an Rumpf Zerstörer, Fregatten, Schnellboote. Auch ein Raddampfer lud die Touristen zu einer Besichtigungstour ein.

Der Willamette River schwappte ruhig an uns vorbei in Richtung *Hawthorne Bridge*. Der nordwestliche Pazifikwind unterband jeglichen Versuch des Tages, brütend heiße sommerliche Temperaturen zu entwickeln. Das tat aber der guten Laune der zwischen Schiffen und Imbissbuden hin und her flanierenden Menschen keinen Abbruch. Sie ruhten sich sonnend auf der Kaimauer aus, schossen Fotos und achteten pedantisch darauf, ihre Blusen und Hemden nicht mit dem Ketchup ihrer Burger und Hotdogs vollzukleckern.

»Ein toller Hubschrauber.« Ich deutete auf das Heck des *Coast Guard Schiffes*, wo auf der Hubschrauberplattform ein feuerrotes Ding parkte, wie einem Science-Fiction Film entsprungen. »Das ist doch der Gleiche, den sie in ›Baywatch‹ hatten, oder?«

»Ja, die Sendung habe ich auch ein paarmal gesehen.« Er lächelte verlegen.

Ich hätte wetten können. Welchem Jungen hatte die Serie damals eigentlich nicht gefallen? Brüste, die von einer Seite zur anderen schwangen – und das ohne Ende.

Er betrachtete mich schmunzelnd.

»Stellst du dir mich gerade in einem roten Badeanzug vor?«

Er näherte sich. Sein Atem strich mir um die Wangen.

»Ich stell mir dich gerade nackt vor!«

Ich lachte herzhaft.

»Der Hubschrauber ist ein *Dauphin*«, erklärte er. »Französisches Fabrikat. Siehst du den Heckrotor? Er ist im Schwanz der Maschine integriert. Damit wurde eine mögliche Verletzungsgefahr reduziert.«

»Aha«, machte ich. Ich verstand nichts von Hubschraubern. »Was für eine Gefahr?«

»Ho Boy«, rief er. »Du würdest dich wundern, wie viele Leute aus einem Hubschrauber aussteigen und geradewegs Kopf voran in den Heckrotor laufen.«

»Autsch.« Ich verzog das Gesicht zu einer Grimasse.

»Ja, das sind schlimme Verletzungen. Die Leute verlieren einen Arm. Eine Hand ... den Kopf.« Er zuckte mit den Schultern.

»Woher weißt du das alles?« Marc überraschte mich ein weiteres Mal aufs Neue.

Er lächelte schwach und zuckte erneut mit den Schultern. »Ein Privatpilot bekommt die meisten Flugzeug- und Hubschraubertypen mal zu Gesicht. Von außen zumindest. Und man hört auch viele Geschichten.« Er war plötzlich ernst geworden.

»Du hast eine Pilotenlizenz?« Wow, dachte ich nur. Er war gar nicht dieser selbstzweifelnde Loser, den er vorgab zu sein. Wir sahen uns an. Dann prustete ich los wie ein kleines, sechsjähriges Mädchen.

»Warum lachst du?« Marc war irritiert.

»Ach nichts.« Ich nahm seine Hand und küsste sie. »Ich musste nur an unser erstes Zusammentreffen denken. Wie beim Flug nach Chicago die Cola umgefallen ist und du dich im Sitz verkrochen hast.«

»Hey, das war nicht witzig«, protestierte er fast weinerlich.

»Na ja«, relativierte ich. »Du musst schon zugeben, dass es komisch ist. Ein Pilot, der Angst vorm Fliegen hat ...«

Er schüttelte den Kopf und kaute auf seiner Wange herum. »Ja, es klingt wirklich komisch, zugegeben. Früher hätte ich gelacht und gesagt: ›Stress habe ich mit dem Fliegen nur, wenn ich nicht selbst an den Kontrollen sitzen darf.‹«

»Und jetzt?«

»Jetzt ist es so, dass ich mir eingestehen muss, dass ich keine Nerven mehr habe, in ein Flugzeug zu steigen.«

Es fiel ihm nicht leicht, darüber zu sprechen. Allerdings hätte ich ihn gern am Steuer eines Flugzeugs erlebt. Am liebsten hätte ich ihm die Traurigkeit in seinen Augen weggeküsst.

»Na ja«, ich zuckte mit den Achseln, »falls du doch mal die Nerven dazu haben solltest – ich würde gern mal eine Runde mit dir fliegen. Du könntest mir den Mount Hood von oben zeigen.«

Er lächelte gezwungen anstatt einer Antwort.

Die farbenfrohen Eindrücke brandeten wie die Wellen des Pazifiks auf mich ein. Die vielen Menschen, diese Bewegung, das Leben. Ich betete darum, dass dieser Moment noch einige Minuten anhielt.

Ein Mädchen, keine drei Jahre alt, lief freudestrahlend mit dem Eis in der Hand in die Arme seiner Eltern. Der ganze Mund war voller Vanilleeis. Ich fühlte mich mit Marc so glücklich, dass ich ...

»Ich brauche einen Stift«, brachte ich atemlos hervor.

Marc reichte mir einen Kugelschreiber.

»Und einen Zettel.«

Er kramte in seiner Hosentasche. »Leider ... warte eine Sekunde!«

Ich betrachtete die Menschen, wie sie lachten und Eis aßen. Wie sie guter Dinge von Schiff zu Schiff schlenderten und sich von eifrigen Navy-Seeleuten das Innere zeigen ließen.

Marc kam aus einem Geschenkshop und hielt mir einen Post-it Notizblock entgegen. In der oberen rechten Ecke prangte eine Hello Kitty Katze.

»Passt der? Sonst besorge ich dir einen anderen.«

»Perfekt. Du bist ein Schatz.« Ich küsste ihn auf den Mund.

»Das ist eines meiner Talente.« Er grinste breit.

»Ja, du bist enorm vielseitig. Das sagte ich schon. Und selbst wenn du sonst kein Talent hättest, eines hast du in jedem Fall – du bist ein Tiger im Bett.« Ich zwinkerte.

Er errötete.

Eilig kritzelte ich meine Eindrücke auf Papier. Sogar ein paar Sätze, die man getrost in einer Geschichte verwenden konnte, waren dabei. Nichts davon war gut oder druckreif. Aber das machte nichts. Ich hatte etwas geschrieben. Das erste Mal wieder seit ich weiß nicht wie vielen Monaten.

»Du strahlst ja richtig, Denise.« Er lächelte verzaubert. »Gott, bist du schön, wenn du glücklich bist.«

»Und das schulde ich dir.« Ich bedankte mich bei ihm mit einem langen Kuss. Fieberhaft korrigierte ich ein, zwei Eindrücke, ersetzte sie durch präzisere Worte und strich ein total überflüssiges Adjektiv. Ich konnte es plötzlich nicht mehr erwarten, mich zu Hause vor den Laptop zu setzen und den Fluss zu spüren, den Schreibfluss, der mich von innen überrollte wie ein ... wie ein vaginaler Orgasmus?

»Marc, ich will mit dir schlafen.«

»Ja«, freute er sich.

»Ich meine sofort!«

»Was, hier?«

»Jetzt gleich.«

In seinem Gesicht arbeitete es. Ich wollte nicht zurück zum Auto. Wenn wir erst in seine kleine Wohnung fahren mussten, verflog der magische Moment so schnell, wie er gekommen war.

»Komm mit!« Er nahm mich bei der Hand und wir enterten über die Gangway des nächsten Zerstörers. Ich fühlte mich großartig, voller Tatendrang. Marc spähte in das Innere des Kriegsschiffes. Niemand war zu sehen. Wir hasteten einen Gang entlang in Richtung Heck, wenn ich mich nicht täuschte.

»Weißt du, wohin du uns führst?«

»Keine Ahnung«, flüsterte er. »Ich komme mir gerade wie Chevy Chase vor. In dieser Agentenparodie.« Er öffnete eine Tür und schob mich hinein. Es war eine Mannschaftsunterkunft. Die Betten waren frisch überzogen.

»Volltreffer!«

»Wieder eines deiner Talente«, entschied ich und zerrte seinen Gürtel auf. Sein praller, junger Schwanz hüpfte mir entgegen. Ich wollte ihn. Jetzt sofort. Ich beugte mich hinunter.

»Hoffentlich erwischt uns keiner«, bemerkte er nervös.

Meine Faust schloss sich um ihn, und ich nahm ihn tief in den Mund. Ich saugte an ihm, als gäbe es keinen Morgen.

»Bitte lass unser Land nicht gerade jetzt in den Krieg ziehen«, stöhnte er und sein Gesicht verzerrte sich zu einer Grimasse. Ohne Vorwarnung spritzte er ab. Ein animalischer Laut drang aus seiner Kehle. Sein Sperma strömte pulsierend in jeden Winkel meines Mundraums, schneller als ich schlucken konnte.

Es schien ewig zu dauern, bis der letzte Spritzer seinen Weg in meinen Rachen gefunden hatte.

»Du schmeckst so gut.« Wie Vanille.

»Moment, du hast da was«, hauchte er zitternd und strich Samenflüssigkeit aus meinem Mundwinkel.

Ich schob langsam mein Kleid hoch und zeigte ihm zum dritten Mal mein geheimes Reich. Sein Atem setzte aus. Sein Blick fror auf dem dunkelblonden Streifen meiner Haare fest.

»Ich will, dass du mich jetzt leckst«, hörte ich mich mit lustverschleierter Stimme sagen. »Ich will, dass du mich leckst, bis ich komme.«

Er nickte atemlos und kniete sich vor mir auf den Boden. Seine Zunge suchte und fand meine heiße feuchte Spalte. Er war noch sehr unerfahren, aber er lernte außerordentlich schnell dazu. Ich schob ihm mein Becken entgegen, bog den

Rücken durch und lehnte mich weit zurück.

»Ich liebe dich, Denise.« Er sah mit großen Augen zu mir auf. Seine Zunge trieb mich in den Wahnsinn. Doch Worte, die am Gipfel der Lust gesagt wurden, galten nicht.

»Du darfst mich nicht lieben, Marc.« Ich strich ihm zärtlich durch die Locken. Mein Schoß kreiste auf seiner Zunge. »Ich bringe dir kein Glück.«

Meine Klitoris sandte heiße Wellen durch meinen Körper. Sie kumulierten in meinen Zehenspitzen. In den Haarwurzeln. Etwas Großes stand bevor. Etwas, das ich vielleicht Monate in dieser Intensität nicht mehr gespürt hatte.

»Ich ... ich bringe dir kein Glück, Tiger, hörst du?«

Mein Schoß zuckte unkontrolliert.

»Ja!« Es war ein helles, befreites Ja mit drei A und mindestens fünf H am Ende. Ein Ja, das Erlösung versprach. Meine Finger krallten sich in sein Haar und meine Schenkel umschlossen seinen Kopf. Beinahe hätte ich den armen Kerl erstickt.

Die Wellen ebbten ab. Irgendwann hörte ich meine Atemzüge. Schnell. Regelmäßig. Marc küsste noch immer meine Schamlippen. Seine Nase war noch immer in meinen ureigensten Geruch eingetaucht.

»Küss mich, Tiger!«

Er richtete sich auf und ich schmeckte mich selbst auf seinen Lippen. Ich wünschte mir, dass dieser Moment niemals endete. Dass wir bis in alle Ewigkeit in dieser Umarmung verharren konnten. Doch die Ewigkeit blieb nur den unsterblichen Göttern vorbehalten. Ich war nicht die richtige Frau. Er war nicht der richtige Mann. Nur der Moment war richtig. Mehr als das. Und er würde es immer sein.

Schritte polterten über den Gang.

»Richte deine Hose!« Ich strich mein Kleid glatt. »Der Gürtel.«

Mit zitternden Fingern schaffte er es, seinen Gürtel zuzumachen.

»Komm, Tiger!«

Ich lugte auf den Gang hinaus. Niemand da. Wir rannten los. Strahlend helles Sonnenlicht blendete uns beim Schott, das ins Freie führte.

»Hey, Sie!«, dröhnte eine Stimme vor uns. Ein Navy-Mann stand breitbeinig im Gang. Hinter ihm ein halbes Dutzend Touristen. »Sie sollen doch bei der Gruppe bleiben.«

»Tut uns leid. Wir wollten gerade gehen, Commander«, rief ich mädchenhaft und drängte mich mit Marc an ihm vorbei ins Freie.

»Master Chief«, korrigierte er mich. An seinem Grinsen konnte ich ablesen, dass er eine konkrete Vorstellung davon hatte, was wir auf seinem Schiff gerade getrieben hatten.

Wir jagten über die Gangway hinunter, und als wir endlich außer Hörweite waren, fielen Marc und ich uns in die Arme und lachten schallend. Ich küsste ihn. Der magische Moment war noch lange nicht zu Ende.

***

Am nächsten Morgen lag ich splitternackt mit dem Bauch auf seinem Bett und ließ abwechselnd mal die eine Ferse, dann die andere auf meine Pobacken fallen. Marc stand im Türrahmen und genoss den Anblick, den ich bot. In den letzten achtzehn Stunden hatten wir fünf Mal miteinander geschlafen. Er sah müde aus, aber der Tiger in ihm schien nie zur Ruhe kommen zu wollen.

»Ich habe heute keine Lust, arbeiten zu gehen.« Ich drehte mich auf den Rücken und streckte meine langen Beine aus. Die Arme ließ ich hinter meinem Kopf vom Bett baumeln. Meine Brüste sahen dabei noch größer aus als sonst.

Marc zog sich die Boxershorts herunter und befreite seinen

Tiger. Als Halbsteifer baumelte er ziellos umher.

»Kannst du schon wieder?«, fragte ich erstaunt.

»Nein«, gestand er lachend und leckte mir einmal über die Möse. »Aber ich will ihn immer in dir spüren.«

Er legte sich erregt atmend auf mich. Sein bestes Stück war aber nicht hart genug, den Widerstand zu überwinden und in mich einzudringen. Er knickte vorher ab.

Er lächelte schulterzuckend.

»Wenn das jetzt gegangen wäre, Tiger, hätte ich mir einen neuen Namen für dich überlegen müssen.« Ich überlegte. »Sexbestie oder Steifmeister ... Tiger gefällt mir wesentlich besser.«

Er küsste mich. Sein halbschlaffer Penis ruhte auf meinem Schoß.

»Wir könnten den ganzen Tag zusammen verbringen, wenn du möchtest«, bot er lächelnd an.

»Zusammen im Bett«, schnurrte ich zufrieden. Nur kurz unterbrochen von einem flinken Besuch bei *Subway* oder *Taco Bell*, um ein Mittagessen zu besorgen.

»Denise, jetzt fällt es mir erst auf. Warum musst du eigentlich heute arbeiten? Es ist Sonntag.«

»Es gibt Leute, die auch am Sonntag arbeiten müssen«, gluckste ich.

»Als Buchhalterin in einer Steuerberatung?« Ungläubig zog er die Augenbrauen hoch.

Ich schloss die Augen und nahm einen kräftigen Atemzug von dem Moment, der zu schön war, um ewig zu währen. Wie schnell das alles mit ihm und mir gekommen war und schon nach nur so kurzer Zeit hatten wir einen Punkt erreicht, wo wir feststellen mussten, dass wir nichts voneinander wussten.

»Willst du, dass ich heute bei dir bleibe, Tiger?« Ich stützte den Kopf auf meinen Arm.

Er nickte glücklich.

»Dann muss ich rasch ein paar Anrufe tätigen.«

»Gut«, er strahlte, »willst du Eier zum Frühstück? Ich habe Toast, Corn Flakes und ›Minute Maid‹ Orangensaft. Lass dir Zeit.«

Ich sah grinsend seinem jungen Knackarsch hinterher. Dass er fünf Jahre jünger als ich war, reizte mich in diesem Augenblick nur noch mehr. Ich biss mir auf die Unterlippe und kramte mein Handy aus der Handtasche.

Drei Anrufe in Abwesenheit und jede Menge SMS, die ich nicht lesen wollte.

Meine Welt hatte mich mit einem Schlag wieder, meine Welt und meine Probleme. Ich bezweifelte, dass ich es mir leisten konnte, heute nicht zu arbeiten. Ron war bis über beide Ohren verschuldet. Ich hätte es mir nie verziehen, wenn wir unser Haus verloren hätten und Titou in einem der ärmeren Stadtviertel hätte aufwachsen müssen; an einer staatlichen Schule seinen Abschluss machen, in der Hoffnung, vielleicht ein Stipendium zu bekommen und dabei zusehen zu müssen, wie andere auf der Überholspur jedes Hindernis mit Leichtigkeit überwanden.

Titouan. Ich blinzelte die Tränen weg und drückte mechanisch die Kurzwahl.

»Mom? Hi, kann Titou noch eine weitere Nacht bei euch bleiben?«

Sehr diplomatisch, Denise! Respekt. Fällst gleich mit der Tür ins Haus.

Doch meine Mutter reagierte mit derselben stoischen Gelassenheit, mit der sie Frankreich den Rücken gekehrt hatte, um meinen Vater zu heiraten.

»Denise, Schatz, du siehst deinen Sohn überhaupt nicht mehr.« Sie sprach Französisch mit mir. Das tat sie nur, wenn Dad anwesend war und sie nicht wollte, dass er verstand, was wir besprachen.

»Ich weiß, Mom. Es ist eine schwierige Zeit. Und ich weiß nicht, ob es jemals besser wird.«

»Gott, Kind, das kann mit euch beiden nicht so weitergehen! Ihr habt einen Sohn, der euch braucht.«

»Das weiß ich, Mom.«

»Willst du mit deinem Sohn nicht sprechen?«

»Natürlich will ich mit ihm sprechen. Bitte gib ihn mir.«

»Mami?« Eine helle Stimme. Mein Herz setzte aus. Titou. Die Tränen schossen mir in die Augen.

»Hallo, Liebling. Gott, ich vermiss dich so.«

»Ich dich auch, Mom«, erwiderte er fröhlich. »Großvater hat mit mir das ferngesteuerte Auto zusammengebaut. Wir haben es in der Auffahrt eine Schanze hinunterspringen lassen. Es ist mindestens drei Fuß hochgesprungen.«

»Das ist toll, Liebling.« Ich lauschte seinem Redeschwall. Die Tränen liefen mir die Wangen herunter. Irgendwann hatte er mir alles erzählt, was in den letzten drei oder vier Tagen – so genau wusste ich das nicht mehr – passiert war.

»Gibst du mir deine Grandma noch mal?«

Der Hörer wechselte die Hände.

»Ron hat nach dir gefragt.« Ich überhörte nicht den leisen Vorwurf in der Stimme meiner Mutter. »Du nimmst seine Anrufe nicht entgegen.«

»Ron ist schon seit Tagen nicht mehr nach Hause gekommen«, erwiderte ich eisig.

»Kein Wunder, wenn du nie da bist.«

»Jetzt bin also ich an allem schuld?« Ich bereute die unüberlegten Worte. »Sag Ron, sag ihm ... ach, sag ihm am besten gar nichts. Er soll bleiben, wo der Pfeffer wächst.« In den Armen dieser Schlampe. Sollte sie ihn doch behalten, diese verdammte Ellen!

Meine Mutter schwieg für einen Augenblick.

»Dann holst du Titouan also morgen früh ab und bringst ihn in die Schule.«

Das war keine Frage, sondern eine Feststellung.

»Ja.«

Sie legte auf. *Ich liebe dich auch, Mom.* Ich drückte die Tränen weg und sah auf.

Marc lehnte nackt im Türrahmen und betrachtete mich nachdenklich. Sein Penis war selbst im erschlafften Zustand noch hübsch anzusehen.

»Das rückt jetzt ein paar Dinge in dem idealisierten Bild von mir gerade, oder?«, brachte ich über die Lippen. Für ein Lächeln fehlte mir die Kraft.

Marc warf mir nur diesen Blick zu. Kein Ausruf wie: »Was? Du bist doch verheiratet?« oder »Du hast einen Sohn? Wann wolltest du mir das sagen?« Es war nur dieser eine Blick. Ich verkniff mir eine nervöse Bemerkung. Wir hatten beide gewusst, dass der Moment zu schön war, um wahr zu sein. Zumindest ich hatte es gewusst. Und wenn ich diesem Jungen eine herbe Enttäuschung bereitete, dann sah er die Welt wenigstens in Zukunft mit anderen Augen.

Er näherte sich mir und sagte immer noch nichts. Dann setzte er sich an den Bettrand und strich mir durchs Haar. Seine Hand glitt sanft über meinen Rücken bis zu den runden Pobacken.

»In dir steckt mehr als eine wunderschöne Frau«, raunte er leise und küsste mich seitlich auf die Stirn. »Mir ist schon gestern klar geworden ... nein, ich glaube in Chicago, dass es niemanden auf der Welt gibt, der ein Exklusivrecht an dir hält. Du wirst nie jemandem gehören. Nie wird dich jemand besitzen. Du bist ein Engel. Engel müssen frei sein und fliegen.«

Ich wusste darauf nichts zu sagen. Ich war höchstens ein gefallener Engel, der sich beide Flügel gebrochen hatte. Woher nahm er diese Zuversicht?

»Ich werde jetzt nicht fragen, ob du und dein Mann geschieden seid.«

»Eine Scheidung würde uns nichts nützen. Man kann nicht trennen, was untrennbar miteinander verbunden ist.« Durch Titouan.

Marc hob die Augenbrauen und streichelte meine Hand mit seinen Lippen.

»Ich möchte, dass du jetzt etwas isst. Und dann fahr zu deinem Sohn. Er braucht seine Mutter.«

Hätte ich nicht schon geheult, ich hätte in diesem Moment damit angefangen.

»Marc, du hast mehr Talente, als du denkst.«

»Auch das ist eines meiner Talente«, lächelte er.

***

Am Mittwoch darauf hatte ich am Nachmittag Zeit. Erst am Abend sollte ich wieder einen Termin wahrnehmen. Ich beschloss, die wenigen Stunden, die mir blieben, mit Marc zu verbringen.

Wir trafen uns in seiner Wohnung, damit ich ihn zum Kinogehen abholen konnte. Die Lichtspielhäuser ließen mir die denkwürdige Wahl zwischen den beiden Comicverfilmungen »Sin City« und »Batman begins«. Doch dorthin sollten wir es niemals schaffen. Er machte mir die Tür auf, wir küssten uns und landeten sofort in der Kiste. Er vögelte mich, als hätten wir uns über einen Monat nicht gesehen.

Der Orgasmus überrollte uns wie eine Meereswoge. Sie erschlug mich. Ich krallte mich in den Laken fest und schrie meine Befriedigung hinaus. Erst später bemerkte ich, dass es mein Schmerz gewesen war, der an diesem Tag ein klein wenig von mir abließ.

Der Schweiß perlte von meiner Haut. Ich kämpfte darum,

meinen Atem zu normalisieren und hielt seinen erschlaffenden Schwanz, streichelte ihn, knetete ihn. Am liebsten hätte ich ihn nie mehr losgelassen.

Marc lag auf dem Rücken und döste. Befriedigt streckte ich mich neben ihn und schnurrte wie ein Kätzchen. Anheimelnde Müdigkeit befiel mich, aber ich wollte nicht schlafen. Dafür war die Zeit einfach zu kurz.

»Und? Hast du es dir überlegt?« Ich kitzelte seine Nasenspitze.

»Was denn, Süße?«

Ich warf ihm einen spitzfindigen Blick zu. »Wann du mir Mount Hood von oben zeigst?«

Er verkrampfte sich. Sein erschlaffender Pimmel war mit einem Mal vollends schlaff.

»Nein, Denise, die Idee ist absoluter Mist.«

»Warum?«, wollte ich wissen.

Er stand vom Bett auf. Ich spreizte leicht die Beine, damit er sah, vor was er gerade davonlief. Was er im Bett zurückließ. Doch das Manöver funktionierte nicht.

»Ich kann nicht mehr fliegen, Denise.«

»Ja, das hast du schon mal angedeutet«, ließ ich nicht locker. »Die Antwort auf meine Frage bist du mir allerdings schuldig geblieben.«

»Ich kann nicht. Reicht das nicht?«

»Nein«, entgegnete ich sanft. »›Ich kann nicht‹ ist eine Antwort, aber sie reicht nicht aus. Nicht in Amerika. Nicht in einem Land, in dem Versagen keine Option ist.«

»Was?« Er starrte mich an, als hätte ich mich in das Haupt der Medusa verwandelt. »Versagen ist keine Option?«, echote er. »Was willst du von mir?«

»Marc, nur wenn du von der Fliegerei sprichst, sehe ich ein Feuer in dir. Ein Feuer …« Ich zuckte in Ermangelung eines passenden Ausdrucks die Achseln. »Nur im Bett lässt du den

Tiger raus. Dieses Feuer. Ich weiß, dass so viel mehr in dir steckt. Mehr als ...«

»Mehr als was? Mehr als ein Versager?« Seine Hände ballten sich zu Fäusten.

»Das hast jetzt *du* gesagt.«

»Wir könnten auch über dich sprechen, Denise. Wir könnten darüber sprechen, was es in deinem Leben ist, das dir so schlimme Schmerzen bereitet. Ich bin um so vieles jünger als du. Ich bin nicht so reif wie du, werde es vielleicht niemals sein. Aber ich bin kein Volltrottel.« Er war wütend. Gut! Sehr gut!

»Könnten wir«, entschied ich ruhig. Ja, wir hätten über mich sprechen können. »Werden wir aber nicht tun. Ich will wissen, warum du nicht mehr fliegen kannst, obwohl es das ist, von dem ich denke, dass du es am meisten willst.«

Ich hatte ihn die letzten Tage mehrmals beobachtet. Immer wieder sah er zum Himmel hinauf, immer wenn ein Flugzeug vorbeiflog. Meistens verwandelte sich sein hübsches jugendliches Gesicht dabei in eine grimmige Maske.

Er setzte zu einer Erwiderung an, doch die Worte erstarben noch in seinen Stimmbändern. Sein Blick wanderte über meinen nackten Körper.

»Du willst wissen, warum ich nicht mehr fliege?« Seine Lippen zitterten. »Gut, ich zeige es dir.«

Wir nahmen meinen Wagen und fuhren über die Route 26 nach Hillsboro. Dort gab es eine Flugschule. Ich sah Marc an, dass er schon beim Aussteigen mit sich kämpfte. Er war käseweiß im Gesicht geworden. Vom Flugfeld drang das Dröhnen einmotoriger Sportflugzeuge. Eine Reihe kleiner zweisitziger Helikopter stand hinter den Hangars und wartete auf Piloten.

Im Osten thronte der Vulkankegel des Mount Hood über der Szenerie, eingerahmt von den tannengrünen Baumkronen, eine Viertelmeile entfernt.

»Geht es?« Ich legte ihm eine Hand auf die Schulter.

Er nickte knapp und ging voran. Wir betraten das Dispatch der Schule. Eine junge Sekretärin, wasserstoffblond und in Marcs Alter, sah vom Schreibtisch auf und strahlte über das ganze Gesicht.

»Marc! Du auch mal wieder hier?«

»Hi, Lorie.« Marc nickte ihr freundlich zu. Die beiden gaben ein hübsches Paar ab.

»Du warst schon so lang nicht mehr hier!« Lorie stand breit lächelnd auf. Am liebsten hätte ich mich wie von Zauberhand unsichtbar gemacht und die beiden allein gelassen.

»Das ist Denise, Lorie, eine ganz besondere Freundin.« Er warf mir einen verliebten Blick zu. Lories Miene versteinerte. Das war es dann auch schon wieder mit dem Traumpaar Lorie-Marc.

»Sehr erfreut.« Lorie runzelte die Stirn.

»Gleichfalls«, gab ich leise zurück.

»Und? Wirst du dich wieder einschreiben?« Lorie lächelte hoffnungsvoll. »Mr Owens hat erst letztens wieder gesagt, dass du jederzeit wieder anfangen kannst.«

»Ich glaube nicht, Lorie.« Marc schüttelte den Kopf.

»Schade.« Lorie schien ehrlich enttäuscht zu sein.

»Sag, Lorie, ist die ›Six-Two-Niner-Eight-Five‹ zufällig gerade hier?«

Sie blickte auf das große Board gegenüber. »Einer von den Flugschülern ist auf einem Cross-Country Flug. Aber es könnte sein, dass er schon zurück ist. Sieh mal im Hangar nach. Sie ist für eine 100-Stunden-Inspektion vorgesehen. Du kennst ja den Weg.«

Marc nickte wortlos. Ich folgte ihm, vorbei an Seminarräumen, durch die Küche. Es roch nach Kaffee und Doughnuts. Ein japanischer Flugschüler hatte sich einen Becher Nudeln gemacht. Ohne uns zu beachten, schlürfte er sie hinunter. Allein die Schärfe des Gewürzgeruchs trieb mir den Schweiß ins Gesicht.

Wir betraten den Hangar. Es roch nach Motoröl, Gummi, Kerosin und Reinigungsverdünnung. Bei einer ›Cessna 152‹ blieb Marc versteinert stehen. Das war also ›Six-Two-Niner-Eight-Five‹.

Marc atmete schwer durch.

»Ich bin schon ewig nicht mehr hier gewesen, Denise.« Er schluckte und blinzelte eine Träne weg. »Zu lange ...«

Er näherte sich wie ein verwundetes Reh einem regungslos daliegenden Raubtier, als wollte er sich vergewissern, dass es tatsächlich tot war und keine Gefahr mehr von ihm ausging.

Wir waren offenbar allein. Die Mechaniker hielten sich woanders auf.

Beim Fahrgestell verharrte er und beugte sich zum rechten Reifen hinab. Seine Finger berührten das Gestänge, mit dem die Radaufhängung an die Maschine befestigt war. Prüfend fuhr er immer wieder über die Verschraubung.

»Hier siehst du den Grund, warum ich nicht mehr fliege.« Er rang nach Atem. »Es war auf einem Cross-Country Flug. Vorgesehen war eine Landung unten in North Bend. Es war verdammt windig. Böig. Und der Wind änderte ständig mit über zwanzig Knoten die Richtung. Alles in mir schrie danach, umzukehren und auf die Zwischenlandung zu verzichten. Aber ich wollte beweisen, dass ich es kann.«

Er legte den Kopf in den Nacken. Kniff die Augen zusammen.

»Ich war gerade im Endanflug, es schüttelte die Maschine durch wie auf einer Achterbahn, da erfasste mich kurz vor dem Aufsetzen ein Sturm – so etwas habe ich noch nie erlebt. Ich versuchte, die Nase runterzudrücken.«

Er betastete die rote Lackierung der Maschine.

»Ich setzte mit einem Rad auf. Es katapultierte mich zehn Meter oder noch mehr in die Luft zurück, und als ich wieder aufsetzte, brach alles unter mir weg, als wäre die Mühle aus Papier gebaut.«

Bitter lächelnd zuckte er mit den Schultern.

»Ich überschlug mich nicht. Nicht einmal die Funken von Metall auf Beton habe ich gesehen. Ich rutschte nur dahin.«

Er sah zu mir auf.

Ich wusste nicht, was ich sagen sollte.

»Ich habe einen Fehler gemacht. Ich hätte umkehren müssen, habe es nicht getan und bin damit voll auf die Schnauze gefallen. Beim nächsten Mal sterben vielleicht Menschen. Deswegen wird es kein nächstes Mal geben.«

Ich legte ihm erneut meine Hand auf die Schulter. Er küsste sie zärtlich.

»Hat man dir die Schuld gegeben?«

Er blies die Luft aus. »Es gab einen Mordswirbel. Die Versicherung war da, die Flugunfallkommission. Und es wurden tausend Fragen gestellt. Warum? Wieso? Jedes Detail meiner Flugplanung gingen sie noch einmal durch. Ein Sachverständiger aus North Bend erklärte mir, dass das Flugfeld dort im Zweiten Weltkrieg eine von vier Navybases war, wo die Piloten wegen der Windverhältnisse das Landen und Starten auf Flugzeugträgern üben konnten. Das hatte keiner von uns gewusst. Mein Fluglehrer auch nicht. Die Versicherung hat dann bezahlt. Nicht einmal der Testpilot der ›Cessna 152‹ hätte bei diesem Seitenwind die Landung geschafft.«

»Na siehst du!«, versuchte ich ihn aufzumuntern.

»Du verstehst das nicht, Denise. Ich habe keine Nerven mehr, in ein Flugzeug zu steigen. Ich habe Panikattacken, wenn ich nur an ein Flugzeug denke. Weißt du, wie man sich dann fühlt? Kennst du dieses Gefühl von Machtlosigkeit?«

Ein Kloß schnürte mir den Hals ab. »Nein.« Mein Magen sackte durch, als wäre ich bei ihm auf dem Unglücksflug dabei gewesen. Ich musste mich zurückhalten, um mich nicht zu übergeben. »Nein, das habe ich nicht.« Ich hoffte, glaubwürdig zu klingen. »Du solltest es trotzdem wieder versuchen ...« Vielleicht schaffte er, was ich selbst nicht schaffen konnte. Er stand auf und sah mir tief in die Augen. Sehr tief. Tiefer, als mir sonst jemand in die Augen gesehen hatte.

»Denise, ich werde erst dann wieder in eine verdammte ›Cessna‹ steigen, wenn ich in deinen Augen nie mehr diese Traurigkeit sehen muss. Glaubst du, dass das jemals passieren wird?«

Ich weiß noch, dass ich am Morgen danach bitterlich weinte.

***

Marc verdanke ich es, dass ich wieder mit dem Schreiben begann. Manchmal hörte ich wochenlang nichts von ihm. Dann ergab es sich oft spontan, dass wir uns anriefen und einige Stunden miteinander verbrachten. Wenn die Traurigkeit überhandnahm – und niemand sonst sie mit einem Lächeln wegzauberte – war er für mich da und die Welt wieder für ein paar Augenblicke in Ordnung. Und ich hoffte immer, dasselbe für ihn tun zu können – so wie an einem Frühsommernachmittag letzten Jahres.

Ich saß am Schreibtisch meines Arbeitszimmers, tippte fröhlich in meinen Laptop und machte mich gerade über eine Packung *Oreo Cookies* her – die schön fettigen mit extra viel Vanillefüllung – als mein Handy klingelte.

»Denise, du musst mir unbedingt deinen Wagen borgen!«

Wenn ich eines an meinem Tiger schätzen gelernt hatte, dann, dass er stets gleich zum Punkt kam. Schade, dass wir nicht öfter Zeit füreinander fanden.

»Meinen BMW?«, seufzte ich und biss von meinem *Oreo-Keks* ab. »Wofür brauchst du ihn denn?«

»Réjane«, hauchte er. Ich verschluckte mich an dem Keks. Nur er sprach mich mit dem zweiten Vornamen an und niemand sonst vermochte mich beim Klang dieser sechs Buchstaben, dermaßen in Erregung zu versetzen. In Momenten wie diesen hätte er alles von mir haben können.

»Ich habe da ein Mädchen kennengelernt. Mit meiner Rostschüssel kann ich sie unmöglich ausführen.«

Er fuhr noch immer diesen vierundsiebziger Käfer, den er vor x Jahren, man glaubt es kaum, in einer von »Herb's Gebrauchtwagen«- Filialen erstanden hatte.

»Du hast gesagt, wenn ich mal deine Hilfe brauche ...«

»... dann bin ich für dich da«, führte ich den Satz zu Ende. Das war allerdings anders gemeint gewesen, und das wusste er. Im Fall einsamer Stunden in einem leeren Schlafzimmer.

»Mhm«, machte ich und legte den angebissenen Keks weg. »Ist sie denn hübsch?«

Es piepste in meinem Hörer – »MMS von Marc« – und ich drückte auf »öffnen«. Tolle Figur, lange haselnussbraune Haare, ausdrucksvolle Augen. Ihr Gesicht erschien mir etwas zu perfekt. In dem Jeanshemd konnte man es nicht gut erkennen, aber meine Brüste waren größer als ihre.

»Sie ist ein Traum, Denise.«

»Wie habt ihr euch denn kennengelernt?«, wollte ich wissen.

Er lachte. »Beim *Nonno Roberto*. Wir prallten zusammen, als sie auf dem Weg zur Damentoilette war. Natürlich musste ich mir ihre Nummer geben lassen – um sicher zu gehen, dass sie keine bleibenden Schäden von dem Zusammenstoß davongetragen hatte.«

»Und der billige Spruch hat funktioniert?«, schmunzelte ich.

»Und ob! Wir haben fast eine Stunde telefoniert. Es war

ihre Idee, Essen zu gehen.«

»Und in meinem Auto rechnest du dir bessere Chancen aus? Glaubst du nicht, dass du einfach du selbst sein solltest?«

Marc schwieg kurz. »Lass mir den einen Traum, Denise. So eine Wahnsinnsschnitte und ein Typ wie ich ... Das kann auf Dauer nicht gut gehen. Aber wenigstens Träume können sich für einen Augenblick erfüllen.«

Ich seufzte erneut. Er würde sich die Finger verbrennen. Aber ich war ja da, um ihn wieder aufzurichten.

»Also gut, ich gebe dir meinen Wagen. Allerdings nur unter einer Bedingung!«

»Und die wäre?«

»Dass ich zusehen darf – nicht nur beim Essen!«

Ich war mir nicht sicher, aber es klang, als würde er heftig schlucken.

»Du willst uns zusehen? Du meinst, dann später? Nach dem Essen?«

»Ja«, lächelte ich. »Du weißt ja, ich schreibe an einem neuen Buch ...«

***

Ich war schon im brechend vollen *Nonno Roberto* angekommen – dem angesagtesten Italiener der Stadt – und nippte an einem Martini, als Marc samt Begleitung durch die Glastür schritt. Mir fiel ein, dass er mir ihren Namen nicht genannt hatte.

Sie trug ein schlichtes schwarzes Jerseykleid, dunkle Strümpfe und funkelnde High Heels. Mit Letzteren reichte sie ihm bis zur Stirn. Und ja, er hatte nicht übertrieben. Auch ich fand sie anziehend. Die Art, wie sie lachte und sich die Haare aus dem Gesicht strich.

Die Kellnerin nahm die beiden in Empfang und führte sie zu ihrem Tisch. Ich freute mich, dass Marc meinen Ratschlag befolgt hatte und im Anzug erschienen war. Er wirkte ungemein seriös und sexy mit dem Dreitagebart. Ich spürte den bittersüßen Stachel der Eifersucht in mir nagen und ertappte mich, dass ich Marc und sein Date gemeinsam wollte. Ich wünschte mir nichts sehnlicher, als dass sie mich zu sich an den Tisch baten und wir uns nach dem Essen bis zum Morgengrauen liebten. Wofür hatte ich vorsorglich meinen Ehering zu Hause gelassen?

Der Kellner brachte mir meinen Shrimpcocktail. Seufzend beobachtete ich die beiden über den Schüsselrand hinweg. Sie schienen die Welt um sich herum vergessen zu haben. Nur einmal zwinkerte mir Marc lässig zu und mein Bauch schlug Purzelbäume.

Noch vor der Hauptspeise knutschten sie wild drauflos. Seine Hand wanderte ihr Kleid hinab und strich langsam über den Oberschenkel. Dann ließ er seine Finger unter den Saum ihres Kleides gleiten. Schob ihn hoch und entblößte den schlichten Abschluss ihrer halterlosen Strümpfe.

Doch dort hörte er nicht auf. Ich konnte deutlich sehen, wie er ihr in den Slip fasste, und erinnerte mich spontan an eine ähnliche Szene in einem Verkehrsflugzeug.

Ich verschluckte mich an meinem Martini und hustete. Was hattest du erwartet, schalt ich mich. Dass sie Händchen hielten?

Die Kellnerin servierte ihnen den Hauptgang. Für ihn Fisch-Cannelloni. Für sie Spaghetti alle vongole. Der Duft der Meeresfrüchte drang bis zu mir herüber. Hoffentlich hatte er den Knoblauch abbestellt.

Mit gekonnten Drehungen gabelte sie die Nudeln auf. Ihre Linke glitt zu seiner Hose hinunter ... Und tatsächlich. Ebenso gekonnt öffnete sie den Reißverschluss und ließ ihre kleine Hand zu ihm in die Hose gleiten.

Marc warf den Kopf in den Nacken und stöhnte. Manch ein Gast hätte glauben mögen, dass seine Cannelloni die besten auf Erden waren.

Ein drängendes Verlangen erfasste mich zwischen den Beinen. Die Vorstellung, Marc so stöhnen zu hören, wenn er gerade tief in mich eindrang, ließ meine Finger um das Longdrinkglas verkrampfen. Die Knöchel meiner Handgelenke traten weiß hervor.

»Haben Sie noch einen Wunsch?« Ich sah auf und hasste den Kellner dafür, dass er mich rücksichtslos in das Hier und Jetzt zurückgeholt hatte.

»Oh«, machte ich. Klar hatte ich einen Wunsch. Ich sehnte mich nach Marc heute Abend. »Ich denke nicht, danke«, log ich wenig überzeugend.

Da klingelte das Handy von Marcs Date.

»Hallo Liebling«, hauchte sie und strahlte wie eine Gewinnerin der Powerballziehung der Oregon Lottery. Liebling? Marc und mir fiel das Kinn herunter.

»Nein, ich brauche nicht mehr lange ... Wir sind doch mit dem Essen fertig, oder?«, erkundigte sie sich hastig bei Marc. Sprachlos zuckte er mit den Schultern.

***

Auf dem Parkplatz hinter dem Restaurant fuhr mit aufgeblendeten Scheinwerfern ein Porsche vor. Der Fahrer war nicht mein Typ. Zu blond. Zu dunkel von zu vielen Stunden im Solarium. Zu viel Geld.

Das Ex-Date hauchte Marc einen Abschiedskuss auf die Lippen und stöckelte durch die Glastür hinaus. Filmreif stieg sie zu dem Mann in den Wagen. Marc blieb lediglich die Rechnung plus der üblichen zwanzig Prozent Trinkgeld. Er hatte noch gar nicht richtig begriffen, was soeben geschehen war.

Ich schon, und mir gefiel das Ende dieses Abends nicht. Mein Tiger verdiente etwas Anderes. Etwas Besseres. Kurz entschlossen ließ ich mir ein Mitbringsel aus der Dessertvitrine richten.

Marc saß zusammengesunken am Tisch und starrte in sein halb leeres Bierglas. Ich angelte den Wohnungsschlüssel aus seiner Hosentasche und küsste ihn auf die Wange. »Trink dein Bier aus, Tiger«, forderte ich ihn auf, »und sei in spätestens zwanzig Minuten zu Hause!«

Ich fuhr schon mal vor. Als er das Wohnzimmer betrat, lehnte ich mich splitternackt auf seinem Sofa zurück. Eine Tiramisu-Schnitte entglitt meiner Hand und fiel mir auf das Brustbein – versehentlich. Mit zwei Fingern verteilte ich den süßen Desserttraum über meine großen Brüste.

»Lust, ein bisschen zu naschen, Tiger?«

Sein Blick und der schwere Atem waren mir Antwort genug.

»Du hattest noch kein Dessert«, erinnerte ich ihn und ließ das Tiramisu von meinen Brüsten zum Bauchnabel gleiten. »Wenn du mich brauchst ...«

»... bist du für mich da«, ergänzte er lächelnd den Satz für mich. Und so war es dann auch, als seine Zunge das Tiramisu von den harten Knospen meiner Brüste leckte. Ich befreite seinen Tiger und führte ihn in meine nasse Spalte ein.

»Ich werde immer für dich da sein, Tiger«, stöhnte ich. »Immer!« So, wie er immer für mich da gewesen war.

Drei Tage bis zum vierten Advent – heute ...

Die Woche vor Weihnachten schneite es. Wenn die Landschaft still und ruhig unter der weißen Decke schlief und die Spuren im Schnee aussahen, als wäre nie zuvor jemand diesen Weg gegangen, dann fühlte ich Zuversicht für die Welt. Für uns alle. Dann war jeden Tag Weihnachten und jeder von uns durfte auf Erlösung hoffen. Weihnachten war dann mehr als ein Datum, an dem die Konsumschlacht endlich ein Ende fand und die überzogenen Erwartungen unter einem überladen geschmückten Christbaum begraben wurden.

An diesen Tagen wünschte ich mir, es würde nie aufhören zu schneien. Gerade so viel, dass die Welt lange schlafen, träumen und als bessere Welt erwachen würde.

Die Abende brachen um diese Jahreszeit schnell herein. Die östlichen Wälder verschwanden in einer sternenlosen blauschwarzen Wolkenwand. Im Westen verabschiedete sich der Tag hinter dunklen Pazifikwolken in einem cremigen, warmen Gelb, das die Kälte des Winters Lügen strafte.

Ich freute mich auf unser Weihnachtsessen, den traditionellen Schinken. Für den Fünfundzwanzigsten hatte ich Fondue geplant, mit wenigstens drei Sorten Fleisch und einem Dutzend Soßen. Das ließ ich mir nicht nehmen. Wir würden das gesamte Arsenal unserer Weihnachts-CDs spielen und uns an den funkelnden Lichtern des über zwei Meter hohen Weihnachtsbaums erfreuen. Die Magie von Weihnachten spüren.

Doch vorher fand unsere Party statt, auf die ich mich über alles freute. Diese drohte aber im letzten Moment doch noch zu scheitern.

Steven rief an und sagte meinem Mann, dass ihm seine Begleitung kurzfristig abgesagt hatte. Ich war ohnehin nicht gespannt gewesen auf eine seiner Irinas, Vanessas oder Jennifers.

Aber ich hätte mich gefreut, wenn Jacky und ihr Mann gekommen wären. Freudestrahlend berichtete sie mir am Telefon, dass sie schwanger war. »Du bist die Erste, der ich es erzähle. Letztes Mal hat mich Mel angerufen, bevor ich es dir sagen konnte.«

»Ich bin so froh für dich.« Ich fühlte, wie es verdächtig feucht in meinen Augen wurde.

»Weißt du, ich will nichts mehr riskieren. Es ist vielleicht unsere letzte Chance, ein Baby zu bekommen.«

»Das verstehe ich doch«, versicherte ich ihr. Meine Stimme schwankte. »Verzeih mir, ich bin gerade so glücklich.«

»Danke, dass du dich so für mich freust, Denise! Das bedeutet mir viel. Ich muss es unbedingt Lauren sagen. Weiß man schon, wann sie aus Arizona zurück sein wird?«

»Vor dem neuen Jahr ist mit ihr und Brent leider nicht zu rechnen.«

»Wie sieht es denn eigentlich bei dir aus?«

Ich schluckte. »Was meinst du, Jacky?«

»Es ist noch nicht zu spät für dich«, ermutigte sie mich. »Versuch es doch noch einmal ...«

»Ich kann nicht«, brachte ich stockend hervor, fassungslos darüber, welche Wendung das Telefonat nahm.

»Denise, es ist jetzt Jahre her ...«

Es lief mir heiß und kalt hinab. Ich spürte mich nicht mehr. Nur Taubheit, wo ich sonst mich wusste. Jedes Organ in meinem Körper schien mich abstoßen zu wollen wie einen Virus.

Ich weiß nicht mehr, wie ich das Gespräch beendete. Oder was ich zu ihr zum Abschied sagte. Mein T-Shirt klebte an mir. Ich saß zusammengesunken in meinem Arbeitssessel und war im Kopf völlig leer. Fast.

»Manchmal ist es Schicksal ...«, trommelten Jackys Worte wie Hammerschläge durch die Leere.

***

Die nächsten Tage verbrachte ich fieberhaft damit, Ersatzspieler für unsere Feier zu finden. Diese Swingerparty war der größte Weihnachtswunsch meines Mannes und ich wollte ihn nicht enttäuschen. Doch jetzt noch schnell jemanden aufzutreiben, konnte schwierig werden. Es grenzte an ein Weihnachtswunder! Ich zählte im Geiste noch einmal alle Teilnehmer auf. Mel und Herbie. Mein Mann und Ellen. Ich und Marc. Steven und ...?

»Denise, deine Cousine.«

Ich nahm gedankenverloren den Hörer von Ron entgegen

und sah auf die Uhr. Lieber Himmel, in Paris war es erst drei Uhr morgens. Das verhieß nichts Gutes.

»Hey, Liebes, ist was passiert?«

»Nein, nein«, versuchte sie mich zu beruhigen. »Oder besser gesagt ... ja.« Es klang, als hätte sie geweint. »Denise, Francois hat eine Affäre. Und diesmal ist es ernst. Er verlässt mich.«

Wir wechselten ins Französische. Mein Mann wirkte dann mit seinen dreiundachtzig Kilogramm immer wie ein Teenager auf seiner ersten Sprachreise. »Gott verdammt.« Meine Lippen bebten. »Noch vor Weihnachten? Noch vor dem ... neuen Jahr?«

Sie brachte kein Wort heraus. »Ja«, sagte sie schließlich unter Tränen.

Vor Weihnachten, vor dem neuen Jahr – was Dümmeres hättest du nicht sagen können, Denise! Ich biss mir auf die Unterlippe. Was spielte es für eine Rolle, ob dieser Windbeutel sie heute, gestern oder morgen verließ? Aber es spielte eine Rolle – für sie.

»Dieser Schweinehund!«, zischte ich.

»Er fährt zu Weihnachten mit den Kindern nach Val-d'Isère. Kann ich über die Feiertage zu dir kommen?«

»Ja, natürlich. Komm doch gleich.«

»Das geht nicht«, sie schluchzte, »ich muss vorher noch ein paar Dinge erledigen ... und am Siebzehnten zu meinem Anwalt. Er hat vor Weihnachten nur diesen einen Termin für mich frei.« Ihr Schluchzen ertränkte den letzten Satz. Mein Herz drohte zu brechen. Meine Kehle schnürte sich zu.

»Reden wir doch von dir.« Sie kämpfte um Fassung. »Wie geht es dir? Hast du Steven alles gesagt?«

Ich schwieg.

»Ach, Denise, ich hoffte, dass du endlich mit ihm geredet hast. Es kann doch nicht ewig mit euch so weitergehen.«

»Nein.« Ich schluckte. »Aber das ist jetzt nicht wichtig. Du bist wichtig. Am liebsten würde ich den nächsten Flieger nach

Paris nehmen und Francois, diesen Schweinehund, kastrieren. Ohne Narkose!«

Sie lachte unter Tränen. »Ja, der Gedanke hat etwas. Ach, was soll's! Soll dieses Flittchen mit ihm glücklich werden. Aber die Kinder bekommt er nicht.«

»Nein«, bestärkte ich sie. »Auf gar keinen Fall.« Ich hatte Marie und Pascal nicht mehr gesehen, seitdem sie Babys waren. In meinen Augenwinkeln sammelten sich Tränen.

Ich streichelte Titou über den Kopf und küsste ihn auf die Stirn, damit er im Vorbeigehen nicht sah, dass ich weinte. Er ließ es sich gefallen, obwohl er »natürlich schon zu alt für solche Schmusereien war«.

»Ich muss dich nur vorwarnen. Mein Mann und ich veranstalten eine kleine Party am Wochenende vor Weihnachten.« Ich sah Titou in sein Zimmer gehen und vergewisserte mich, dass er nicht lauschte. Sein Französisch erwies sich oft besser als mir lieb war.

»Was für eine Party?«, fragte meine Cousine interessiert.

»Eine Party, so wie du und ich sie mit Troy erfunden haben.«

»Gibt es noch andere?« Sie kicherte. »Wie viele seid ihr denn? Seid ihr zu dritt? Ich will euch nicht dabei stören. Hast du Ron dazu überreden müssen?«

»Aber nein! Es war seine Idee. Du kennst doch meinen Mann. Seitdem er mit mir zusammen lebt, ist er im Herzen so herrlich französisch.« Ich sprach besonders nasal und lachte glockenhell. »Mit dir wären wir zu acht. Eine schöne gerade Zahl.«

»Acht?«, fragte sie erstaunt.

»Du siehst, du störst überhaupt nicht.«

»Mhm.« Sie seufzte. »Es klingt verlockend, aber ich fürchte, ich kann nicht. Das sind doch alles Pärchen, oder? Ich käme mir wie das fünfte Rad am Wagen vor. Und überhaupt – sieh mich an. Ich heule doch nur noch wegen Francois. Ich glaube nicht, dass ich auch nur einen Mann auf deiner Party näher als eine Armlänge an mich ranlassen würde.«

»Wir sind nur zwei Pärchen«, wandte ich ein. »Ron und ich, Mel und Herbie.«

»Dieser Schwabbelbauch-Herbie? Ich dachte, du findest ihn eklig.«

»Nur weil er auf der Party ist, heißt das nicht, dass ich mit ihm schlafen werde. Vielleicht schlafe ich auch mit niemandem – und bin nur brave Gastgeberin und Hausfrau.«

»Wer's glaubt, wird selig!« Ihr Lachen klang wie das aufgeregte Wiehern eines Fohlens. »Allein das zu sehen, wäre einen Transatlantikflug wert.«

»Dann komm«, bot ich ihr an. »Glaub mir, unsere Party bringt dich wieder auf andere Gedanken.« Und dasselbe hoffte ich für mich.

Reverie-Träumerei

Dass es mich gibt, grenzt an ein Wunder. Meine Mutter und ihr Verlobter hatten auf ihrem Amerika-Urlaub in L.A. eine Autopanne und mein Vater konnte mit einem jungen Army-Soldaten Tickets tauschen und somit einen früheren Flug antreten. Hätte sich eines von beiden nicht ereignet, meine Eltern wären sich nie begegnet und ich wäre heute nicht auf der Welt. Manchmal hat das Schicksal seine Hände im Spiel, würde Jacky sagen. Ich sage, es ist alles nur ein dummer Zufall.

Mutters Verlobter flog schließlich allein nach Frankreich zurück. Meine Mutter blieb. Sechs Monate später haben meine Eltern geheiratet.

Ich halte es nebenbei bemerkt für keinen Nachteil, bilingual aufzuwachsen und die Klassenbeste in Französisch zu sein. Und nein, ich esse nicht jeden Tag Croissants zum Frühstück, hasse Weinbergschnecken in Weißweinsoße und verstehe auch absolut nichts von französischer Cuisine. Einen guten Wein kann ich empfehlen, der wächst allerdings in Kalifornien. Mein blondes Haar und meine sturmblauen Augen verdanke ich den dänisch-deutschen Vorfahren meines Vaters, die allesamt im amerikanischen Bürgerkrieg gekämpft und beinahe ihr Leben gelassen hätten.

Bis zu meinem achtzehnten Lebensjahr verbrachten wir die Sommer fast immer in Frankreich. Einige Male flogen wir auch im Winter dorthin zum Skifahren.

Meine Cousine und mich verband bald mehr als familiäre Bande. Mit vierzehn entdeckten wir den weiblichen Körper als Lustobjekt. Ich werde nie den Moment vergessen, als ich sie das erste Mal nackt vor mir sah. Es gab keinen schöneren Körper als ihren. Ich sehnte mich danach, sie zu berühren, sie zu spüren, und hatte Angst davor, wie sie reagieren würde, wenn ich es tat. Als ich endlich den Mut aufbrachte, meine Hand nach ihr auszustrecken, geschah etwas, das ich nicht mit Worten beschreiben kann. Wir fanden uns. Und küssten uns auf eine Weise, die nur sie und mich etwas anging.

Wo sie mich auch berührte, meine Haut brannte wie Feuer. Die Welt versank an jenem Nachmittag in einem Strudel an Gefühlen und Empfindungen. Die Magie des allerersten Mals flimmerte als farbige Lichtpunkte vor unseren Augen. In inniglicher Umarmung schliefen wir in ihrem Bett ein – und erwachten gerade rechtzeitig, bevor unsere Eltern und ihr älterer Bruder nach Hause zurückkehrten.

Wir wollten mehr. Wir wollten alles. Getrieben von der Sehnsucht nach diesem vagen Etwas – was wir suchten, hatte etwas Unbestimmtes, etwas Verbotenes – erforschten wir unsere Körper in jedem der wenigen unbeobachteten Momente. Wir erkundeten neugierig unsere noch nicht voll ausgereiften

Brüste und wagten uns, mutiger geworden, zu den lockenden Innenschenkeln vor. Wir fassten uns an, wir liebkosten uns.

Es dauerte nicht allzu lange und wir tasteten uns auch in den Bereich innerhalb unserer Slips vor. Anfangs schüchtern, ließen wir die Fingerspitzen bald begierig über unsere heißen, feuchten Spalten wandern. Vorsichtig glitten sie tiefer. Ein Finger, zwei Finger drangen ein, aber nicht zu weit, und streichelten uns zu unserem ersten gemeinsamen Orgasmus. Der Erste sollte nicht unser einziger bleiben – und schon gar nicht der Letzte.

Wir schafften es fortan nicht mehr, die Hände von uns zu lassen, und wir entdeckten in den darauffolgenden Sommern, dass das Bett meiner Cousine nicht der einzige Ort war, wo wir uns lieben konnten. Wir taten es, wann und wo immer wir wollten.

Nach dem Tennistraining, wenn die T-Shirts an unseren verschwitzten Körpern klebten, lebten wir unsere Fantasien in prickelndem Nass aus und erfüllten die Umkleidekabinen ihrer Schule mit unseren Liebeslauten.

Nachdem die anderen Spielerinnen gegangen waren, stellten wir die Dusche an und genossen das warme Wasser auf unserer Haut. Unsere Lippen berührten sich. Die Zungenspitzen tasteten sich vor und es folgte ein zärtlicher Kuss. Ein langer Kuss – er steigerte die Erwartung auf das Kommende.

Fordernd drängten sich unsere Zungen in den Mund der anderen. Meine Hände glitten ihre schlanken Arme hinab, ertasteten ihre Fingerspitzen. Ihre Hüften. Ihre sportlichen Schenkel.

Sie strich mir zart über die Brüste. Umfasste die hoch aufgerichteten Spitzen. Ich stöhnte kehlig in ihren Mundraum. Das Wasser des Duschkopfs rieselte stetig auf unsere Köpfe. Sie beugte sich hinab. Umschloss erst die eine, dann die andere Knospe mit ihren Lippen.

Ich krallte meine Finger in ihr nasses Haar. Warf einen ängstlichen Blick in die Umkleidekabine. Wir hatten die Türen verschlossen. Aber der Hausmeister besaß einen Schlüssel. Das Verbotene – die Gefahr, erwischt zu werden – jagte angenehme Schauer über unsere Haut. Wir hätten jeden Ort für unser Liebesspiel wählen können. Doch wir wählten diesen. Vielleicht wollten wir erwischt werden.

»Ich will es mit dir auf dem Eiffelturm machen«, flüsterte ich und strich ihr eine feuchte Haarsträhne aus dem Gesicht. »Im *Louvre*. Am Ufer der *Seine*.«

»Touristin«, zischte sie und küsste mich hungrig. Unsere Brüste schmiegten sich aneinander, die empfindsamen Spitzen berührten sich. Es war eine wilde Umarmung unter dem Wasserfall. Ich leckte behutsam ihren Bauch. Meine Hände umfassten ihre jungen festen Pobacken, drückten sie an mich. Ich schmeckte den Nektar ihrer Spalte. Um noch tiefer mit der Zunge in sie einzudringen, drängte ich ihre Schamlippen zur Seite. Kostete von ihrem jungfräulichen Geruch, sog ihn tief in mich auf, damit ich ihn nie mehr vergaß – bis ans Ende meines Lebens. Sie wand sich in meinen Armen, spreizte die Beine, presste meinen Mund an sich, sodass ich meinte, im sprenkelnden Wasser keine Luft mehr zu bekommen. Doch gerade das steigerte meine Erregung, und ich wollte ihr die bestmögliche Befriedigung verschaffen, zu der ich fähig war.

Ich griff zu dem Spielzeug, das ich vorbereitet hatte. Neunzehn Zentimeter pure Lust, wasserdicht, mit stufenlos regulierbarem Vibrator.

Sie riss die Augen auf. Ein wildes Verlangen, gepaart mit großer Angst vor dem Unbekannten, flackerte in ihnen. Ihre Finger betasteten die durchsichtige, naturgetreue Eichel. Sie zitterte. Ohne Hast führte ich ihn an ihre Scheide und schaltete ihn ein.

Das leise Surren war im Plätschern des Wassers kaum zu hören. Der Laut, den sie ausstieß, kam einem Hecheln gleich.

»Das ist zu viel«, stöhnte sie.

Ich regulierte die Intensität und suchte ihren empfindsamsten Punkt. Ich spielte mit ihr, strich über ihre Klitoris, bis ich an ihrem Stöhnen herausfand, wie sie es am liebsten mochte, welchen Winkel der Vibrator einnehmen musste, um ihr ein maximales Lustgefühl zu bescheren. Ihre heißen hechelnden Atemzüge drangen laut an mein Ohr. Sie zuckte verdächtig. Dann eine Verrenkung. Sie schlang ihre Beine um mich, krallte sich in meinem Haar fest und sank mit wackligen Knien auf den Boden.

Ihr Herz schlug heftig. Die Dusche prasselte auf unsere Haut. Ich küsste sie lange. Ihre Augen sagten mir, dass sie dasselbe für mich tun wollte.

Ich reichte ihr den Liebesdiener, der sie in Ekstase getrieben hatte, ließ meine Zunge um ihre Hüfte wandern und drängte in ihre appetitliche Pofalte, wo ich ihre einladende Rosette küsste. Meine Cousine war die einzige Frau, bei der ich das getan habe. Und für die ich es immer wieder tun würde. Ich wollte alles von ihr und ich wollte jeden Quadratmillimeter ihres himmlischen Körpers in- und auswendig kennen.

***

Ich hatte meine Unschuld in jenem Sommer verschenkt, und mit sechzehn entschied auch sie, dass für sie die Zeit reif wäre, die Ihre zu verlieren. Dafür flog sie zu Thanksgiving für zwei Wochen zu uns nach Portland. Schon Ende des Sommers hatte sie beschlossen, dass ich ihr nicht nur helfen, sondern auch bei ihrer Entjungferung dabei sein sollte.

Ich suchte daher bereits zu Schulbeginn den richtigen Jungen für uns aus. Schließlich musste er uns beiden gefallen. Meine Wahl fiel auf einen Footballspieler einer benachbarten Highschool, den ich vom Cheerleading kannte. Mein damaliger Freund Jason, er war Quarterback unseres Footballteams, kam nicht infrage – er wollte mit dem Sex bis nach der Hochzeit warten. Und ich respektierte seine Entscheidung.

Der Name des Auserkorenen lautete Troy, und er war wirklich total süß. Anfänglich hatte er Bedenken, mit zwei Mädchen gleichzeitig zu schlafen, denn es war auch für ihn das allererste Mal. Aber nachdem ich ihm ein Foto meiner Cousine gezeigt hatte, zog ihn die Idee immer mehr in ihren Bann, bis er ihr rettungslos verfiel. Als meine Eltern endlich über das Wochenende verreist waren, ließen wir unsere Party steigen.

Troy hatte seit über einem Jahr den Führerschein. Er lud uns zu einem leckeren Hühnchen bei *KFC* ein. Mit einem Lächeln registrierte ich, dass die Chemie zwischen den beiden stimmte. Der anschließende Pfirsichkuchen setzte die kochenden Hormone in Brand. Meine Cousine kicherte aufgeregt. Kein Wunder – sie sollte das erste Mal in ihrem Leben einen Mann in sich spüren. Und dieser saß ihr gegenüber und lächelte sie an.

***

»Ich werde das nicht packen, Denise«, stammelte meine Cousine, als wir wieder zu Hause waren.

»Wir sind in Amerika, Schatz«, dabei zog ich ihr das T-Shirt über den Kopf und streifte ihre Jeans herunter. »Versagen ist in diesem Land keine Option.«

»Was soll das bedeuten?«

»Dass wir das jetzt durchziehen werden!«

Ich hatte ein Paar plüschüberzogene Handschellen vorbereitet und fesselte ihre Hände hinter ihrem Kopf an das Bettgestell. Wohlweislich klärte ich sie nicht darüber auf, wie man sie ohne Schlüssel öffnen konnte.

»Damit du nicht wegläufst«, antwortete ich auf ihren fragenden Blick und küsste ob ihrer Tapferkeit zärtlich ihre Lippen. Dann band ich ihre wunderschönen Beine weit gespreizt fest.

Wir rieben unsere jungen nackten Körper aneinander. Meine harten Brustspitzen strichen über ihre weiche Haut. Ihr vorgewölbter Venushügel schrie danach, von mir geküsst zu werden. Und das tat ich auch. Meine Zunge leckte ihre Klitoris, behutsam tauchte ich in sie ein.

Sie wand sich lustvoll in ihren Fesseln und stöhnte.

»Bitte, lass es geschehen, Denise«, flehte sie. Da entschied ich, dass es für Troy an der Zeit wäre, hinzuzukommen.

Ich hatte ihm die Augen verbunden, denn meine Cousine fürchtete, vor Scham rot anzulaufen, wenn sein Blick ihren ausgezogenen Körper streifte. Unsicher ließ er sich von mir zum Bett führen, und ich zog ihm langsam die Shorts herunter.

»Das wird der schönste Tag unseres Lebens«, versicherte ich ihnen. Meine Hände schlossen sich um seinen strammen Schwanz, und ich liebkoste die Spitze sachte mit meinen Lippen.

Meine Cousine beobachtete uns die ganze Zeit und wurde davon immer erregter. Nie zuvor hatte sie einen erigierten Penis so hautnah vor sich gesehen. Ungläubig, fast neidisch, verfolgte sie, wie sein Schwanz tiefer und tiefer in meinem Mund verschwand.

Ich spürte, dass Troy es nicht länger aushalten würde.

»Nicht, dass du zu schnell kommst ...«, flüsterte ich ihm ins Ohr und lotste ihn zu meiner Cousine, die mit gespreizten Beinen auf ihn wartete.

Ich dirigierte seinen prallen Schwanz zu ihrer klatschnassen Möse und half ihm, in sie einzudringen. Verblüfft biss sie sich auf die Unterlippe, als Troys steinharter Liebesspender Millimeter für Millimeter in ihre Spalte eintauchte. Ihr heißer Atem drang stoßweise aus ihrem Mund. Mit hochrotem

Gesicht und weit aufgerissenen Augen starrte sie mich an. Erregt, wie sie war, hatte sie die Defloration gar nicht gespürt, erzählte sie mir später. Ich half Troy, den Rhythmus zu finden, indem ich seinen sportlichen Po festhielt. »Sonst vermasselst du es noch ...«

Fast beneidete ich die zwei. Denn kein Mal war wie das erste Mal. Ich schmiegte mich von hinten an Troy und freute mich darauf, dass er es mir auch noch kräftig besorgen würde.

»Später bin ich dran, wenn du in ihr abgespritzt hast!«, schnurrte ich.

Nach Luft schnappend entlud er sich zuckend in meiner Cousine. Schon wollte er sich aus ihr zurückziehen, da krallten sich meine spitzen Fingernägel in die strammen Backen seines Hinterns. »Es ist unhöflich aufzuhören, wenn die Dame noch nicht gekommen ist.«

Er nickte und fickte meine Cousine weiter. Ich kannte sie mittlerweile gut genug, um zu wissen, dass auch sie kurz davor war, zu explodieren. Ich küsste ihren Bauch, streichelte ihre Klitoris und ließ meine Zunge mit den zarten Knospen ihrer Brüste spielen. Das funktionierte immer!

»Hast du gespürt, wie sich sein Samen in dich ergossen hat?«, flüsterte ich ihr auf Französisch ins Ohr. »Genauso muss es sein, wenn Mann und Frau sich vereinigen.«

Ihr Körper spannte sich. Sie bog ihr Becken stöhnend durch und kam so laut, dass es wirklich gut war, dass meine Eltern nicht zuhause waren. Aber sie kam anders, als ich es jemals zuvor bei ihr gesehen hatte. Der Gesichtsausdruck war anders gewesen. Ihre Reaktion. Ich glaubte, alles über Sex zu wissen und doch ahnte ich instinktiv, dass sie mit Troy in eine Welt eingedrungen war, die ich nicht sehen konnte – ein sexuelles Avalon.

Troy und sie sanken erschöpft in die Kissen. Er wagte noch

immer nicht, die Augenbinde zu entfernen. Ich befahl ihm, es auch gar nicht erst zu versuchen. Heute zählte ausschließlich der Wunsch meiner Cousine. Das nächste Mal war vielleicht eine andere Sache. Doch ich dachte die ganze Zeit an das magische Reich, das sie zusammen entdeckt hatten.

Ich streichelte mit der Spitze meines Zeigefingers seinen nackten, sportlichen Körper.

»Jetzt will ich, dass du mich durchfickst, du Footballhengst.« Auch ich wollte diese Welt sehen, die ihr Troy gezeigt hatte. »Meine Cousine wird nichts dagegen haben!«

Sie schüttelte den Kopf. Ganz benommen von dem Megaorgasmus, den ihr Troys Schwanz beschert hatte.

Ich küsste Troy auf die Brust, ließ meine Zunge tiefer gleiten und nahm seinen schlaffen Pimmel in den Mund. Er schmeckte nach seinem Samen und roch nach der Möse meiner Cousine – ein geiles Feeling. Derart angetörnt fiel es mir nicht schwer, ihn in Nullkommanichts wieder aufzurichten. Troy versuchte, sich aufzusetzen, da stieß ich ihn energisch aufs Bett zurück.

»Du bleibst liegen!«

Ich glitt über ihn, umfasste seinen Schwanz und mit einem schmatzenden Geräusch flutschte er in meine feuchte Spalte. Unnötig zu erwähnen, dass ich ebenfalls schon so scharf war, dass ich sofort hätte kommen können. Aber vorher wollte ich noch meinen Spaß!

Ich zauberte ein zusätzliches Paar Handschellen aus dem Nachtkästchen und fesselte seine Hände ebenso an die Bettleiste. Er ergab sich mir, völlig wehrlos, und ich genoss das Gefühl der Macht über ihn.

Meine Cousine kettete ich los, damit sie uns besser zusehen konnte.

»Ich werde deine Augenbinde jetzt abnehmen«, hörte ich mich sagen. Regeln wurden bei diesem Spiel seit jeher aufgestellt, um gebrochen zu werden! »Aber wage es nicht, in die Richtung meiner Cousine zu sehen. Schau mich an!«

Gehorsam ließ er es geschehen. Ich belohnte ihn, indem ich ihn von den Handfesseln befreite. Seine Hände führte ich zu meinen Brüsten.

»Ja«, stöhnte ich. »Streichle mich! Knete mich!«

Er nickte zitternd, fast ehrfurchtsvoll. Langsam schneller werdend, bewegte ich mich auf ihm und rieb meine Klitoris.

»Dein Schwanz gehört mir!«, rief ich immerzu und fingerte mich selbst zu dem geilsten multiplen klitoralen Orgasmus, den ich bis dahin erlebt hatte. Ich fühlte ihn bis in meine Haarspitzen. Meine Zehen kringelten sich ein. Ich zuckte unter jeder seiner Berührungen zusammen.

Da verströmte er sich in mir. In seinen Augen funkelte ein so liebevoller Ausdruck, dass ich ihn am liebsten geküsst hätte.

»Jetzt möchte ich noch mal!«, bettelte meine Cousine. Sie zeigte sich sogar so wagemutig, auf seine Augenbinde zu verzichten.

»Ich weiß nicht, ob er gleich wieder so weit ist«, antwortete ich grinsend. Doch in Troy strömten die wilden, ungezähmten Kräfte eines Junghengstes. Die Kräfte eines Präriemustangs.

Der Arme! Er musste es uns an diesem Tag insgesamt viermal besorgen. Komplett erledigt schliefen wir splitternackt in meinem Bett ein und wurden Stunden später von Troy geweckt, der mit seiner Zunge meine Möse erforschte. Ich krallte meine Fingernägel in sein Haar und ließ mich von ihm zum Orgasmus lecken.

Wir gingen vor dem Rückflug meiner Cousine noch einige Male miteinander ins Bett. Nach einer Woche gestand uns Troy, dass er sich in uns beide verliebt hätte. Für mich verlor damit unser Spiel seinen besonderen Reiz. Auf Liebe war ich nicht aus – ich hatte ja einen fixen Freund – und es gab noch zu viel, was ich entdecken wollte. Meine Cousine traf sich beim letzten Mal mit ihm allein und sie schworen sich, sich bald zu besuchen.

Wir standen am Flughafen und verabschiedeten uns. Ich hasste tränenreiche Abschiede, aber genau das war es, was uns an jenem Tag bevorstand. Troy hatte angeboten, uns zu begleiten und auch ihm fiel die Trennung schwer.

»Ich muss dir noch etwas sagen«, flüsterte sie auf Französisch. »Die Orgasmen mit Troy waren anders. Anders als alle anderen, die ich vorher hatte. Mit dir.«

Ich schluckte die Tränen hinunter und nickte. Ich war einem großen Geheimnis auf der Spur, das fühlte ich. Einem Geheimnis, das sie trotz ihrer Unerfahrenheit vor mir entdeckt hatte. Ein Geheimnis, das zum Greifen nah war. Aber wie sollte man etwas angreifen, das man nicht sehen konnte? Das man nicht verstand? Wie sollte ein von Geburt an Blinder eine Farbe beschreiben oder ein taub Geborener die Schönheit von Mozarts kleiner Nachtmusik nachempfinden?

»Wie?«

»Er war ... ich weiß auch nicht, wie ich es sagen soll. Er war innen drin, ganz tief, verstehst du?«

Ich ahnte, was sie meinte.

»Du solltest noch einmal mit ihm schlafen, Denise. Gib dich ihm bedingungslos hin. Lass es zu. Du wirst spüren, wenn die Dämme brechen. Es ist wie eine Welle, die über dir zusammenstürzt.«

Es fiel mir schwer, es zuzugeben. Aber ich beneidete sie. Ich beneidete sie dafür, dass sie etwas erlebt hatte, was ich mir nicht einmal im Traum vorstellen konnte.

Es sollte noch fast sieben Jahre dauern, bis auch ich dieses Geheimnis für mich entdeckte. Erst mein Mann zeigte mir die Schönheit dieser neuen Welt, die sich auftat, wenn ein vaginaler Orgasmus einen überrollte.

Der Flug meiner Cousine wurde erneut aufgerufen und Troy und sie küssten sich. Es war geplant, dass Troy zu ihr nach Frankreich flog. Doch dann verliebte auch sie sich und Troy war endgültig Vergangenheit.

***

Meiner Cousine und mir gelang es nicht jedes Jahr, uns zu treffen. Ich glaube, wir waren achtzehn, als wir uns ein letztes Mal liebten. Manchmal, nachts, wenn Ronald schon schlief, träumte ich davon, unser Spiel von damals zu wiederholen. Wir hatten es nie auf dem *Eiffelturm* getan, nicht im *Louvre*, nicht an den Ufern der *Seine*. Und ich hätte Lust, das alles irgendwann nachzuholen. Was wohl ihr Mann Francois von der Idee hielt?

Francois. Ich kannte ihn kaum und doch war er mir nicht unsympathisch. Aber ich hasste ihn dafür, dass er meiner Cousine Kummer bereitete.

Im Gegensatz zu ihm und ihr wussten Ron und ich, ohne dass wir es hatten lange ausdiskutieren müssen, dass der Mensch einfach nicht dafür geschaffen war, monogam zu leben. Die wenigstens schafften es, die wahre Liebe zu finden und mit ein und demselben Partner bis ans Ende ihrer Tage glücklich zu sein. Das habe ich für mich schon in der Highschool erkannt. Und das liegt nicht daran, dass ich Halbfranzösin und deswegen besonders liberal in meiner Einstellung bin – französisch. Meine Mutter hatte zeitlebens keine Affäre – zumindest keine, von der ich wusste.

Die Probleme mit Francois waren vor einem Jahr aufgetreten. Meine Cousine hatte uns damals besucht, ein paar Tage nachdem Mel die Bombe mit meinem Tablettenmissbrauch hatte platzen lassen. Ron war außer sich. Zwar warf er mir nicht vor, dass ich ihn nicht um Hilfe gebeten hatte, als ich mir mit Schlaftabletten das Leben nehmen wollte; aber dafür die Tatsache, dass ich ihm später, als er von seiner Geschäftsreise nach Seattle zurückkehrte, meinen Selbstmordversuch verschwiegen hatte.

Und er litt unter schweren Schuldgefühlen. Er fühlte sich dafür verantwortlich, dass ich diese Verzweiflungstat begangen hatte. Seit Mels Enthüllung hatten wir nicht mehr darüber gesprochen.

Als meine Cousine Weihnachten letzten Jahres kam, machten wir uns hinsichtlich ihrer Ehe noch keine Gedanken. Ich hätte wissen müssen, dass etwas nicht stimmte, wenn sie mich ohne Francois und die Kinder besuchte.

Mein Mann führte uns nach einem Eishockeyspiel in das beste Restaurant der Stadt aus, und ich beobachtete ihn genau. Meine Cousine gefiel ihm, aber er hatte nie auch nur angedeutet, dass er sie wollte. Irgendwann habe ich sie dann darauf angesprochen und sie reagierte höchst impulsiv.

»Menschenskind, Denise, Ron ist dein Ehemann. Er ist absolut tabu. Heilig. Nicht einmal, wenn du mich darum bitten würdest, könnte ich mit ihm ins Bett gehen.«

Ich bezweifelte es, aber genauso verhielt es sich mit Francois. Er war gut aussehend und charmant. Ich hegte jedoch nie romantische Gefühle für ihn. Was aber nicht bedeutete, dass ich einem Spiel zu dritt abgeneigt gewesen wäre, wenn sie mich beide ausdrücklich darum gebeten hätten.

Ron, sie und ich standen an der Bar und warteten auf unseren Tisch. Viele der umstehenden Männer hatten mitbekommen, dass wir uns auf Französisch unterhielten – sehr zum Leidwesen meines Mannes. Nachdem der dritte Gentleman meiner Cousine einen Drink spendieren wollte, drehte sie sich zu mir und machte ihren Gefühlen Luft.

»Ein komisches Land«, beschwerte sie sich. »Ist man als Französin hier wirklich vor keinem Mann sicher? Acht von zehn Männern würden schon allein deswegen mit mir ins Bett gehen wollen, weil ich aus Frankreich stamme!«

»Ja«, bestätigte ich. »Aber nur acht von zehn, die zu diesem Typ Männer zählen. Leider hast du keine anderen hier kennengelernt.«

Ich fragte mich in dem Moment, was geschehen wäre, wenn Steven und sie sich an meiner Stelle begegnet wären. Oder sie und Marc ... Oder sie und Ron.

Zwei Stunden und ein hervorragendes Steak später kehrten wir nach Hause zurück. Titouan hatte natürlich noch nicht geschlafen. Er sah sich im Wohnzimmer eine Zeichentrick-DVD an.

Der Flug meiner Cousine nach Chicago ging erst um sechs Uhr zwanzig am nächsten Morgen und wir hatten noch jede Menge Zeit. Ihr war nicht entgangen, dass mein Mann und ich kaum ein Wort miteinander gewechselt hatten. Zu tief saß ihm der Schock von Mels Offenlegung in den Knochen. Und mir auch. Meine Cousine sprach mich darauf an. Kurz erzählte ich ihr, was vorgefallen war.

»Du und dein Mann solltet das ein für alle Mal klären. Jetzt!« Wir standen gerade in der Küche. Sie sprach Englisch. Bewusst. Und sie war sehr gereizt.

»Was klären?« Rons Kopf ruckte zu ihr hinüber.

»Warum sich Denise das Leben nehmen wollte«, spielte sie den Ball wie ein Serve- and Volleyspieler zurück.

»Was läuft denn hier gerade?« Ron sah Hilfe suchend zu mir herüber.

»Es geht unter anderem um Ellen«, klärte ich ihn auf.

»Ellie? Was hat Ellie auf einmal mit all dem hier zu tun?«

»Du bist schuld!«, donnerte meine Cousine. Ihr französischer Akzent verlieh den Worten die Schärfe einer Guillotine.

»Was?« Ron zog die Stirn kraus.

»Ist dieser Mann so dumm oder ist mein Englisch so schlecht?« Sie sah kopfschüttelnd zu mir. »Dein Mann Ron ist eine Katastrophe!«

Ich war versucht, ihr recht zu geben.

»Du bist die Cousine meiner Frau«, knurrte Ron. »Sie liebt dich. Also zwing mich nicht, unhöflich zu werden«

»'ast du oder 'ast du nicht gevögelt mit dieser ... Wie sagt man in eurer Sprache – Nütte?«

»Ellie ist keine Nutte.« Er sah entrüstet zu mir herüber.

Verdammt richtig, die einzige Nutte in dieser Geschichte war ja ich. Ich blickte zur Seite. Von mir hatte er keine Schützenhilfe zu erwarten.

»Und als Denise im Sterben lag – 'ast du oder 'ast du nicht gefickt mit Ellen?«

Ron presste die Lippen aufeinander. Wenn Blicke hätten töten können, meine Cousine wäre in einem Sarg nach Frankreich heimgeflogen worden.

»Und wo warst du, als Denise verlor ihr Baby?«, blitzte sie ihn zornig an. »Ja, Ron, als sie verlor ihr Baby!!! In Seattle! Mit dieser Nütte Ellen!«

Ihre Wut ließ ihr keinen Raum, auch noch auf die richtige Satzstellung zu achten. Aber das machte nichts. Es stand 1:0 für Frankreich und der Schlusspfiff des nicht vorhandenen Schiedsrichters hatte das Spiel beendet.

Ronnies Gesicht versteinerte.

»Ich wünsche dir einen guten Heimflug«, fletschte er leise. »Grüß Francois von mir!« Er entfernte sich. Die Tür zu seinem Arbeitszimmer knallte zu. Titou kam erschrocken in die Küche geschlichen.

»Mom?«

»Ja, Schatz«, sagte ich und streichelte ihm über den Kopf.

Er sah in Richtung Arbeitszimmer. »Ist ›Nutte‹ nicht eines

von diesen Wörtern, die wir nicht verwenden sollen?«

Meine Cousine holte sich ein Glas aus der Vitrine und füllte es mit Leitungswasser. Sie schmunzelte verstohlen und trank einen Schluck, um ihre Belustigung zu überspielen.

Ich warf ihr einen bösen Blick zu. »Ja, Titou, dieses Wort verwenden wir hier nicht.«

»Warum hat es Dad dann gesagt? Habt ihr wieder Stress?«

»Nein. Alles in Ordnung, Schatz. Komm her.« Ich küsste ihn auf die Stirn. »Tust du Mami einen Gefallen? Lässt du mich in Ruhe fertig reden? Ich komme nachher zu dir und fordere dich bei diesem Vampirjägerspiel heraus.«

»Ich spiele die *Fraktion Van Helsing*. Du kannst die Werwölfe übernehmen«, gab er sich großzügig.

Ich nickte. »Lass mir ein paar Vampire übrig.«

Titou schlenderte lächelnd in sein Zimmer davon – mit diesem »Ich kann dir nichts versprechen«-Blick.

Ich atmete erschöpft durch. Für Kinder war es immer am schwersten. Wie sollte man ihnen klarmachen, warum sich ihre Eltern in die Haare bekamen?

»Weiß Ron endlich, dass er nicht der Vater deines Babys war?«, fragte meine Cousine auf Französisch. Sie stand mit dem Glas chlorierten Leitungswassers gegen die Anrichte gelehnt. Sie flüsterte. Titouan hätte zuhören können.

»Ich glaube, er hat einen Verdacht. Aber was spielt das noch für eine Rolle? Das Baby ist tot.« Ich wollte ihr nicht sagen, dass ich in letzter Zeit wieder öfter auf den Dachboden geschlichen war, um das Ultraschallbild anzusehen.

»Es spielt eine Rolle, Denise. Ich kenne dich besser als jeder andere in diesem Land. Besser als dein Mann, besser als Steven oder alle deine Freunde. Und ich sage das nicht aus Überheblichkeit, sondern aus Überzeugung.«

Ja, wir waren füreinander die Ersten gewesen. Die Ersten,

die sich körperlich geliebt hatten.

»Denise, du hast immer versucht, so stark zu sein. Aber so hart, wie du tust, bist du nicht. Hab Vertrauen und riskier endlich einmal etwas. Mit diesem Jungen Marc konntest du immer so fantastisch reden. Aber selbst ihm hast du es nie gesagt.«

»Nein«, bestätigte ich.

»Auch nicht, als er dir von seiner Flugzeugphobie erzählt hat?«

»Nein.«

»Die Zeit ist reif, Denise. Es ist jetzt Jahre her. Wie viele?«

»Fünf.«

»Himmel, Denise, du bist nicht einmal zu einem Therapeuten gegangen. Kein einziges Mal.«

»Wir hatten kein Geld. Ron war pleite. Außerdem brauchte ich keine Therapie, um zu wissen, dass ich Probleme habe.«

»Aber nur ihm kannst du sagen, was du allen anderen nicht sagen kannst. Lieber Gott, Denise, sogar wir in Europa haben mittlerweile für jeden Herzschmerz einen Therapeuten.« Sie rümpfte die Nase. »Alles wird so schrecklich amerikanisch.«

Ich schmunzelte.

»Sprich mit deinem Mann. Sprich mit wem du willst, aber tue es endlich. Es ist kein Versagen, Hilfe in Anspruch zu nehmen. Schon gar nicht hier in Amerika, wo Versagen angeblich keine Option ist.«

Ich setzte zu einer Erwiderung an. Aber meine Worte aus ihrem Mund zu hören, raubte mir jede Möglichkeit zur Argumentation. Ich sah ein, dass sie recht hatte.

Drei Monate später sollte ich meine erste Therapiesitzung absolvieren. Es dauerte noch mal so lange, bis ich mich öffnen konnte. Den Schmerz hatte mir meine Therapeutin nicht nehmen können. Allerdings lernte ich, besser mit ihm umzugehen.

Ich schaffte es, meinen inneren Schmerz durch einen anderen zu ersetzen. Das war natürlich keine Lösung auf Dauer.

Meine Cousine sagte an jenem Abend lange nichts mehr. Sie starrte auf ihr Glas. Das Wasser darin war klar. Farblos. Rein. Ich schauderte.

»Ich hätte Ron nicht so anfahren dürfen. Ich weiß auch nicht, was mit mir los ist. Ich glaube ...« Sie zögerte. »Ich glaube, Francois hat eine Affäre ...«

Francois? Francois, der Bilderbuchehemann? Der Lieblingsschwiegersohn?

»Niemals!«

»Doch, Denise.« Sie nickte. Tränen sammelten sich in ihren Augen.

Es war, wie sich später herausstellen sollte, die erste Affäre von vielen. Oder die erste, bei der sie diesen Mistkerl erwischt hatte. Ich weiß nicht mehr, wann ich beschloss, ihr Steven als Geschenk anzubieten. Aber er sollte wenigstens sie für einen Moment glücklich machen, wenn ich ihn schon nicht für mich haben konnte. Er war genau das, was sie jetzt brauchte.

Ich wählte drei Tage vor unserer Party seine Nummer. Nicht für mich. Sondern für sie. Mein Herz klopfte.

Zeit der Besinnung – heute ...

Der elfte September hatte die Welt aller Amerikaner verändert. Meine Welt fiel am vierzehnten November in sich zusammen, zwei Jahre später. Es war ein Freitag gewesen. Ohne Vorwarnung verspürte ich Schmerzen im Unterleib und der Notarzt entschied, dass ich umgehend ins *Providence Memorial Medical Center* eingeliefert werden musste. An diesem Tag verlor ich mein Baby. Die Ärzte kämpften elf Minuten um sein Leben, bevor sein kleines, tapferes Herz aufhörte zu schlagen. Es wäre ein Junge geworden.

Ich bin nicht stolz auf das, was fortan geschah. Wir waren mit unserer Hypothek im Rückstand, meinem Mann drohte der Konkurs und ich war bereit, alles – wirklich alles – zu tun, um nicht die letzte Stütze in meinem Leben zu verlieren. Meinen wunderbaren Sohn und unser schönes Haus, von dem wir immer geträumt hatten. Irgendwann war ich mit meinen Kräften am Ende.

Ich wollte nur noch schlafen, ewig schlafen. Ich weiß nicht mehr, wie ich zum Badezimmerschrank ging. Ich weiß auch nicht mehr, in welchem Fach ich die Schlaftabletten aufbewahrte. Ich sehe nur noch das Glas Wasser vor mir. Wasser hat keine Farbe, dachte ich immer wieder. Es war klar. Farblos. Rein.

Dann war alles dunkel und ich erwachte in einem Krankenhaus. Die Ärzte gaben mir die Adressen mehrerer Psychologen mit auf dem Weg. Die Liste landete in der nächsten Mülltonne, keine Minute nachdem ich das Klinikgebäude verlassen hatte.

Ich kann mich nicht daran erinnern, Mel angerufen zu haben. Doch sie war es, die mich im Badezimmer liegend gefunden und den Notarzt verständigt hatte. Sie hatte geistesgegenwärtig reagiert und den Ersatzschlüssel benutzt. Wer sie für eine dumme Eule mit Maulwurfsaugen hält, dem sei gesagt, dass ich ihr mein Leben schulde und dass ich sie über alles liebe.

Ihr verdanke ich auch, genauso wie meiner Cousine, dass mein Mann nach all den Jahren endlich Bescheid wusste. Beide hatten den Mut auszusprechen, was gesagt werden musste, als mir der Mut dazu fehlte.

Noch war nicht alles gesagt. Kirsten, meine Therapeutin, hatte einmal gemeint, dass es Jahre dauern könnte, bis ich bereit war, über alles zu sprechen. Aber das hatte Zeit. Ein bisschen wenigstens. Jetzt war Weihnachten. Nun, der Samstag vor

Weihnachten, um genau zu sein, aber so genau nahm ich es nicht. Für mich hatte Weihnachten schon längst begonnen. Die Dämmerung breitete ihre beschützenden Schwingen über das Haus. Schneeflocken tanzten vom nordwestlichen Himmel.

Zeit, sich fertigzumachen. Ich tuschte mir vor dem Badezimmerspiegel die Wimpern nach und blickte herausfordernd in meine sturmblauen Augen.

»Partytime«, flüsterte ich. »Jetzt kommt erst einmal Weihnachten und nächstes Jahr wird alles anders! Versprochen!«

Meine Cousine war am Vormittag mit Verspätung in Portland gelandet – bis zum frühen Morgen saß sie wegen eines Schneesturms östlich der Rockys am Flughafen von Minneapolis fest. Erschöpft kam sie mit einem Taxi an und der mörderische Jetlag forderte endlich seinen Tribut.

»Es tut mir leid, wie ich mich das letzte Mal verhalten habe«, begrüßte Ron sie zerknirscht. »Ich kann als Entschuldigung nur anführen, dass ich ziemlich geschockt war. Ich wusste einfach viele Dinge nicht. Verzeihst du mir?«

»Vergeben und vergessen, Ron.« Sie lächelte. »Ich hätte dich nicht anschreien dürfen. Und jetzt ... wo ist mein Bett?? Lieber Gott, hoffentlich war das nicht zu unhöflich.« Seit den Vormittagstunden schlief sie in unserem zweiten Schlafzimmer. Sie und ich hatten leider kaum Zeit gehabt, miteinander zu reden.

Ja, mein Mann kannte seit letztem Jahr endlich die ganze Wahrheit, zumindest fast – und was er nicht wusste, ahnte er. Es bestand also keine Gefahr, dass heute unangenehme Wahrheiten ans Licht kamen. Oder dass sich Mel verplapperte, weil sie wieder einmal ihre Brille nicht finden konnte.

Ich hoffte, alles war genau so, wie Ronald es sich für unsere Party gewünscht hatte. Alles stand bereit für eine orgiastische Swingerparty unter dem Weihnachtsbaum, inmitten von Kerzenschein, zwischen Lebkuchen und Punsch – in Plätzchenduft erfüllter weihnachtlicher Atmosphäre. Und tatsächlich – ich roch Zimt und Koriander. Eine warme Feuchte tropfte aus meinem Schoß in meinen Slip, bei der Vorstellung an den zartbitter-herben Geschmack von Samenflüssigkeit in meinem Mund und die schwere Süße von Mösensaft. Mein mit unzähligen Besuchen im Fitnessstudio in Form gebrachter Körper zappelte nervös wie eines von Santa Claus' Hochleistungsrentieren vor dem alles entscheidenden Start. Ich prüfte mich noch einmal im Spiegel. Ja, in dem schwarzen Minikleid machte ich eine ganz annehmbare Figur. Vielleicht sogar mehr als das. Auf das Gesicht der Männer war ich jedenfalls gespannt!

Im Geiste ging ich noch einmal alles durch. Titou verbrachte mit meinen Eltern einen Skiurlaub bei unseren Verwandten in Aspen. Auf dem Küchentisch stapelten sich die Leckereien, mit denen wir unsere Gäste verwöhnen wollten. Frank Sinatra und Bing Crosby trällerten bestens gelaunt ein Weihnachtsduett – die Lieblings-CD meines Mannes. Und er hatte mir versprochen, George Michaels »Last Christmas« zu spielen – einen Song, der für manche von uns eine besondere Bedeutung hatte. Und für mich eine ganz spezielle.

Es klingelte an der Tür. Ich warf einen letzten prüfenden Blick auf meine geschminkten Lippen. Es gab nur eine Regel, gegen die heute nicht verstoßen werden durfte: Dass alles erlaubt und nichts Pflicht war, sowie ein Nein ein Nein zu bleiben hatte, war ohnehin klar. Dass die Männer Santa Claus Mützen tragen und die Frauen sexy aussehen mussten, war allerdings unumstößlich.

Ich rauschte aus dem Bad, um unseren ersten Gast zu begrüßen, da stieß ich mit Steven auch schon zusammen.

»Frohe Weihnachten, Denise.« Er gab mir einen freundschaftlichen Kuss auf die Wange – ganz wie es sich für den besten Freund eines Mannes gehörte, dessen Ehefrau er gerade küsste. Ron hatte ihn schon mit der roten Mütze versorgt. Er raubte mir den Atem. Er sah besser denn je aus. Ich biss mir auf die Unterlippe. Wochenlang hatten wir uns nicht gesehen. Wie sehr er mir gefehlt hatte, dämmerte mir erst in diesem Augenblick. Und die eine Sache, über die wir nie gesprochen hatten, brannte mir unter den Nägeln. Tausend Mal hatte ich ihm davon erzählen wollen. Nie hatte es geklappt. Im neuen Jahr, Denise, im neuen Jahr ...

»... wird alles anders«, flüsterte ich. Versprochen!

Mein Mann reichte ihm zwinkernd ein Glas Punsch. Gut gelaunt prosteten sie sich zu.

»Wegen meiner Cousine, Steven«, erinnerte ich ihn, »du musst lieb zu ihr sein. Sie hat sich gerade erst von ihrem Mann Francois getrennt und ist deswegen völlig fertig. Weil auch Weihnachten ist und so ...«

Er nickte verständnisvoll. »Du kannst dich auf mich verlassen, Liebling.«

Es klingelte erneut. Mel mit ihren großen Eulenaugen und Schwabbelbauch-Herbie betraten mit viel Getöse den Flur. Einige Schneeflocken tanzten zur Tür herein. Sie glitzerten in Mels Haar.

»Steven, ich ...«, setzte ich an, doch er hörte nicht zu. Er schlenderte ins Wohnzimmer und goss sich noch etwas Punsch an unserer Bar ein. Ich merkte, dass ich schluckte. Warum hatte dieser Mann noch immer diese Wirkung auf mich? Ron begrüßte die Neuankömmlinge. Herbie drückte mir einen ekligen Schmatz auf und lachte schallend. »Ho, ho, ho!«

Mel stieß ihm den Ellenbogen in die Seite.

»Oh, ich komme gerade rechtzeitig, wie ich sehe.« In meinem Windschatten tauchte meine Cousine auf. Sie trug einen kurzen weißen Rock und eine provokante rote Bluse. Ihr französischer Akzent sorgte für helle Begeisterung.

»Frohe Weihnachten!« Sie strahlte in die heitere Runde. Dass sie vorhin geheult hatte, sah man ihr fast nicht an. Ich schon.

»Hast du dich ausschlafen können? Gott, habe ich dich vermisst«, flüsterte ich auf Französisch und küsste sie auf den Mund. »Schön, dass du da bist.«

»Hatte ich denn etwas Besseres zu tun?« Sie zuckte mit den Schultern. »Vielleicht lerne ich ja wirklich jemanden kennen. Man weiß ja nie.« Vielsagend zog sie die Augenbrauen hoch. »Ist das mit Troy echt über fünfzehn Jahre her?«

Verstohlen grinsten wir uns an. Manchmal kam auch mir unsere gemeinsame Zeit wie gestern vor.

»Enchanté«, versuchte sich Herbie auf Französisch. Mel stieß ihm ihren Ellenbogen ein zweites Mal in die Seite – diesmal kräftiger. Wir folgten ihnen ins Wohnzimmer.

Steven begrüßte meine Cousine mit seinem charmantesten Lächeln. Sie gefiel ihm. Natürlich gefiel sie ihm. Sie hätte der Prototyp seines Beuteschemas sein können.

Mel bot sich an, mir in der Küche zu helfen. Das Angebot nahm ich an. Vom Fenster aus sah ich meinen Mann, wie er auf die Straße lief, um die dunkelhaarige, sexy Frau zu begrüßen, die soeben aus ihrem Ford stieg. Er küsste sie, als gäbe es keinen Morgen, drückte sie gegen das Auto und schob ihren schwarzen Rock hoch. Selbst von hier konnte ich den Spitzenbund ihrer Halterlosen erkennen. Aus dem Gleichgewicht gebracht, hob sie ein Bein an und rieb es an seinem Oberschenkel. Seine Hand drang in ihre Bluse und knetete eine ihrer Brüste.

»Ja! Warum treibt ihr es eigentlich nicht gleich da draußen?«, schmunzelte ich. »Das würde den verknöcherten Nachbarn sicher gefallen.«

»Was ist?«, fragte Mel. Emsig langte sie nach mehreren Porzellanschüsseln in der Vitrine.

»Ach nichts.« Ich lachte. »Ich glaube nur, dass die Nachbarn gleich die Cops rufen werden.«

Mel warf sich die Haare aus dem Gesicht. »Steven ist selbst Polizist. Da passiert schon nichts.«

Ich grinste.

»Haben du und Ron nun eigentlich alles restlos klären können?« Mel füllte eine der Schüsseln mit Keksen. Ich lugte an ihr vorbei ins Wohnzimmer. Schwabbelbauch-Herbie studierte akribisch die Anleitung für eines der Spiele, die wir am Couchtisch vorbereitet hatten. Meine Cousine saß auf Stevens Schoß und ließ sich lachend mit Lebkuchen füttern. Ich seufzte glücklich. Sie schien fröhlich zu sein.

»Ja, beinahe. Wir trösten uns gegenseitig für die Wunden, die wir uns zugefügt haben.«

»Das ist schön«, meinte Mel. »Ich glaube, so ist es auch bei mir und Herbie. Mittlerweile«, sie lächelte, »finde ich schon mehr Gefallen an unseren SM-Spielen als er. Mein Herbie scheint ruhiger zu werden.«

Sie sah von der Keksdose hoch. »Ich habe mich nie richtig bei dir bedankt, Denise, dabei verdanke ich dir so viel. Ohne dich hätte ich es nicht geschafft ... Wir hätten es nicht geschafft.«

Wir umarmten uns. »Dafür sind Freunde da, Melly.«

»Und natürlich habe ich mein Weihnachtsgeschenk für dich zu Hause vergessen«, murmelte sie den Tränen nahe.

»Dass du da bist, ist Geschenk genug, Melly. Echt! Und jetzt komm. Wir wollen die anderen nicht warten lassen.«

Mit unseren Leckereien bewaffnet, traten wir ins Wohnzimmer. Steven sah mich über die Schulter an. Seine Hand strich zärtlich über den Nacken meiner Cousine. Sie hielt genussvoll die Augen geschlossen.

»Sind wir eigentlich schon komplett?«

»Fast«, antwortete ich und musste darüber nachdenken,

wie schwierig es letztendlich gewesen war, eine Party für acht Personen zu organisieren. Ohne ein viertes Pärchen wäre unsere Weihnachtsfete einfach nicht dieselbe gewesen.

Für Brent und Lauren hoffte ich, dass sie trotz des Trauerfalls in der Familie ihr Weihnachtsfest genießen konnten. Und ich freute mich für Jacky und ihren Mann über ihre Schwangerschaft. Dass Steven nun doch mitfeierte, obwohl ich bis zuletzt darum gekämpft hatte, sein Kommen zu verhindern, grenzte fast an Schicksal. Diesmal hätte ich Jacky recht gegeben.

Schicksal war es dann wahrscheinlich auch, dass Ellen aufkreuzte. Denn mit ihr hatte ich ursprünglich nicht gerechnet.

Natürlich war Ron nach wie vor scharf auf sie. Dass sie während unserer Trennung eine kurze, aber heftige Affäre gehabt hatten, obwohl er mir versprochen hatte, sie nie wieder zu sehen, hatte ich ihm schon vor Jahren verziehen. Auch, dass er sie dann und wann später noch traf. Wie er sie allerdings hatte überreden können, zu unserer Party zu kommen, war mir schleierhaft.

Offenbar reizte sie die Aussicht, meinen Mann zu vögeln genug, meine Anwesenheit in Kauf zu nehmen. Ich mochte Ellen noch immer nicht, allein dafür, dass sie mir zu verstehen gegeben hatte, mir im Handumdrehen den Mann wegnehmen zu können, und es nur von ihrer Gnade abhing, dass er mich nicht verließ. Sie hatte ja keine Ahnung. Vor fünf Jahren hätte ich ihr Ron mit Freuden geschenkt.

Die Tür zum Flur fiel satt ins Schloss, und gefolgt von Ron trat Ellen ins Wohnzimmer – atemberaubend wie immer. Ich weiß nicht warum, aber ich beobachtete Steven aus den Augenwinkeln und versuchte seine Reaktion abzulesen.

»Du hast doch nicht etwa wieder eine Peitsche dabei, oder, Denise?«, neckte sie mich. Alle lachten. Ihr Lachen klang mir jedoch nicht echt genug. Ich wusste, dass sie mir das von damals immer noch übel nahm. Trotzdem reichte sie mir die Hand und küsste mich auf beide Wangen.

Nacheinander machte sie sich mit allen bekannt. Steven lächelte charmant, stellte sich höflich vor, schien ihr aber keine weitere Beachtung zu schenken. Ich hatte gewusst, dass die Frau in seinem Haus am See nicht Ellen gewesen war, aber ich hätte zumindest angenommen, dass er sie mit seinen Blicken auszog. So wie mein Mann, der ihr unverwandt auf den wohlgeformten Po starrte. Am liebsten hätte ich ihn ihr gleich wieder mit der neunschwänzigen Katze vertrimmt.

Wie geplant, war sie allein gekommen, daher fehlte der geraden Anzahl wegen nur noch eine Person. Ein junger Mann, der bewusst oder unbewusst auf Frauen stand, die einige Jährchen älter als er selbst waren. Vielleicht war Ellen ja genau sein Typ. Obwohl, er hatte etwas Besseres als sie verdient.

Draußen krachte eine Fehlzündung. Ein vierundsiebziger VW-Käfer. Tiger!

»Jetzt sind wir komplett!« Ich strahlte und eilte mit einer dieser roten Mützen aus dem Wohnzimmer. Ich empfing Marc beim Gartentor.

»Tiger!«

Statt einer Begrüßung hauchte ich ihm einen Kuss auf die Lippen und zog ihn hinter mir her ins Haus. Ich ließ ihm keine Zeit, sich in Ruhe die Schuhe auszuziehen. Dafür war ich viel zu aufgeregt. Im Wohnzimmer angekommen, starrten er und mein Mann sich argwöhnisch an. Argwöhnisch war gar kein Ausdruck. Sie starrten sich an wie zwei Großkatzen, die gleich in ein tödliches Duell um ihr Weibchen verstrickt sein würden. Jetzt endlich lernte Ron meinen Marc kennen, den Mann, von dem ich den Mut wiedererlangt hatte, wieder mit dem Schreiben anzufangen. Und er sah fantastisch aus. Keinen Tag älter als dreißig. Jung – aber nicht zu jung.

Ich küsste ihn wie meinen aktuellen Lover und bot dabei hoffentlich eine ähnlich heiße Show wie Ellen vorhin auf der Straße. »Willkommen bei unserer Party, Tiger.«

»Hi, ich bin Ron«, begrüßte mein Mann ihn und reichte ihm die Hand. »Du musst Marc sein.« Er stellte ihm die Anwesenden der Reihe nach vor.

Ich warf einen kurzen Blick auf Steven. Glomm da ein Funken Eifersucht in seinen Augen?

»Hallo zusammen.« Marc grinste in die Runde, in der einen Hand mich, mit der anderen einen kurzen kollektiven Wink andeutend. Die Quaste seiner Santa Claus Mütze baumelte wie ein Stehaufmännchen von einer Schulter zur anderen.

Ron zwinkerte mir zu. Und da war dieser »Darüber reden wir noch, Schatz«-Ausdruck in seinen Augen.

»Da wir jetzt alle vollzählig sind, ein paar Worte zum weiteren Programmablauf.« Mein Mann sah zufrieden von einem zum anderen. Am Couchtisch brannten die Kerzen des Adventskranzes. Auf dem Monitor unseres Breitwandbildschirms flackerte ein wohliges Kaminfeuer. Zusammen mit dem Punsch wurde die Schüssel mit den Keksen herumgereicht. Halb leer. Ich würde umgehend für Nachschub sorgen müssen.

»Wir starten mit einer gemütlichen Partie ›Strip-Poker‹. Danach ›Wahrheit oder Pflicht‹, und wenn wir dann noch nicht übereinander hergefallen sind, gibt es noch das hier …« Er knallte einen Würfelbecher mit Sex-Würfeln auf den Couchtisch. Sie schlitterten über die Glasplatte. Die goldenen Symbole zeigten eine Frau, die von hinten im Badezimmer genommen wurde.

Ron drückte die Fernsteuerung des DVD-Players. Über den Bildschirm unseres Zweitfernsehers flimmerte ein Porno von Andrew Blake.

Ich fühlte eine Hand, die sich von hinten unter mein Minikleid schob und sich die Innenschenkel nach oben tastete. Zuerst drangen ein, dann zwei Finger in meine klatschnasse Spalte. Marc.

»Tiger«, presste ich leise hervor.

»Wieder mal keinen Slip an«, hauchte er mir ins Ohr. »Böses Mädchen ...«

***

»Ich bin raus«, gab Ellen zerknirscht auf und warf die Karten auf den Tisch. Sie trug nichts mehr am Körper bis auf ihre Halterlosen. Die pechschwarzen Härchen ihrer Möse waren wie immer perfekt getrimmt. Anders bei Mel. Herbie mochte es etwas buschiger. Im Moment interessierte er sich jedoch mehr für die Sex-Würfel.

Den Männern in der Runde war es nicht besser ergangen als Ellen. Ron splitternackt, trug lediglich noch die doofe Santa Claus Mütze auf dem Kopf. Ich hatte ihn im Verdacht, dass er absichtlich verlor, um sich schnell mit Ellen verdrücken zu können.

Die Einzigen, die noch fast alle Kleider anhatten, waren ich, Steven und meine Cousine. Aber die beiden spielten ja auch im Team, sprachen sich verbotenerweise ab und drängten den anderen, nicht mitzugehen, wenn sie ein gutes Blatt in der Hand hielten. Steven war ein Schatz. Er gab ihr wieder das Gefühl etwas Besonderes zu sein. Ich musste mich zwingen, den Blick von ihm loszueisen.

Marc trug nur noch seine Boxer Shorts. Er sah frustriert zu mir auf. Ich kannte diesen Ausdruck in seinen Augen, wenn er sich wie ein Verlierer vorkam. Aber er war ein selbstironischer Verlierer und dafür mochte ich ihn.

Ich stand auf und schälte mich aus meinem Minikleid. »Hier!« Ich warf ihm das kleine Schwarze zu. »Dann hast du noch einen zusätzlichen Wetteinsatz.«

Mein Mann küsste Ellen. Sinnlich ließen sie ihre Zungen miteinander spielen. Ich gönnte es ihnen. Ich konnte ohnehin jeden Tag mit meinem Mann schlafen. Marc signalisierte ich mit den Augen, mir zu folgen, wenn er des Pokerspiels überdrüssig geworden war. Ich hatte keinen Bock auf »Wahrheit oder Pflicht«. Mein Leben enthielt genug Wahrheiten für alle in diesem Raum und drei zusätzliche Leben. Splitternackt zog ich mich in unser Gästezimmer zurück. Das ließ sich mein Tiger nicht zweimal sagen.

Ich schaltete die beiden Lavalampen ein und rötlich glitzerndes Licht erfüllte den Raum. Mit weit gespreizten Beinen empfing ich ihn auf der kuschligen Couch. Gewährte ihm tiefe Einblicke in mein Paradies, wo er immer, wenn ich ihn brauchte und noch viel öfter, zu Gast gewesen war und von den verbotenen Früchten hatte naschen dürfen.

Er schloss lautlos die Tür hinter sich. Seine Boxer-Shorts lagen ihm zu Füßen. Schwer atmend blieb er im Türrahmen stehen. Betrachtete mich. Seine lustverschleierten Augen musterten jeden Quadratzoll meiner Haut. Wippend schoss sein Schwanz in die Höhe.

»Du bist ein Traum«, murmelte er. Also hatte sich das wochenlange Training im Fitnessclub ausgezahlt. Ob es Steven auch aufgefallen war? Oder meinem Mann? Zufrieden mit mir, bog ich das Becken durch. Meine Hände verschränkte ich weit hinter dem Kopf. Meine vollen Brüste hoben und senkten sich in freudiger Erregung. Mit Marc zu schlafen, war wie sonntags im Sonnenschein Rad zu fahren. Sicher, man konnte an einem Sonntag auch mit dem Auto durch die Landschaft Oregons rasen, doch dann entging einem die eine oder andere Wiesenblume.

Ich hielt die Augen geschlossen. Am Knarren der Fußbodenbretter hörte ich, dass er sich langsam näherte. Seine Finger berührten mich liebevoll am Bauch. Sofort schmolz ich unter seinen Liebkosungen dahin.

Zärtlich küsste er mich auf die Lippen. Ich öffnete den Mund. Seine Zunge verstand die Einladung und schlängelte sich sanft hinein. Für mich gab es nun kein Halten mehr. Ich zog ihn an seinem Kopf näher an mich heran und ließ mich zurücksinken. Drückte sein Gesicht gegen meine Brüste und rieb die harten Knospen an seinen Lippen. Abwechselnd nahm er mal die eine, dann die andere Brustwarze in den Mund und saugte an ihnen. Ich stöhnte laut. Seine Finger massierten zärtlich die äußeren Schamlippen. Aber er drang nicht in mich ein. Das war mehr an Folter, als ich ertragen konnte. Ich griff nach seinem Steifen und ließ meine geschlossene Faust vor- und zurückgleiten. Marc richtete sich auf und warf röhrend den Kopf in den Nacken. Ich drehte mich am Sofa um und beugte mich zu seinem Schwanz vor, um ihn oral in Stimmung zu versetzen. Doch das war gar nicht notwendig. Mein Tiger war schon in Stimmung genug.

»Fick mich«, flüsterte ich. Ich lehnte mich zurück und spreizte die Beine soweit ich konnte, den Herrgott lobend, dass ich als Mädchen Ballett gemacht hatte. Er tauchte mit seinem Mund zu dem kleinen blonden Busch in der Mitte und küsste fordernd meine Spalte. Gier funkelte in seinen Augen. Er packte mich an den Hüften und führte seinen knüppelharten Penis halb kniend, halb auf dem Sofa sitzend, in mich ein.

Ich vermutete, dass er schon seit Ewigkeiten keine Frau mehr im Bett gehabt hatte. Doch er beherrschte sich so meisterhaft, dass auch ich voll auf meine Kosten kommen sollte. Bis zum Ansatz drang er in mich ein. Sein Schambein presste gegen meinen Kitzler und sandte Wellen der Ekstase durch meinen Unterkörper. Meine Zehen rollten sich ein. »Bitte mach weiter«, flehte ich und betete, dass er nicht zu früh kam. Aber er ließ mich nicht im Stich. »Gleich, gleich – oh ja, Tiger, komm!«

Es war ein langsam beginnender Orgasmus, der sich zu einem Erdbeben steigerte. Mit einem erstickten Schrei explodierte er in mir und verströmte das Beste, was sein Körper zu bieten hatte. Erschöpft sank er auf mir zusammen.

»Das ist echter Girlfriendsex«, flüsterte er nach einer Weile. Er kämpfte immer noch mit seinem Atem. »Wäre ich nicht so ein Chaot, wärst du nicht so verheiratet ...«

»Schtt«, machte ich und küsste ihn innig. »Wenn du mich brauchst, bin ich immer für dich da. Für immer. Du bist mein Tiger.«

Ich legte meine Arme um seinen Nacken und genoss die Schwere seines Körpers auf mir, den Duft seiner Haut, seinen warmen Atem auf meiner Wange.

»Du hast deinem Mann nie von uns erzählt, oder?«

Ich sah ihm in die Augen.

»Weil er mich vorhin so angesehen hat, meine ich.«

»Ich habe ihm von dir erzählt«, flüsterte ich nickend und seufzte leise. »Ich habe ihm erzählt, dass es einen alten Freund gibt. Dich. Einen Freund, für den ich immer da sein werde, wenn er mich braucht – solange ich lebe.«

»Gott, ich liebe dich«, stöhnte er.

Ich lächelte. Liebe war gefährlich. Für ihn. Aber er war clever genug, die Grenzen unserer Beziehung zu erkennen und sie nicht zu überschreiten. Deswegen war es auch so schön mit ihm. Er forderte nichts, was ich ihm nicht ohnehin freiwillig geben wollte. Er diskutierte nicht herum. Versuchte nicht auf Teufel komm raus, seinen Standpunkt durchzusetzen. Wir lebten nicht miteinander, wir fühlten nur. Liebten uns in den wenigen Momenten, in denen wir zusammen waren. Und wussten beide, dass das, was wir hatten, nicht alltagstauglich war. Wir waren füreinander die perfekten Partner für gewisse

Stunden. Und nur in diesen gewissen Stunden.

»Du warst für mich da, als es mir schlecht ging«, hörte ich mich plötzlich sagen. »... und niemand sonst für mich da war, fügte ich in Gedanken hinzu. Mein Mann nicht. Steven nicht. Steven ...

Er grinste verstohlen. »Mich hat damals fast der Schlag getroffen, als du mir in Chicago deine Telefonnummer gegeben hast.«

»So bin ich eben.« Ich fuhr mit dem Zeigefinger seine schönen Lippen entlang. »Ich sage es, wenn mir etwas gefällt ... oder jemand.«

Dabei hättest du jeden auf diesem Flug haben können.« Stürmisch küsste er mich, drang heftig in mich ein und kam schon nach wenigen Stößen. Ich spürte, wie sein Sperma pulsierend in meine Vagina gepumpt wurde.

»Oh ja«, hauchte ich. Das war fast so erfüllend, wie selbst zu kommen.

»Sorry«, entschuldigte er sich atemlos. Dabei hieß es immer, beim zweiten Mal könnten sich Männer besser beherrschen. Nun, Ausnahmen bestätigten die Regel.

Ich lächelte. »Ich hatte vorhin einen intensiven Orgasmus. Es war schön. Außerdem«, ich zwinkerte, »muss ich mir für die anderen auch noch etwas aufheben.«

»Du bist unglaublich.« Er grinste. Er stützte sich auf seinen Ellenbogen und betrachtete mich. »Manchmal mache ich mir Sorgen um dich«, meinte er ernst. »Manchmal sehe ich eine Traurigkeit in deinen Augen. Nicht lange, nur kurz. Dann ist sie wieder verschwunden und du lachst. So war es schon damals, als wir am Fluss entlanggingen.«

Ich antwortete nicht darauf. Wollte nicht antworten. »Es ist dir damals schon aufgefallen?«, brachte ich gerührt hervor.

»Ja«, er presste die Lippen aufeinander. »Du sagst mir doch, wenn etwas nicht in Ordnung ist, oder? Auch ich möchte immer für dich da sein.«

Ich lächelte glücklich. »Es ist wieder alles in Ordnung.« Fast alles, ergänzte ich für mich. »Aber gut zu wissen, dass ich jetzt noch einen Beschützer habe.«

»Wer ist der andere?«

»Titouan«, kam es mir locker über die Zunge.

Er erwiderte mein Lächeln, aber ich sah ihm an, dass er mit meiner Antwort nicht zufrieden war.

»Ich habe etwas verloren, Marc. Etwas, das mir wichtig war und noch viel wichtiger wurde, nachdem es unwiederbringlich aus meinem Leben verschwunden war.« Ich wollte endlich über mein Baby reden, das mir das Schicksal geraubt hatte. Oh, Steven.

»Es muss dir sehr viel bedeutet haben.«

»Es hat mir alles bedeutet. Ich habe ...«

Die Tür schlug krachend auf und lachend stolperte Mel mit Herbie ins Zimmer herein. Mit einem Flutschen steckte er seinen Halbsteifen wieder von hinten in Mels Möse. Sie trug den »Teletubby«-Hut.

»Die Würfel haben gesprochen, Schatz: von ›hinten‹ im ›Gästezimmer‹.«

Ich lachte. »Wir wollten sowieso gerade gehen, stimmt's, Tiger? Hört mal, ihr macht doch keine Sauerei hier? Nichts, was man chemisch entfernen lassen müsste?«

»Nix da«, lallte Mel beschwipst.

»Okay«, meinte ich gedehnt. »Komm, Tiger.«

Herbie drängte Mel vor sich her, bis sie mit Armen und Kopf gegen das Sofa stieß. Der Dildo auf ihrem Kopf protestierte quietschend. Sofort rammelte Herbie sie kräftig durch. Marc beobachtete grinsend ihr Treiben und folgte mir in den Flur.

»Hattest du auch mal was mit diesem Herbie?«

»Gott im Himmel, nein«, rief ich entrüstet. »Ich bin doch gar nicht sein Typ.«

Marc lachte. »*Du* sein Typ? Die Frage ist doch wohl eher, ist *er* dein Typ.«

Wir betraten das Wohnzimmer. Steven saß neben meiner Cousine auf der Couch. Sie kämpfte mit den Tränen und erzählte ihm von Francois. Es sah nicht so aus, als wären sie über das Knutschen hinausgekommen. Steven nickte zu jedem ihrer Worte.

»Aber das ist sicher dein Typ«, flüsterte mir Marc ans Ohr.

Ich hatte keine Ahnung, dass Steven ein so guter Zuhörer war. Ich war eifersüchtig. Ich war eifersüchtig darauf, dass sie nicht miteinander schliefen, sondern nur miteinander redeten. Wieso hatte der Mistkerl mir nie zugehört?

»Oh ja, das ist er«, hauchte ich. Ich war verrückt nach diesem Mann. Wenn doch nur diese eine Sache in meinem Leben anders verlaufen wäre. Nur diese eine Sache. Ich hätte mein Leben geändert und wäre sonntags brav in die Kirche gegangen.

Ich sah mich um. Mein Mann und Ellen waren nirgends zu entdecken.

»Tiger, bist du mir böse, wenn ich dich kurz allein lasse?«

»Mach nur. Ich brauche ohnehin eine Pause.« Splitternackt setzte er sich Steven und meiner heulenden Cousine gegenüber. Bei den beiden wusste ich sie in guten Händen.

Ich verließ das Wohnzimmer in Richtung Schlafzimmer. Ohne anzuklopfen, trat ich ein. Ron und Ellen lagen erschöpft auf meiner schönen violetten Bettwäsche und genossen das Abschwellen des Gefühlsturms. Dem Schweiß nach zu urteilen, hatte mein Mann es ihr mindestens dreimal besorgt. Ich kannte ihn in- und auswendig.

Ellen hielt die Augen geschlossen und kuschelte sich an

die Schulter meines Mannes. Sie war genauso verrückt nach ihm, wie er nach ihr. Und trotzdem war er mein Mann und würde es immer bleiben.

Lautlos schlüpfte ich zu beiden auf das Bett. Ellen linste unter den geschlossenen Augenlidern hervor und grinste triumphierend. Demonstrativ streichelte sie Ron über die behaarte Brust und hauchte ihm zärtlich einen Kuss auf den Mund. Auf meinen Knien wachte ich über ihnen. Mein Schatten fiel auf Ronnies Gesicht. Er öffnete die Augen und lächelte mich zufrieden an.

Ich beugte mich zu Ellen hinunter und küsste sie auf den Mund. Erstaunt ließ sie es geschehen und erwiderte zaghaft meinen Kuss. Meine Hände strichen über ihren gesamten Körper. Sie war wundervoll. Ihre Haut schimmerte matt vom Schweiß. Sie roch so sinnlich, dass vor meinem inneren Auge alle Stellungen vorbeihuschten, in denen sie und mein Mann es getrieben hatten. Und ich freute mich für ihn, dass er in ihr eine so attraktive Gespielin gefunden hatte.

»Ich möchte mich bei dir entschuldigen«, hauchte ich. »Ich möchte es wieder gutmachen, dass ich dich damals geschlagen habe.«

Sie grinste überheblich. »Du könntest dich von deinem Mann scheiden lassen und ihn endlich freigeben. Damit er ungebunden ist – für mich!«

Ron gluckste und auch ich konnte mir ein Lächeln nicht verkneifen. Uns verband mehr als sie je verstehen würde. Und selbst wenn wir auseinander oder gar geschieden gewesen wären, hätte uns unser gemeinsamer Sohn miteinander verbunden. Bis über den Tod hinaus.

»Was ist?«, fauchte Ellen in Richtung meines Mannes. »Du hast gesagt, du liebst mich.«

»Und das tut er auch«, kam ich Ron zuvor. Ich küsste ihre

Möse, um mich dann dem Penis meines Mannes zu widmen. Es war harte Arbeit, aber ich schaffte es, ihn wieder soweit aufzurichten, dass er für einen nächsten Ritt bereit war.

Ich schenkte ihm einen Kuss.

»Ich möchte, dass du sie vögelst. Möchte dich hören, wenn du in ihr abspritzt.«

Ich leckte noch einmal über ihre erregte Möse. »Tu es für mich, Liebling.«

Ronald enttäuschte mich nicht. In der Missionarsstellung drang er in sie ein und vögelte sie so lange, bis sich Schweißperlen auf ihrer Stirn sammelten. Ich fingerte meine Spalte, die schon wieder zum Explodieren nass war. Da waren sie wieder, die wunderschönen Körper, harmonisch verbunden, wie es die Natur seit jeher vorgesehen hatte. Ästhetik, wie sie im ganzen Universum gültig war. Fleischgewordene Poesie, perfekt wie eine mathematische Gleichung. Sie und Ron waren das schönste Paar, das sich jemals geschlechtlich vereinigt hatte. Und es erfüllte mich mit Stolz, meinem Mann dabei zusehen zu dürfen.

Ich küsste Ellen erneut auf die Lippen. »Gib dich ihm voll und ganz hin. Erfüll mir diesen Wunsch.«

Ihr Stöhnen steigerte sich um eine Nuance. Fordernd drängte sie ihr Becken immer härter gegen das meines Mannes.

»Gib alles«, flüsterte ich Ron ins Ohr. »Fick sie. Benutze sie. Spritz in ihr ab.«

Immer schneller fuhr ich mit den Fingern in meine Spalte. Ich wollte mit ihnen gemeinsam kommen. Da packte jemand mein Gesäß. Von hinten. Hob es hoch und drang unaufhaltsam in mich ein. Tiger? Nein, besser! Steven. Überglücklich schmiegte ich den Kopf an seine Brust und ließ mich von seinen Stößen in den Wahnsinn treiben. Und wie ich es mir gewünscht hatte, kamen Ellen, Ron und ich gemeinsam. Die beiden sanken erschöpft in die violetten Kissen. Ich hob den Blick, ekstatisch zuckend, zu Steven empor. Ich wollte mit ihm allein sein. Fühlen, wenn er in mir kam. Wenn ein Teil von dem, was unwiederbringlich verloren war, sich erneut in mir verströmte, jede Pore meiner Vagina ausfüllte und tief in mich hineindrang, um das Wunder Gottes zu schauen.

»Bitte trag mich fort und schlaf mit mir. Liebe mich!«

Wortlos hob er mich hoch. Meine Schenkel klammerten sich um seine Hüften. Ich barg meinen Kopf an seiner Brust. Und er trug mich hinaus. Irgendwohin, wo wir allein und ungestört waren und er mich lieben konnte.

***

»Liebe mich!« Ich kam. Gleichzeitig mit Steven. Er verströmte sich in mir und alle Dämme brachen. Es überwältigte mich so, dass mir die Tränen in die Augen traten. Meine Beine versagten mir den Dienst. Schlaff lag ich unter ihm, krallte mich an ihn, schluchzte. Wollte ihn nie mehr gehen lassen.

»Ruhig, ruhig, mein Engel«, hauchte er mir ins Ohr.

»Liebe mich.« Meine Stimme zitterte. Tränenerstickt. »Bitte.«

»Ich bin bei dir«, flüsterte er zärtlich.

Die Wimperntusche verwischte und rann mir die Wangen herunter. »Verdammt, ich sehe scheiße aus.«

»Nein.« Er lächelte. »Du bist wunderschön.«

»Danke.« Ich kuschelte mich an seine muskulöse Brust, hielt mich an seinen kräftigen Schultern fest.

»Ich muss dir etwas sagen, Steven. Seit sechs Jahren trage ich es mit mir herum.«

Erst jetzt registrierte ich, wo wir waren. In Titouans Zimmer. Oben auf dem Schrank lagen die Einzelteile des Babybetts, das wir seit zehn Jahren nicht mehr benutzt hatten. Ich fing an zu heulen und konnte die Tränen nicht mehr zurückhalten.

Steven redete auf mich ein. Versuchte, mich zu beruhigen,

doch die Tränen quollen in einem unversiegbaren Strom aus meinen Augen. Bis ich schluchzend in seinen Armen einschlief. Mit ihm vereint im Bett meines Sohnes.

***

Ich erwachte. Es war dunkel und ich war allein. Das Bett neben mir kalt. Ich stand auf und stolperte in Richtung Wohnzimmer. Blinzelte. Die Kerzen des Adventskranzes waren niedergebrannt. Die ›Strip-Poker‹-Karten hatten sich quer über den Fußboden verteilt. Der Porno am Zweitbildschirm hatte sich in einer Endlosschleife erneut gestartet.

»Im Ernst?« Meine Cousine lachte hell und knuffte Marc gegen die Schulter. Ihr französischer Akzent verlieh dem Moment etwas Magisches. »Du bist mir vielleicht einer!« Selten hatte ich sie so glücklich erlebt. Ich schielte verschlafen in die Runde. Mein Mann und Steven waren nirgends zu sehen. Ebenso wenig Mel und Herbie. Ellen saß am Küchentisch und nippte an einer Tasse Pfefferminztee. Ich gesellte mich zu ihr.

»Hey, wie spät ist es?«

Sie blickte auf die Uhr. »Halb zwei vorbei.«

»Kann ich auch einen haben?« Ich nickte in Richtung Teetasse.

Sie reichte mir gleich ihre. »Ist dein Haus. Dein Mann. Bedien dich.«

Dankbar setzte ich mich nackt zu ihr an den Tisch und trank einen Schluck.

»Ich habe das nie mit euch verstanden«, eröffnete Ellen. »Was euch aneinander hält. Wie ihr mit euren wechselnden Sexualpartnern umgeht.« Sie rang die Arme. »Ich verstehe die Welt nicht mehr.«

Ich zuckte kraftlos mit den Schultern. »Ich verstehe die Welt auch nicht.«

Sie sah mir in die Augen. »Als ihr diese Krise vor fünf Jahren hattet, dachte ich echt, Ron und ich hätten eine Chance. Er hat sogar schon bei mir gewohnt. Mindestens zwei Jahre ging das so.« Sie schüttelte den Kopf. »Und dann ist er zu dir zurück.«

»Ich weiß«, seufzte ich. »Manchmal verdiene ich mein Leben nicht.«

»Jetzt sei mal nicht so überheblich«, fauchte sie. »Du hast alles bekommen. Das Haus, den Mann, das Leben. Ich dagegen ...«

»Du hast sicher zehn Verehrer an jedem Finger«, schnitt ich ihr das Wort ab. »Bei deiner Figur und Ausstrahlung.« Sie war sexy.

»Ja, aber der Mann, den ich liebe, ist nicht darunter.«

Ich setzte die Tasse ab.

»Was willst du, Ellen?«

»Ich will Ronald für mich allein. Lass dich scheiden!«

»Das ist verrückt«, zischte ich.

Sie funkelte mich wütend an.

»Glaub mir«, versuchte ich sie zu überzeugen. »Bei dir kann er nicht so sein, wie er sein möchte.«

»Er war bei mir diese Nacht viermal so, wie er sein möchte«, konterte sie.

Ich lächelte schwach. »Das vorhin? Und wenn er einmal Lust auf eine andere Frau hat? Machst du ihm dann die Hölle heiß?« Er hatte während unserer Ehe mit so vielen Frauen geschlafen, dass er ihre genaue Anzahl selbst nicht mehr wusste.

»Mit mir braucht er keine andere Frau mehr.«

Ich lachte auf. »Ellen, du musst noch viel lernen. Ich habe zehn Jahre gebraucht, um mit ihm klarzukommen. Wieso solltest du dasselbe in wenigen Monaten ... oder meinetwegen zwei Jahren schaffen?«

»Weil ich ihn liebe«, giftete sie. »Deshalb!«

»Du liebst ihn nicht. Du willst ihn besitzen – das ist etwas völlig anderes!«

»Ich liebe ihn!«, fletschte sie.

»Du kannst dir Ron ausleihen«, bot ich ihr an. »Wann immer du möchtest.«

»Um dann wieder eins mit deiner Peitsche verpasst zu bekommen? Ich kann auf dein großzügiges Angebot verzichten, Denise.«

Ich zuckte mit den Schultern und stand auf. »Dann eben nicht.«

Mein Mann und Steven kamen aus dem Gästezimmer. Breit grinsend. »Die schlafen wie zwei Babys«, gluckste Steven.

Ron nickte mir zwinkernd zu. »Wir haben die beiden zugedeckt. Von denen hören wir vor dem Aufstehen nichts mehr. Allerdings weiß ich nicht, wo deine Cousine heute Nacht schlafen soll.«

In Titouans Bett, sobald ich es frisch überzogen hatte. Ich lächelte matt und streifte mir mein Minikleid über, das Marc über eine Sessellehne gehängt hatte. Müde ließ ich mich neben meiner Cousine und Marc aufs Sofa sinken.

»Alles okay, Schatz?« Meine Cousine legte mir ihren Arm um die Schultern. Ich lehnte mich mit dem Kopf gegen ihre Stirn.

Der Song »Last Christmas« trompetete aus den Boxen der CD-Anlage. Mein Kopf ruckte hoch. Ich suchte Steven. Er verzog leidend den Mund und lachte schallend. Mel und Herbie hätten sofort verstanden. Sie waren am Wochenende vor Weihnachten letzten Jahres dabei gewesen, als wir Steven auf dem Strafbock verprügelt hatten.

Für mich hatte der Song jedoch noch eine andere Bedeutung. Er erinnerte mich an all das, was ich im Herbst vor sechs Jahren verloren hatte.

»Packen wir's?«, fragte Marc. Meine Cousine nickte.

»Denise, es war super.« Er küsste mich flüchtig. »Danke, dass ich dabei sein durfte.« Er beeilte sich, Ron zum Abschied die Hand zu schütteln.

»Bist ein lustiger Kerl, Marc. Schau ruhig mal wieder vorbei.« War das ein Lächeln auf dem Gesicht meines Mannes?

Meine Cousine grinste mich schelmisch an. Ich verstand sofort.

»Du begleitest meinen Tiger nach Hause?« Ich war erstaunt. »Ich dachte Steven würde ...«

»Denise.« Sie deutete ein Kopfschütteln an. »Steven liebt dich. Jede Frau spürt das. Außerdem«, schmunzelte sie, »finde ich Marc lustig. Er erinnert mich irgendwie an Troy damals. Wer weiß, vielleicht behalte ich ihn bis Neujahr. Aber zumindest bis morgen früh«, fügte sie bedeutungsvoll hinzu. »Ich ruf dich wegen morgen an.«

Wir küssten uns zum Abschied. Leidenschaftlich drang ihre Zunge in meinen Mund. Ich seufzte kehlig.

»Pass gut auf meinen Tiger auf«, trug ich ihr auf.

Wenn sie Marc nur halb so leidenschaftlich küsste wie mich eben, dann konnte sich der Gute ja auf etwas gefasst machen.

»Du solltest mit Steven sprechen«, flüsterte sie noch. »Du trägst den Schmerz schon zu lange mit dir herum. Gib ihm eine Chance, vielleicht überrascht er dich ja.«

Wir begleiteten sie zu unserer Einfahrt hinaus.

Marc winkte vom Steuer seiner auseinanderfallenden Rostschüssel. Breit grinsend. Ich freute mich für die beiden und wünschte ihnen von ganzem Herzen viel Glück – für heute Nacht, bis morgen oder wie lange es auch andauern mochte.

Kräftig atmete ich durch. Musste mich zwingen, die Tränen niederzukämpfen. Kurz entschlossen stellte ich mich vor Steven. Packte seine Hand.

»Ich muss mit dir reden. Jetzt gleich.«

Steven warf einen ratlosen Blick zu meinem Mann. Ron zuckte mit den Schultern.

Ich lotste Steven zurück in Titouans Kinderzimmer. Wie eine Tigerin trottete ich in dem kleinen Raum auf und ab.

Er ließ sich stirnrunzelnd auf Titous Bett sinken. »Was ist, Liebling?« Dieses Kosewort jagte mir angenehme Schauer über den Rücken.

»Erinnerst du dich an vor sechs Jahren?«

Er schmunzelte und hob die Augenbrauen. »Meinst du das im Kampfpanzer oder auf dem Schießplatz? Oder wie wir auf dem Polizeirevier versucht haben, die Schlüssel für die Handschellen zu bekommen und mein Kollege total perplex war, dass wir beide ans Lenkrad meines Wagens gefesselt waren? Du ohne Höschen, mein Lulli in ...«

»Steven!«, fuhr ich ihn an.

»Ja?«

»Ich rede nicht davon.« Ich errötete. »Na ja, vielleicht auch davon. Aber eigentlich von den Tagen danach. Von deiner Hütte am See, wo wir das Wochenende verbracht haben.«

Er nickte bedächtig. »Oh ja, das war traumhaft schön.«

Wir hatten uns endlos lange geliebt. Ich schluckte. Mehrere Tränen kämpften sich an die Oberfläche.

»Erinnerst du dich daran, dass ich mein Baby im fünften Monat verlor?«

Stevens Mundwinkel sanken hinab. In seinem Blick lag so viel Mitgefühl.

»Es war von dir. Du warst der Vater.«

Zwei einfache Sätze und wie schnell sie gesagt waren. Warum hatte ich sie früher nie sagen können?

Er schloss die Augen und seufzte. »Oh, Denise. Ich ...«

»Sag jetzt nicht, dass du das nicht hören willst!« Abwehrend hob ich die Hände und drückte ihn auf das Bett zurück. »Du wirst dir das jetzt anhören, du Scheißkerl! Ob du willst oder nicht.«

In seinen Augen glitzerte es verdächtig.

»Gott«, presste er hervor. Er barg sein Gesicht in seinen Händen.

»Ob du willst oder nicht«, sagte ich sanfter. »Ich muss mit dir darüber ...«

Seine Finger waren nass. Ich nahm sie in meine Hände und sah ihm in die Augen. Tränen hatten sich in den Augenwinkeln gesammelt. Nie zuvor hatte ich ihn weinen sehen.

»Ich kann mir nichts Schöneres vorstellen, als mit dir ein Kind zu haben«, brachte er hervor. Eine wohlige Wärme durchströmte meinen Körper. Ich setzte mich zu ihm auf das Bett meines Sohnes.

»Es wäre ein Junge geworden«, flüsterte ich und eine zentnerschwere Last fiel von meiner Brust. Die Stärke, die ich vor sechs Jahren verloren hatte, fand ihren Weg zu mir zurück. Meine Stimme schwankte, doch ich glaubte, das erste Mal wieder atmen zu können. »Ich hätte ihn Steven genannt – nach seinem Vater.«

Er lehnte seine Stirn gegen mich und seufzte tief.

»Ich wollte das Baby. Ich habe mir nichts sehnlicher gewünscht. Ich wollte ein Baby von dir. Schon vom ersten Tag an, als wir uns im Stadion begegneten.«

Steven lächelte. Er erinnerte sich.

»Was ist mit Ronald?«, verlangte er nach einer Weile zu wissen. »Weiß er es?«

Ich zuckte seufzend mit den Achseln. »Er hat immer geahnt, dass er nicht der Vater war, aber nicht, dass es dein Kind war. Ich konnte mit niemandem darüber sprechen, und als es dann hieß, du hättest Lauren geschwängert, da drehte ich durch.«

Deshalb hatte ich ihn unter einem Vorwand ins Haus gelockt und am Strafbock ausgepeitscht. Ich hatte das nicht für Lauren getan, sondern für mich ganz allein. Ich wollte, dass er genauso litt, wie ich gelitten hatte. Jetzt, wo ich das erkannte, fühlte ich mich schuldig.

Ich biss mir auf die Unterlippe. »Ich möchte, dass wir es Ronnie sagen. Wir beide zusammen.«

»Er wird mich umbringen.« Er schüttelte den Kopf. »Bester Kumpel hin oder her. Scheiß drauf, dass ich Cop bin. Er wird seine Knarre ziehen.«

»Jetzt übertreib mal nicht.« Ich schmunzelte – dankbar dafür, dass er mich zum Lachen brachte.

»Morgen möchte ich dir die Fotos zeigen. Die Ultraschallfotos deines Jungen, meine ich. Du hast ein Recht darauf. Und mir ist es wichtig.« Ich wollte mir die Schwarz-Weiß-Aufnahmen nie wieder allein am Dachboden ansehen müssen. Nie wieder!

Er nickte.

»Und ich werde wieder mit dir schlafen wollen«, gestand ich ihm. »Bald. Aber jetzt lass uns zu den anderen schauen, das Chaos aufräumen und dann zu Bett gehen.«

»Nachdem wir uns im Stadion getroffen hatten ...« Er hielt mich an der Hand zurück. »Es war das erste Mal, dass ich es bereute, nicht mehr aus meinem Leben gemacht zu haben. Ich war neidisch auf Ronald, neidisch auf meinen besten Freund, dass er die wunderbarste Frau auf der Welt haben konnte und ich nicht. Ich war auch neidisch auf sein Geld.«

»Ich bin nicht wegen des Geldes mit ihm verheiratet, sondern weil ich ihn liebe.«

»Ja«, nickte er. »Und deswegen liebe ich dich.«

»Ich liebe dich auch, Steven!«

Wir küssten uns. Lange und intensiv. Wie zwei Liebende, die sich fünf Jahre aus den Augen verloren und erst durch einen Zufall wieder zueinandergefunden hatten.

Dann folgte er mir ins Wohnzimmer. Dort machte Ellen

meinem Mann gerade eine Szene. Tränen der Wut funkelten in ihrem Gesicht.

»Lass uns darüber schlafen«, versuchte Ron sie zu beruhigen. Ich sah mich im Wohnzimmer um. So schlimm sah es gar nicht aus. Das konnte ich morgen auch noch erledigen.

»Steven und ich gehen jetzt ins Bett«, ließ ich die beiden wissen. »Ihr könnt ja nachkommen, wenn ihr fertig geredet habt.«

Ellen giftete mich an, doch dann lachte sie plötzlich. »Sicher«, meinte sie kopfschüttelnd. »Warum nicht? Es ist spät. Wir sind müde. Es klingt bescheuert. Nein, total verrückt. Aber machen wir es. Gehen wir zu viert in euer Schlafzimmer. Wir hatten dort ja schon das Vergnügen, zu viert zu bumsen. Warum sollten wir es nicht seinem eigentlichen Verwendungszweck entsprechend benutzen? Hoffentlich ist genug Platz.«

Da hegte ich keine Zweifel. Es war ein Kingsize Bett. Wir schlüpften aus unseren Kleidern und krochen unter die Bettdecke. Ich kuschelte mich an meine beiden Männer und genoss die anheimelnde Wärme.

Dass Ellen an meinem Mann rumspielte, störte mich nicht. Ich war froh darüber.

»Du Unersättliche, du«, zischte er ihr ins Ohr.

Ich schmiegte mich an Steven, der beschützend seinen Arm um mich legte. Ich verspürte große Lust, gleich jetzt mit ihm zu schlafen. Doch das hatte noch Zeit. Es lief uns nicht davon.

»Und was machen wir zum Jahreswechsel?«, fragte Ron plötzlich und grinste. Meinte er etwa, abgesehen davon, endlich einmal ein Spiel gegen die »Predators« zu gewinnen?

Ich sah, dass Ellens Kopf zwischen Rons Beinen auf und ab wippte, und drehte mich herum. Richtete mich auf. Meine schweren Brüste baumelten vor den Nasen der beiden Männer, die mir alles bedeuteten.

»Ich glaube«, sagte ich und streichelte ihre Nasenspitzen mit den langen Nägeln meiner Zeigefinger, »da fällt uns schon etwas ein.«

Und ich sollte recht behalten.

Denn in jener Silvesternacht war es mir bestimmt, zum dritten Mal schwanger zu werden. Ich läutete mit Ron und Steven gleichzeitig das neue Jahr ein und wer von beiden der Vater meiner Tochter ist, würden wir erst im September erfahren. Ich war überglücklich, dass Ron nun alles wusste. Er wusste, dass ich mir ein Kind von seinem besten Freund wünschte und er verzieh mir nicht nur, sondern bestärkte mich darin, es noch einmal mit einem Baby zu versuchen. Dafür liebte ich ihn mehr als jemals zuvor.

Nicht so gut lief es zwischen ihm und Ellen. Sie sagte ihm endgültig Lebewohl, wechselte ihren Job und zog nach Houston. Ich habe nie wieder von ihr gehört.

Francois und meine Cousine hatten sich wie erwartet scheiden lassen. Sie schrieb, dass sie nun froh wäre, alles überstanden zu haben, und sie jetzt wieder zuversichtlich in die Zukunft schauen konnte. Ich versprach ihr, sie so bald wie möglich zu besuchen. Wie oft sie mit Marc zu Weihnachten geschlafen hatte, darüber schwieg sie – mit einem frechen Grinsen.

Und Mel und Herbie? Den beiden ging es blendend. Im Mai würden sie ihre erste Filiale in Eugene eröffnen. Salem und Corvallis sollten folgen.

Im neuen Jahr teilte mir übrigens auch Lorie von der Flugschule mit, dass sich Marc wieder eingeschrieben und mit dem Fliegen begonnen hätte. Ich weinte zum letzten Mal für eine lange Zeit, als ich das hörte, aber diesmal nicht aus Traurigkeit oder vor Schmerz, sondern vor endloser Freude und unsagbarem Glück.

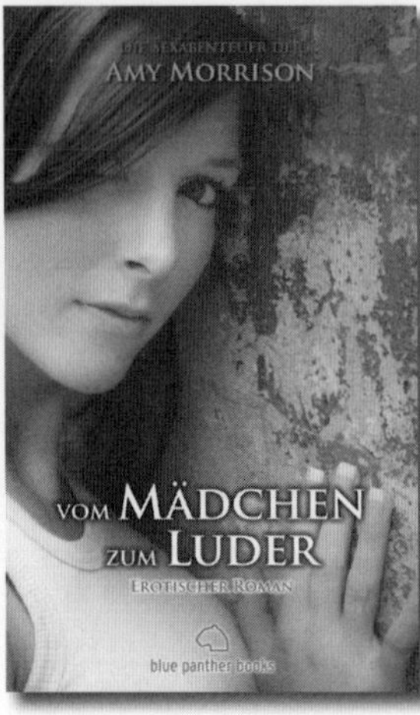

LESEPROBE:

»VOM MÄDCHEN ZUM LUDER«

DIE SEXABENTEUER DER AMY MORRISON

... Flo lag schlafend neben mir im Bett, während im Nachbarzimmer der Freund meiner Schwester ihr die Seele aus dem Leib poppte. Sie stöhnte und schrie jetzt schon seit über einer Stunde unter seinen gierigen Attacken, die das Bett so laut zum Ächzen und Poltern brachten, dass ich es sogar bis hierher in unser Zimmer hören konnte.

Mir war es feucht und warm zwischen den Beinen, meine Brüste kribbelten und mein Herz wummerte, so sehr erregte mich das.

Aber Flo schlief.

Das ging jetzt schon seit fast zwei Wochen so.

Meine Schwester, ihr Freund, Flo und ich hatten von meinen Eltern für unseren gemeinsamen Urlaub hier auf der Isle of Man ein kleines Ferienhäuschen gemietet bekommen. Wir verbrachten viel Zeit mit Ausflügen zum Strand und Baden im Meer, mit tagsüber in Cafés herumzusitzen und abends Spiele zu spielen. Die meiste Zeit aber waren meine Schwester und ihr Freund am Poppen ... morgens vor dem Aufstehen ... mittags irgendwo am Meer zwischen den Felsen ... und die halbe Nacht durch im Zimmer.

Sex mit Flo dauerte immer nur fünf Minuten. Normalerweise genügte mir das. Nicht aber, wenn meine Schwester und ihr Freund im Nachbarzimmer zu olympischen Höchstleistungen aufliefen. Dann ließ es mich unzulänglich vorkommen und unbegehrt. Und mein Appetit auf Sex, der sich durch die vergangenen vier Jahre mit Flo nicht gerade zu einem reißenden Hunger entwickelt hatte, war so sehr viel größer, als zu Hause in Liverpool.

Ich war einundzwanzig, Flo zwei Jahre älter, und ich hatte mich damit abgefunden, dass unser Sexleben kein besonderes war; dafür war unsere Beziehung schön. Flo war die perfekte Mischung aus Party- und Cliquenmensch auf der einen und fleißigem Student mit klarer Vorstellung von unserer gemeinsamen Zukunft auf der anderen Seite. Er war witzig, konnte mich zum Lachen bringen wie kein anderer, ging mit mir in Clubs und auf Partys, wo er hin und wieder auch als DJ auflegte, und hatte eine Menge cooler Freunde. Darüber hinaus mochten ihn meine Eltern, und seine Eltern mochten mich; wir unternahmen viel miteinander.

Der Freund meiner Schwester dagegen, wenn man ihn überhaupt als ›Freund‹ bezeichnen konnte, weil beide erst seit zwei Monaten miteinander gingen, war ein wortkarger, wenig unterhaltsamer Typ und sah nicht halb so gut aus wie Flo.

Aber er poppte wie ein Weltmeister – soweit ich das den hemmungslosen Lustschreien meiner Schwester nach beurteilen konnte.

Sie war das Luder von uns zweien, ich war die Brave, das liebe Mädchen von nebenan. Und die meiste Zeit war ich mächtig stolz darauf, dass es so war.

Ich studierte Psychologie im vierten Semester.

Sie kellnerte, nachdem sie erst das Sport- und dann das BWL-Studium abgebrochen hatte.

Ich war groß und schlank, meine Brüste groß und schön.

Sie klein und ein bisschen pummelig.

Ich war hellwach und rollig.

Sie war hellwach und rollig – aber sie wurde gepoppt!

Flo schlief.

Ich schlug seine Decke zur Seite und betrachtete ihn. Er trug, wie immer, Unterwäsche im Bett. Weißes T-Shirt und blaugraue Boxershorts. Wenn er wach gewesen wäre, hätte ich mich niemals getraut, so direkt zwischen seine Beine zu starren. Aber wenn er schlief, betrachtete ich ihn gern ausgiebig. Die Shorts waren gut gefüllt. Darauf war ich stolz, auch wenn ich nicht wirklich Vergleichsmöglichkeiten besaß. Aber meine Schwester hatte ihn mal beim Duschen gesehen und mir danach grinsend zu meinem Glück gratuliert.

»Jaa!«, hörte ich sie durch die Wand hindurch schreien. »Härter! Ja! Ja!«

Meine Schwester war, wie Flo, zwei Jahre älter als ich und hatte seit ihrem fünfzehnten Lebensjahr so viele Jungs und Kerle gehabt, dass sie wohl beurteilen konnte, ob ein Mann gut bestückt war oder nicht.

Und Flo war gut bestückt.

Aber Flo schlief.

Mein Herz schlug schnell und flatternd. Ich merkte, wie meine Finger zitterten und ich mir nervös auf der Unterlippe herumbiss. Warum sollte ich ihn nicht einfach wecken und ihn dazu verführen, mit mir zu schlafen?

»Gib – ihn – mir!«, stöhnte meine Schwester im Takt ihres knarrenden Bettes.

…

Ich war mir sicher, dass die Pensionsinhaberin, eine ältere Dame Mitte sechzig, uns an den erhitzten Gesichtern ablesen konnte, dass wir gerade für ein paar Minuten unanständig gewesen waren und dass wir das Zimmer bei ihr einzig und allein zu dem Zweck gemietet hatten, jetzt gleich noch viel unanständiger zu werden.

Sie begrüßte uns lächelnd, und ich senkte wie ertappt den Blick, wobei ich fühlte, dass ich noch röter wurde. Aber scheinbar waren wir nicht die ersten Gäste in ihrem Pensionsinhaberinnenleben, die ihr Haus nur deshalb aufsuchten, um sich hier miteinander zu vergnügen. Freundlich ging sie über meine Schüchternheit hinweg.

»Wir sind heute so gut wie leer«, sagte sie. »Deshalb gebe ich Ihnen beiden das kleine Appartement unter dem Dach zum Preis des reservierten Doppelzimmers. Da oben sind Sie ungestörter.«

Sie hatte uns durchschaut!

nochröterwerd

Wir ließen uns von ihr nach oben führen. Die ganze Zeit über hatte ich das nicht wirklich unbegründete Gefühl, etwas Verbotenes zu tun. Und ich muss zugeben, dass mich das noch rolliger machte, mich noch mehr erregte.

Dann betraten wir unser kleines Reich.

Das Appartement bestand aus einem recht geräumigen Wohnzimmer mit Sofa und zwei großen Polstersesseln, einem kleinen Bad, in dem es leider keine Wanne, sondern nur eine Dusche gab, und einem rustikal eingerichteten Schlafzimmer mit großem Pfostenbett und Balkon zum Wald hin.

»Bitte, fühlen Sie sich ganz wie zu Hause«, sagte sie, reichte LonelyHeart den Schlüssel und verabschiedete sich lächelnd.

Wie ausgehungert fielen wir übereinander her, sobald die Tür ins Schloss gefallen war!

Wild knutschend riss LonelyHeart mir das Kleid vom Leib, dann den BH, dann den Slip.

Für einen kurzen Moment war es um unsere Gelassenheit von vorhin geschehen, und ich gebe zu, für genau diesen Moment hatte ich, obwohl ich furchtbar gierig und rollig war, auch ein klein wenig Angst. Sehr viel Angst sogar. Angst vor seiner Wildheit, Angst vor seiner Direktheit, Angst davor, dass hier vielleicht Dinge geschehen würden, die ich nicht zulassen wollen würde, auch wenn mir nicht klar bewusst war, was das sein konnte.

Ich hörte auf, mich zu bewegen, stand wie erstarrt da.

LonelyHeart merkte es, reagierte sofort. Er ließ von mir ab und lächelte, nahm meine Hand.

»Hab keine Angst«, sagte er. »Hier wird nichts geschehen, was du nicht selber willst. Aber vieles, wonach du dich sehnst.« Er küsste zärtlich meine Stirn, meine Schläfen und meine Wangen. Als seine Lippen schließlich wieder bei meinem Mund angelangt waren, hatte ich mich wieder völlig beruhigt.

»Zieh mich aus«, flüsterte er mir ins Ohr. Ich schaute ihm in seine grünen Augen und lächelte. Dann griff ich unter sein Shirt und schob es nach oben. Das Gefühl seiner nackten Haut unter meinen darübergleitenden Handflächen elektrisierte mich, und zum zweiten Mal an diesem Tag, nach unserer Begrüßung am Bahnhof, sog ich genießerisch seinen Duft durch die Nase tief in mich hinein.

Er roch gut, und ich fühlte mich wohl.

Ich zog ihm das Shirt aus, küsste zärtlich seine Brust, seinen Hals.

Seine Finger berührten mich an den nackten Seiten, streichelten an meinen Brüsten und an meinen Schultern hoch, während ich seine Hose öffnete und sie nach unten streifte.

Plötzlich war sie wieder da, diese wundervolle, vor Erregung berstende Gelassenheit, die mein Herz schneller und kräftiger schlagen und mein Atmen so viel tiefer und bewusster werden ließ.

LonelyHeart kletterte aus seinen Schuhen und Strümpfen

und schlüpfte aus der Hose. Dann trat er, dabei meine beiden Hände haltend, einen Schritt zurück, um mich zu betrachten.

Und ich betrachtete ihn.

Sein dunkelblonder Wuschelschopf war inzwischen noch verwuschelter als ohnehin schon, seine Augen leuchteten lebendig, als sie mich von oben bis unten scannten, was seine schönen Lippen besonders breit lächeln ließ. Ihm gefiel, was er sah. Seine Schultern waren breit und gerade, seine Brust angenehm trainiert, so wie auch sein Bauch – kein Sixpack, aber flach. Die Beine waren am besten trainiert, vermutlich joggte er regelmäßig oder fuhr Fahrrad.

Wieder wurde ich leicht schüchtern. Denn die ganze Zeit hatte ich bewusst vermieden, ihm zwischen die Beine zu schauen. Fast wünschte ich mir jetzt ein bisschen, es wäre wie bei Flo: Licht aus und anfangen. Aber ich wollte es ja anders, als ich es mit Flo hatte. Also zwang ich mich, hinzusehen.

Er stand leicht nach oben gekrümmt von seinem Körper ab, war, wie ich vorhin erfühlt hatte, gänzlich rasiert und schien mir zuzunicken.

»Gefällt er dir?«

Oh ja, er gefiel mir! Er war kleiner als der von Flo ... was, nahm ich an, nicht so schwer war, weil der von Flo wirklich riesig war. Oftmals zu riesig für mein enges Kätzchen. Aber er sah reiner aus, vielleicht weil er rasiert war, vielleicht weil er in der Farbe heller war, und härter.

Ich nickte nur. Ich war viel zu erregt, um etwas sagen zu können. Ich wollte nicht, dass ich stotterte oder krächzte.

»Dann küss ihn, süße Prinzessin«, forderte er mich lächelnd auf.

Einfach so.

Schamröte und Erregung zugleich schossen mir in den Kopf.

Ich hatte noch nie den Penis eines Mannes in den Mund

genommen. Klar hatte ich davon gehört, dass man das wohl so tat. Die Meinungen meiner Freundinnen darüber waren geteilt. Die einen taten es, um dem Mann einen Gefallen zu tun, die anderen, weil es ihnen selbst sehr viel Spaß machte und es sie zusätzlich erregte. Ich selbst hatte es noch nie getan, zwar schon oft darüber nachgedacht, wie es sich wohl anfühlen und ob es mir gefallen würde, aber nie ausprobiert. Flo hatte mich nie darum gebeten oder es verlangt. Deshalb nahm ich an, dass er es nicht wollte. Und wenn er es nicht wollte, wollte ich es auch nicht unaufgefordert tun, um bei ihm nicht den Eindruck zu erwecken, versaut und verdorben zu sein.

Aber gereizt hatte es mich seit Jahren.

Und jetzt endlich sollte ich ... durfte ich.

LonelyHeart küsste mich auf den Mund, streichelte meine Brust ... und dann stand er wartend da. Nicht ungeduldig wartend, nein, lächelnd.

Das Herz schlug mir bis zum Hals.

Ich griff nach unten, fasste ihn an, vielleicht, um ihn mir vertrauter zu machen ... um meine Angst zu verlieren. Gut fühlte er sich an – warm, hart, samtig, glatt. Mit der anderen Hand fasste ich nach seinen Hoden, streichelte sie mit den Fingerspitzen. LonelyHeart schloss genussvoll die Augen, atmete tief ein.

Diesen Moment hatte ich gebraucht. Das Schließen seiner Augen. Ich fühlte mich nicht beobachtet, fast so, als wäre ich allein im Raum. Allein mit einem Dessert von dem zu naschen man mir verboten hatte ... und das ich deshalb doppelt so sehr wollte.

Ich sank in die Knie, ohne ihn mit den Händen loszulassen, küsste dabei seine Schulter, seine Brust, seinen Bauch.

Jetzt schwebte sie vor mir, seine Männlichkeit, nach Duschgel duftend und prall. ...

Weitere erotische Geschichten:

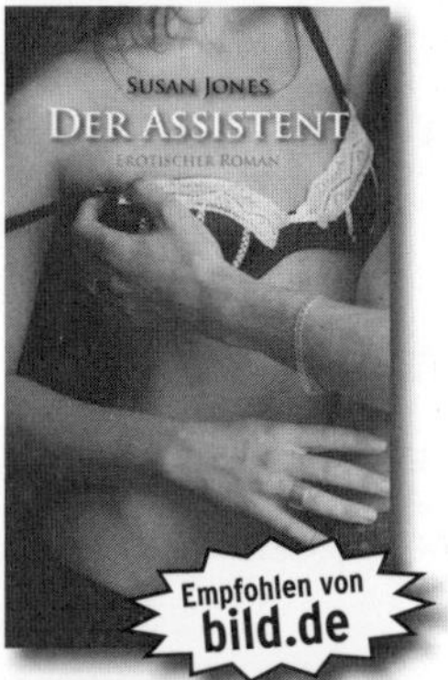

Susan Jones
Der Assistent

Susan Jones entführt, fesselt und berauscht!

Die Chefin liebt ihren Job
und ihren Assistenten.
Sie kann nicht ohne ihn,
doch er kann ohne sie ...

Eine große Firma
Eine hörige Chefin
Ein perfekter Assistent

Amy Morrison
vom **Mädchen** zum **Luder**

Begleiten Sie Amy auf ihrem Weg
vom Mädchen zum Luder!

Amys Bedürfnis nach Sex wird von ihrem Freund nicht befriedigt.

So geht sie ins Internet auf ein erotisches Portal, wo sie einen Mann nach dem anderen anlockt und es mit ihnen an vielen verschiedenen Orten treibt.

Ihr Hunger ist geweckt und kennt keine Grenzen ...

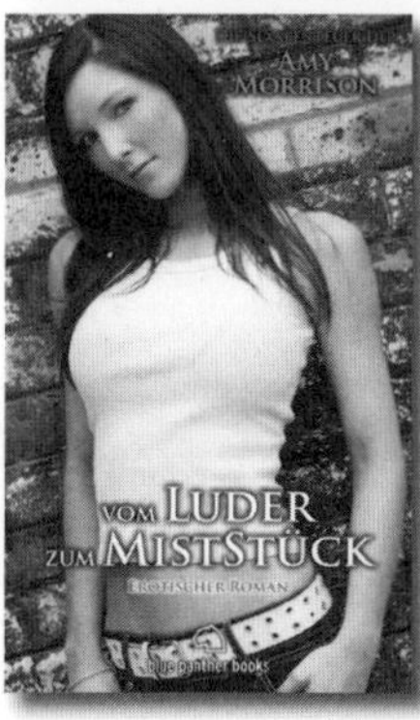

Amy Morrison
vom **Luder** zum **MistStück**

Begleiten Sie Amy auf ihrem Weg
vom Luder zum MistStück!

Amys neue Liebe entfacht
ungeahnte Leidenschaften in ihr.

Aber Amys sexuelles Verlangen nach mehr
Abwechslung ist übermächtig!

Reicht Amy nun, was der Mann
ihrer Träume ihr bietet?

Weitere erotische Geschichten:

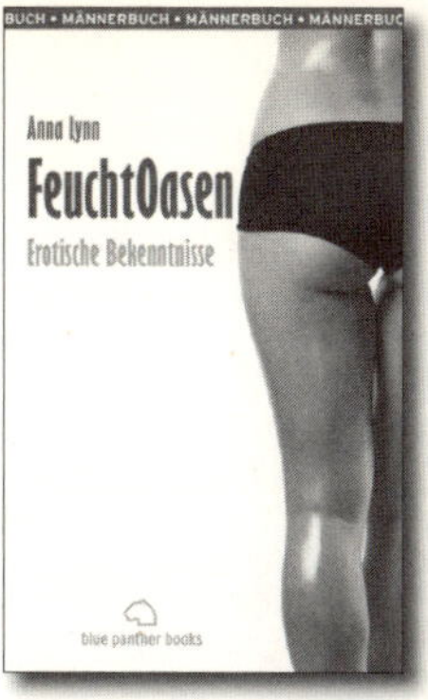

Anna Lynn
FeuchtOasen Erotische Bekenntnisse

Anna Lynn berichtet aus ihrem wilden, erotischen Leben. Es ist voll von sexueller Gier, Wollust und wilden Sexpraktiken.

Anna Lynn kann immer, will immer und macht es immer ... Sex!
Pastorinnen, Reitlehrer, Architekten, Gärtner, Chauffeure, Hausdamen & Co.
Alle müssen ran!

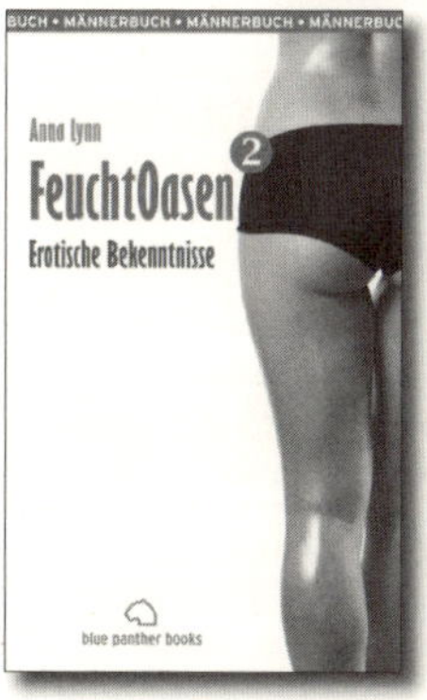

Anna Lynn
FeuchtOasen² Erotische Bekenntnisse

Anna Lynn berichtet weiter aus ihrem wilden, erotischen Leben. Es ist voll von sexueller Gier, Wollust und wilden Sexpraktiken.

Anna Lynn kann immer, will immer und macht es immer ... Sex!
Chorknaben, Mathelehrer, Heilpraktiker, Opernsänger, Taxifahrer, Tennisluder & Co.
Alle müssen ran!

Mandy Fox
Schlampen-Internat

Folgen Sie uns hinter die Mauern eines strengen Internats ...

Hier treiben es nicht nur Schüler, sondern auch deren Lehrer miteinander.

Von den Eltern ganz zu schweigen ...

Alle haben es faustdick hinter den Ohren!

Weitere erotische Geschichten:

Trinity Taylor

Ich will dich

Leidenschaftliche Geschichten voller Lust und Begierde. Trinity Taylors erotische Geschichten berühren alle Sinne:

Auf einem Kostümfest in der Liebesschaukel, als Köchin mit dem Chef unter freiem Himmel oder im Schuppen mit einem Vampir ...

Abwechslungsreich, rasant und erotisch ziehen die Geschichten den Leser dauerhaft in einen Bann der Leidenschaft.

Trinity Taylor

Ich will dich noch mehr

Trinity Taylors erotische Geschichten berühren erneut alle Sinne:

Während einer TV-Produktion im Fahrstuhl, mit dem Ex auf der Massageliege, mit Gangstern undercover im Lagerhaus oder im Pferdestall mit dem »Stallburschen«...

Spannend und lustvoll knistern die neuen Storys voller Erotik und Leidenschaft. Sie fesseln den Leser von der ersten bis zur letzten Minute!

Trinity Taylor

Ich will dich ganz

Trinity Taylor entführt den Leser in Geschichten voller lasterhafter Fantasien und ungezügelter Erotik:

Im Theater eines Kreuzfahrtschiffes, auf einer einsamen Insel mit einem Piraten, mit der Freundin in der Schwimmbad-Dusche oder mit zwei Männern im Baseballstadion ...

Trinity überschreitet so manches Tabu und schreibt über ihre intimsten Gedanken.

Weitere erotische Geschichten:

Trinity Taylor

Ich will dich ganz & gar

Lassen Sie sich von der Wollust mitreißen und fühlen Sie das Verlangen der neuen erotischen Geschichten:

Gefesselt auf dem Rücksitz,
auf der Party im Hinterzimmer,
»ferngesteuert« vom neuen Kollegen
oder in der Kunstausstellung ...

»Scharfe Literatur! - Bei Trinity Taylor geht es immer sofort zur Sache, und das in den unterschiedlichsten Situationen und Varianten.« BZ, die Zeitung in Berlin

Trinity Taylor

Ich will dich jetzt

Trinity Taylor erzählt auch in diesem fünften Buch von ihren intimsten Erotik-Träumen ...

Mit dem besten Freund für das Date
mit einem Fremden Sex üben,

den Unbekannten im Tempel der Lust
unter einem Wasserfall verwöhnen,

oder sich von einem Klavierschüler
verführen lassen ...

Liebe, Verlangen und Leidenschaft fügen sich in sechs perfekt sexy erotische Geschichten.

Henry Nolan

KillerHure

Eine Hure aus Passion, ein smarter Agent
und ein tödlicher Auftrag ...

Sie verführt ihre Opfer mit Sex, Schönheit und Raffinesse.

Tauchen Sie ein in eine Welt voller Intrigen, Adrenalin, Erotik, Liebe und unerwarteter Wendungen.

»Man genießt, leidet und fiebert mit der Hauptfigur! Großartig!« Trinity Taylor

Weitere erotische Geschichten:

Helen Carter
AnwaltsHure

Eine Hure aus Leidenschaft,
ein charismatischer Anwalt und
ein egozentrischer Sohn ...

... entführen den Leser in die Welt
der englischen Upper Class,
in das moderne London des Adels,
des Reichtums und der scheinbar
grenzenlosen sexuellen Gier.

Helen Carter
AnwaltsHure 2

Eine Hure aus Leidenschaft,
ein charismatischer Anwalt und
ein egozentrischer Sohn ...

... Die spannende Fortsetzung von
Reichtum, Sex, Zuneigung,
Wollust, Eifersucht, Liebe und
dem ältesten Gewerbe der Welt.

Lesen Sie, wie es mit Emma, George,
Derek und neuen Kontrahenten weitergeht.

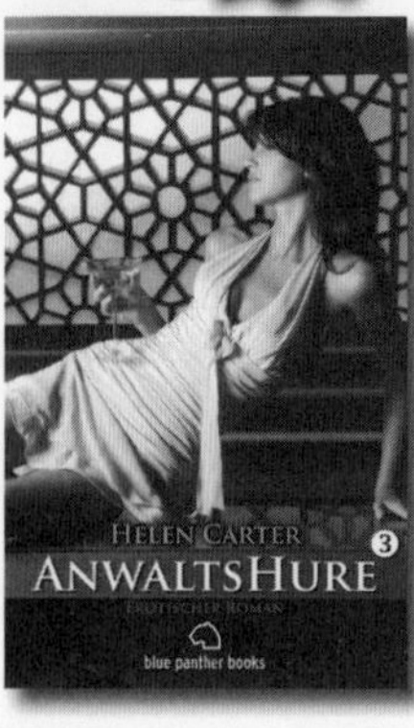

Helen Carter
AnwaltsHure 3

Eine Hure aus Leidenschaft,
ein charismatischer Anwalt und
ein egozentrischer Sohn ...

Für die londoner Edelhure Emma Hunter sieht es
nach einem ganz gewöhnlichen Job aus.
Doch was als erotisches Date beginnt, endet für
sie in einem Strudel aus Rache, Sex, Intrigen und
Leidenschaft. Emma erkennt zu spät,
dass die Menschen nicht immer das sind,
was sie zu sein scheinen.
Es beginnt ein Kampf um Liebe, Leben und Tod ...

Weitere erotische Geschichten:

Helen Carter

AnwaltsHure 4

Eine Hure aus Leidenschaft,
ein charismatischer Anwalt und
ein egozentrischer Sohn ...

Der vierte Teil und das spannende Ende mit Emma, George & Derek inmitten von Reichtum, Sex, Zuneigung, Wollust, Eifersucht und Liebe ...

Eines können wir Ihnen versprechen:
Das Finale wird Sie überraschen!

Sara Bellford

LustSchmerz Erotischer SM-Roman

Sir Alan Baxter hat eine Passion:
Er sammelt Frauen!

Er will sie um ihretwillen besitzen

Sie wollen vom ihm gedemütigt und geliebt werden

Gemeinsam zelebrieren sie die schönsten Höhepunkte aus Lust, Schmerz und Qual ...

Joanna Grey

Befreie mich, versklave mich

Erotischer SM-Roman

**Ein neuer Mann | Eine neue Liebe
Eine neue Erfahrung ...**

Sie weiss nicht, dass in ihr eine Sklavin steckt.

Schritt für Schritt und mit viel Einfühlungsvermögen erweitert er ihre Schmerz- und Lustgrenzen.

Fühlen Sie das Vertrauen und die Nähe zwischen Dominanz und Unterwerfung.